Les gens sérieux ne se marient pas à Vegas

Serguei Dounovetz

Les gens sérieux ne se marient pas à Vegas

POLAR

french pulp éditions

49, Rue du Moulin de la Pointe
75013 Paris
Tél. : 09.86.09.73.80
Contact : contact@frenchpulpeditions.fr
www.frenchpulpeditions.fr

ISBN : 979-1-0251-0299-2
ISSN : 2551-5152
Dépôt légal : octobre 2017
Direction : Nathalie Carpentier

Illustration couverture : © iStock.
Composition : © Louise Gatepaille.

À mon neveu, Pierrick Starsky

Les Sex Pistols au Chalet du Lac m'ont donné envie de monter un groupe avec Edwige (égérie punk de l'époque). On s'appelait les *Brigitte Bardot*. On n'a jamais répété, mais on a réussi à avoir de la presse...

Pierre Benain
(organisateur du concert mythique en 1976)

1

Abel détacha la sangle de sa *Fender Mustang* et coucha la guitare dans son étui avant de rabattre doucement le couvercle comme on ferme un cercueil définitif. Un besoin irrépressible de retrouver une nouvelle dignité lui tenaillait les tripes et surtout une terrible envie de ne plus tricher. Il saisit sa flasque de rhum et la termina d'un trait. Mais rien n'y fit. Aucun anesthésiant ne semblait être disposé à dompter sa douleur. La mort rôdait et il n'avait plus rien à lui offrir pour la faire patienter. Dehors, la pluie s'égouttait et une petite foule compacte s'agglutinait le long du corral. C'est là qu'il sentit sa présence. Il se retourna. Dolorès tenait un bouquet de fleurs en papier dans sa main baguée. Elle souffrait et distillait son désespoir, c'était insidieux, lancinant. Il lui dit, sans penser à mal, sans penser du tout.

— Tu es trop belle pour un cimetière.

— Tu veux que je me change ? lui répondit-elle.

— Non, ne change rien à ta beauté.

De nouveau il mentait et ça lui devenait insupportable. À présent, un silence nimbait la chambre. Abel détestait le silence, le percevant comme le refuge de ceux qui n'ont rien à dire, alors qu'il revêtait le plus souvent la couleur du renoncement. Enfin, il puisa dans ce qui lui restait de courage et articula.

— Je ne vais pas y aller, tu sais.

Les yeux noirs de Dolorès lui signifièrent qu'elle refusait d'entendre ce discours. Elle lâcha.

— C'est mon frère que l'on enterre, je te le rappelle.

Elle avait dit ça sur un ton de reproche avec des larmes plein les cils, l'émotion à fleur de peau. Son frangin était mort et elle voulait que la cérémonie se déroule au diapason de ce qu'elle aurait souhaité comme existence à ce manche. On était prié de laisser son amertume au vestiaire et se tenir à la partition. Mais la nature n'avait pas doté Abel de l'oreille absolue et depuis toujours il jouait avec les fausses notes. Il avait donc éteint son ampli à lampes et raccroché sa guitare. Il répéta.

— Je ne vais pas y aller.

Dolorès n'écoutait pas. Elle voulait que l'on respecte l'ordre des choses, la douleur, le recueillement, le deuil et, seulement après, si elle daignait reprendre le dessus, la vie. Une messe était prévue dans la petite église en bois. Abel alluma une cigarette en songeant à l'ordre des choses. S'il y en avait bien un qui n'avait pas respecté l'ordre, c'était la crevure qui était allongée dans le cercueil posé sur les tréteaux en bas dans le salon. Une mort sale, impardonnable. Comment supporter plus longtemps cette mascarade ? On lui demandait de veiller le cadavre d'un type qui, le cul posé sur la cuvette d'un chiotte public, venait de shooter dans son bras décharné son *no future* et, par extension, leur avenir commun. Avait-il eu une once de respect pour l'autre, quand il avait appuyé sur le piston ? Abel reprit en fixant les yeux de Dolorès.

— Je te laisse ma *Mustang*. Ce n'est pas grand-chose, mais pour moi c'est tout. Ne la donne pas au premier venu, il y aurait comme un goût de profanation. Tu comprends ?

Elle venait surtout de comprendre que leur histoire était définitivement morte, aussi morte que la viande froide de son frère allongée dans le cercueil dans le salon et que ça commençait à faire beaucoup, qu'elle ne pourrait pas le supporter. Elle tenta alors un dernier baroud, libérant les bretelles de sa petite robe noire. Abel ne voulait pas. Le tissu glissa le long du corps replet de Dolorès jusqu'à ses pieds menus. Il ne voulait pas, pas maintenant, pas comme ça. Dessous, elle était nue. Abel ne voulait toujours pas, même quand il la pénétra. Puis, entre le moment où il se retira et celui où il passa la porte, elle poussa un cri effrayant. Il se rua dans l'escalier, bousculant quelques visages hagards, avant de se réfugier dans la grange. C'était là qu'ils répétaient avec Patchwork, le mort, depuis qu'ils étaient ados. La moquette orange qui recouvrait les murs était gorgée de nicotine. Des boîtes à œufs pendaient du plafond. Dans un coin de la pièce, montée sur des palettes en bois, trônait une batterie *Asba* rouge pailletée. Sur la peau de mouton de la grosse caisse, le nom du groupe s'étalait en toutes lettres : *Les Maîtres Nageurs,* en français. Au regard des événements, Abel réalisa à quel point ce nom était usurpé, leur groupe n'aurait jamais dû couler. Il sortit dans la cour le cœur au bord des lèvres, croisant sous la pluie quelques fantômes qui piétinaient dans la boue sous des parapluies trop petits. Une longue *Oldsmobile* noire était stationnée devant l'enclos, le hayon grand ouvert. Abel s'accroupit et longea les barrières en rondin jusqu'au corbillard. Puis, il ouvrit avec précaution la portière passager du véhicule et se glissa derrière le volant. Au même moment, Dolorès apparut nue à la fenêtre de la chambre en hurlant, agitant ses bras comme une noyée. Intrigués, la famille et les badauds levèrent la tête. La caméra de la chaîne de télévision locale pointa son objectif et zooma sur les seins insolents de la sœur du défunt. Les quidams étaient venus en nombre pour enterrer l'enfant du pays, le seul artiste du comté de Justiceburg à être passé sur une chaîne de télé nationale, dans la célèbre émission musicale de Peck Flimag : *Talons, pointes, talons, pointes, tape tes genoux et range ton flingue*. Pendant toute la semaine, la presse régionale avait fait ses choux gras autour de l'événement tragique, l'enterrement devait en être le point d'orgue. Mais à mesure que l'on se rapprochait du moment crucial, la cérémonie prenait l'allure d'une foire aux bestiaux, à l'image de la sœur du mort qui exhibait ses nibards au balcon en poussant des cris de truie. Parmi les journalistes, l'envoyé spécial du magazine *Rolling Stone* prenait quelques clichés derrière ses lunettes noires. Quand, brusquement, il se dirigea vers le corbillard et toqua au carreau. Abel hésita, mais son ego malmené ces derniers temps lui suggéra d'actionner la vitre électrique. Il demanda au photographe.

— Il veut quoi ?

Ce dernier se présenta :

— Alain Dister, de *Rolling Stone*. Fais pas le type qui ne me reconnaît pas Stoc, entre nous c'est parfaitement ridicule.

Abel détestait ce sobriquet dont l'avait affublé la presse Rock. Son nom de scène était Plastic Roc, et non Stoc, une contraction à la con de plastoc qui s'était transformé en Stoc. Amer, il demanda à Dister.

— Tu peux me dire ce qui peut amener un journaleux qui croque la Grande Pomme à venir se perdre dans le trou du fion du Texas ?

Mais Abel connaissait la réponse. Malgré lui, il savait qu'il participait déjà à la naissance d'une légende.

— Je couvre l'enterrement de Patchwork, lâcha laconiquement le journaliste trempé jusqu'aux os. Je peux te poser quelques questions ?

— Pourquoi aujourd'hui et pas hier ? demanda Abel en regardant l'autre se faire saucer.

— Comme tu le sais, le journal appréciait votre groupe. Ce sont les circonstances qui m'ont guidé jusqu'ici. Maintenant, qu'est-ce que vous allez faire ? Je veux dire le reste du groupe, vous continuez ou c'est le split ?

Le vent commençait à se lever et la pluie tombait plus dru. Abel observait Dister, l'une des meilleures gâchettes de *Rolling Stone*, celui qui dans les meilleures années avait immortalisé Zappa, Janis Joplin et bien d'autres, jusqu'à devenir l'ami intime de Jimmy Hendrix. Ce mec, qui depuis le début de l'aventure des *Maîtres Nageurs* les avait soutenus. Il alluma une cigarette et répondit sans détour.

— C'est fini, je torpille le groupe. Sans Patchwork, ça rime plus à rien.

Le journaliste griffonna fébrilement le scoop sur son carnet *Moleskine*, le même qu'utilisait Hemingway avant de s'exploser le caisson avec son fusil de chasse. Abel demanda à son tour.

— Pourquoi ils t'ont envoyé toi, un photographe ? Et pas un scribouillard ?

Un vague sourire se dessina sur le visage mouillé de Dister.

— Le collègue qui devait m'accompagner est resté à Paris pour un concert des *Stranglers*.

— Paris...Texas ?

Le photographe ricana sous la pluie.

— Non, Paname. Il a passé toute une nuit attaché au pied de la tour Eiffel. Il avait rendez-vous pour une interview avec la bande à Burnel, mais les étrangleurs l'ont ligoté et se sont barrés.

Le journaliste essuya son visage avec le revers de sa main, avant de reprendre.

— Si mes infos ne sont pas erronées, ces dernières semaines, vous étiez en studio à Austin pour enregistrer votre premier L.P. Est-ce que des morceaux sont en boîte ? Je veux dire exploitables ?

Abel observait Dister sans vraiment le voir. À cet instant, il se foutait totalement du disque. Mais il savait aussi que les légendes ne se construisaient pas sans confidences. Alors, il collabora un chouïa.

— On a dix morceaux. Mais aucun n'a été mixé.

Le journaliste ne put s'empêcher de marquer son contentement par un sifflement.

— Dix titres ?! Mais c'est miraculeux. Il y a de quoi faire un album. Vous allez casser la baraque. En plus, ce sera un super hommage pour Patchwork.

Abel ruminait. Patchwork, encore et toujours Patchwork. Tout se résumait dans la réaction de Dister qui avait perdu une belle occasion de se taire. Son trop grand enthousiasme venait de tuer dans l'œuf un album potentiellement culte, mais ça il ne le saurait jamais. Le sens de l'Histoire tenait souvent à un détail minuscule, un grain de sable aussi dur que le ressentiment. Énervé, Abel assena.

— Aucun disque ne sortira.

Le journaliste leva les yeux de son calepin aux pages gondolées, l'air réprobateur.

— Tu peux me répéter ça ?

Il n'y avait rien à répéter. On ne construisait pas les légendes en répétant les choses, mais en les murmurant une bonne fois pour toutes, de sorte que les témoins les ayant entendues à demi-mot les propagent à leur manière, avec toutes les interprétations approximatives que cela entendait. Alain Dister ferma son *Moleskine*.

— Bon ! Si je résume, *Les Maîtres Nageurs* c'est définitivement cuit.

Abel marqua un temps avant de répondre. Il avait encore du mal à accepter cette réalité. Mais il préférait mille fois tomber dans l'oubli que de continuer à servir la soupe à Patchwork après sa mort.

— C'est bien résumé. Cuit, cramé, plus rien à en tirer.

Alors, le rock critic, qui n'avait pas grand-chose à se mettre sous la dent, enfonça le dernier clou du cercueil.

— Heureusement, il reste votre 45 tours. Je donne moins d'un mois pour qu'il se place en tête des charts. Et dans le pire des cas, ça va devenir un collector très recherché.

Mais Abel n'écoutait plus, fin de l'interview. Il avait mis le contact et enclenché la marche avant de la boîte automatique. L'*Oldsmobile* fit un bond. Surpris, Dister recula avant de crier.

— Attends ! J'en prends une dernière avec toi au volant. Ça sera très symbolique pour célébrer la mort des *Maîtres Nageurs*. Surtout si la légende indique que le leader du groupe est allongé dans le corbillard.

Abel serra les mâchoires. Même raide comme la justice, cet empaffé de Patchwork continuait à lui voler la vedette. La grosse Américaine avançait avec souplesse. La foule s'écartait, intriguée. Les employés des pompes funèbres se retournèrent et posèrent leurs bières les yeux exorbités.

— Merde ! On nous pique le mort ! fit l'un des deux corbeaux.

— Le mort, on s'en fout. On nous tire la caisse, ouais ! répondit son collègue en entamant un sprint derrière le break.

Alain Dister, un sourire accroché aux lèvres, n'en finissait pas de mitrailler le corbillard qui s'éloignait sur le chemin truffé de nids-de-poule. En grand professionnel, il savait que ce n'était pas le corps d'un junky qui se faisait la malle qu'il immortalisait, mais bien la fin d'une époque...

2

Justiceburg se situait sur la route 84 au centre du triangle Lubbock, Abilene et Odessa. *Le Cactus rose,* un tripot ouvert 23 h sur 24, se situait au centre de Justiceburg. Formica, accoudé au comptoir, attaquait sa seconde bière de la matinée, il était le seul client. *Le Cactus rose* sentait le tabac froid et l'eau de javel. Formica renifla bruyamment avant d'apostropher le patron du bouge qui frottait le sol comme un forcené à l'aide d'une serpillière qui partait en lambeaux.

— Coyote, pourquoi ça pue la pisse de rat dans ton rade ?

En temps normal, le patron du *Cactus rose* n'aurait pas relevé ce genre de remarque. Mais la normalité était le plus souvent déficiente à Justiceburg. Sans relâcher sa cadence, Coyote répondit ce qu'il jugea bon de répondre.

— Réfléchis toujours à ce que tu vas dire, avant de risquer de mourir pour une question idiote. Comme tu le sais, ce bar est ouvert du levé du soleil jusqu'à cinq heures le lendemain au matin, c'est-à-dire 23 h sur 24, 364 jours sur 365. Avec tous les poivrots de ton espèce, qui fument et qui pètent, ça te semble anormal que ça sente le fauve ?

— Moi, je dis que ça sent la pisse de rat, c'est tout, rétorqua Formica qui avait décidé d'agacer son monde.

Mais à cette heure matinale, son monde se cantonnait à Coyote, métis moitié mexicain, moitié cheyenne, qui avait une grande gueule et la détente facile, patron charismatique de ce bar au nom psychédélique, considéré comme le bar le plus mal famé du comté de Justiceburg.

— Ça sent pas la pisse de rat, tête de nœud ! C'est l'odeur de la javel. C'est pour désinfecter, tu piges ?!

Et Coyote se mit à récurer le sol plus fort encore, cette fois-ci en s'aidant d'une brosse en paille de fer. Formica reposa son verre vide sur le comptoir.

— Alors, c'est qu'elle est trop concentrée ta javel. La javel, quand c'est trop concentré, ça pue. Au fait, y a une question que je voulais te poser depuis longtemps. Pourquoi tu n'ouvres que 364 jours sur 365 ? Qu'est-ce que tu fous le reste du temps ?

Le Chicanos, moitié cheyenne, s'arrêta de frotter et regarda le jeune type qui tapait dans les 25 piges. Coyote totalisait le double de l'âge du pénible, fort comme un taureau, pugnace et méchant, il aurait pu lui exploser le crâne comme une pastèque à l'aide de sa batte de base-ball accrochée au clou derrière le bar. Mais le patron du *Cactus rose* avait des principes. Pendant un temps il avait été l'amant de la mère de Formica. Et si certains répugnaient à taper sur plus faible qu'eux, ce qui n'était pas le cas de Coyote, il était plus délicat de buter son propre fils.

— Formica, je sais que tu n'es pas totalement fini, mais cela ne peut pas tout excuser. Puisque tu veux savoir, ma seule journée annuelle de congés, je la prends le jour des morts, pour me recueillir sur les tombes de tous ceux que j'ai alignés. Il faut respecter ses ennemis, surtout quand ils sont morts, cela évite qu'ils reviennent t'emmerder pendant ton sommeil.

L'attitude de Formica venait de changer. Des lueurs dansaient au fond de ses pupilles dilatées.

— Pourquoi tu dis que je ne suis pas fini ? Chien puant !

L'Indien ne monta pas sur ses grands chevaux, il en avait dompté d'autrement plus farouches et il connaissait l'animal. Il posa sa brosse à récurer sur le bar et s'approcha de Formica, son seau à la main.

— Pourquoi ? Parce que ça saute aux yeux, aussi haut que j'ai sauté ta mère !

— Tu te crois fortiche parce que tu graisses la patte au marshal Andrew Maxel Broodecker. Mais demain, aussi bien t'es plus qu'un Indien mort abandonné dans un trou en plein désert avec une plume d'autruche plantée dans le cul.

À cet instant, la logique aurait voulu que le nom de Formica s'ajoute à l'imposant tableau de chasse de Coyote, qui ne comptait plus ses victimes. Et si le patron du *Cactus rose* n'écrasa pas l'emmerdeur comme une vulgaire punaise de matelas, ce n'était pas pour ses propos non dénués de clairvoyance. Mais il était temps qu'il affranchisse le délinquant, malgré l'intelligence toute relative de ce dernier, dont le curseur oscillait entre celle d'un pois sauteur du Mexique et celle d'une roue à aubes.

— Tes propos illustrent parfaitement le fait que tu ne sois fini. Si j'étais supposé reposer dans une fosse avec une plume plantée dans le fion, ce ne serait pas une plume d'autruche utilisée par les danseuses de saloon, mais une plume d'aigle royal eu égard à mon rang. Tu n'es pas fini tête de piaf et je le sais mieux que personne, parce que tu es mon fils, tête de nœud !

Formica avait déjà entendu cette allusion au sujet de sa filiation avec le patron du *Cactus rose*, mais c'était la première fois qu'elle était formulée par la bouche même de l'intéressé. Par contre, c'était la deuxième fois que Coyote comparait Formica à une tête de nœud, une fois de trop considéra le *bad boy* en posant la main sur la crosse en corne de son revolver glissé à sa ceinture. Mais le seau en zinc, lancé par Coyote avec une dextérité démoniaque, lui avait défoncé les gencives avant même qu'il n'ait eu le temps de défourailler. Plus rapide qu'un serpent, le patron du *Cactus rose* se pencha pour ramasser la vieille pétoire et la logea dans son dos à l'intérieur de son *501*, bien au chaud comme dans un fourreau dans l'alignement de la raie de ses fesses.

— Fils de pute ! Tu m'as cassé les dents, grimaçait Formica en se tenant la mâchoire qui pissait le sang.

— Et toi, tu m'as cassé les burnes ! On est à égalité. Et je te demanderai à l'avenir de parler autrement de ta grand-mère, qui n'était pas une prostituée mais une sorcière, même si ta mère en était une de première catégorie de pute. Maintenant assieds-toi et arrête de te dandiner comme une fille qui a des vers, je vais t'expliquer d'où tu viens.

Un rictus de haine déformait la face tuméfiée de Formica. Sa lèvre inférieure était fendue et la supérieure avait triplé de volume. Sonné, il se hissa cependant sur un tabouret, crachant des morceaux d'émail sur le sol fraîchement lavé. Coyote passa derrière le comptoir et posa devant le délinquant une chope de bière.

— Tiens, rince-toi la bouche.

Formica vida la chope d'un trait et réclama une autre dose de houblon, avant d'articuler avec difficulté.

— C'est quoi ces conneries ? J'ai grandi à l'orphelinat d'Odessa, chez les Sœurs Maristes du Texas. J'ai pas connu ma mère, qui ne devait même pas savoir qui était l'enfoiré qui l'avait mise en cloque.

— Ta mère était une catin et je n'étais pas encore le gros salopard que je suis devenu. J'étais un simple client devenu son proxénète par commodité et... accessoirement ton père. Le problème, c'est que j'étais amoureux de ta mère et maladivement jaloux, ce qui était incompatible dans mon job. Et j'ai commencé à buter systématiquement tous les clients qui la visitaient. Très vite, elle n'a plus eu de michetons, à part des mecs suicidaires qui se donnaient le mot. Comme la thune ne rentrait plus, je devenais irascible et je la frappais.

— T'étais pas que jaloux, t'étais aussi con qu'une bitte d'amarrage, lâcha Formica, moins idiot qu'il laissait paraître.

— N'insulte pas ton géniteur et écoute plutôt ton histoire. Quand ta mère est tombée enceinte, je lui ai interdit de reprendre le tapin.

— Et comme elle n'avait plus de revenus, tu l'as laissé crever de faim.

— Elle est morte du sida, pauvre cloche. J'ai pleuré toutes les larmes de mon corps. Il ne me restait plus rien d'elle, à part toi. Et comme tu me faisais chier comme la pluie en chialant toutes les nuits, je t'ai abandonné sur les marches de la mission des Pères de la Très Grande Miséricorde d'Abilene, qui t'ont ensuite échangé contre trois stères de bois à l'orphelinat d'Odessa, chez les Sœurs Maristes du Texas. C'est à cette époque que je me suis rangé des bagnoles. J'ai pillé une dernière banque et j'ai acheté ce bar. Depuis, je ne bouge plus une couille sans m'assurer que celles du marshal Andrew Maxel Broodecker aient donné leur accord, je collabore avec la loi. Ta mère était une pute mais... d'une certaine manière c'était aussi une sainte.

Formica ricana.

— Et qui prouve que c'est toi qui l'as engrossée, le maquereau ? Et pas un autre chien galeux ?

— Il y a des choses que l'on sait, répondit Coyote de sa voix rocailleuse.

Formica reposa sa pinte vide sur le comptoir.

— Mais t'as vu ta tronche ? Tu ressembles à un croisement entre Geronimo et un grand singe qui perd ses poils. Alors que moi...

— Toi ? T'as juste la gueule d'un cul de babouin qu'a chopé un rhume, le coupa l'Indien.

Le sang du délinquant ne fit qu'un tour.

— Je ne peux pas être ton fils, c'est impossible. Je parie même que t'es impuissant !

La forte constitution de Coyote pouvait tolérer le vent brûlant du désert, le froid mordant de l'hiver, les tempêtes de sable, des maladies indomptables et toutes sortes d'excès, sauf l'insulte dans un domaine très précis. Il redressa son mètre 98 et posa ses deux battoirs à plat sur le comptoir.

— Tu as mentionné la ressemblance de ton grand-père avec Geronimo. Je t'en sais gré, tu n'es pas tombé loin, c'était le fils du frère de lait du grand chef apache. Quant à remettre en cause ma virilité cela n'a aucun sens, il suffit de questionner toutes les filles des bordels entre Lubbock, Abilene et Odessa. Par contre, tu as insinué que ta grand-mère était un grand singe qui perdait ses poils et ça je ne peux le tolérer.

Le visage amoché de Formica s'illumina. Enfin, il sentait une prise, il s'engouffra dans la faille.

— Que tu l'acceptes ou pas, c'est comme ça mon pote. Ta vieille, c'était qu'une grosse guenon avec un cul rouge qui fait pouêt, pouêt ! Ouais, exactement ça, pouêt, pouêt !

Alors, aussi vif que l'éclair, Coyote saisit par la hanse la chope de bière vide posée devant Formica et fracassa la mâchoire du fils de pute qui s'écroula de son tabouret avant de rouler dans la sciure.

3

Les silhouettes des fossoyeurs se fondaient parmi les points de rouille et les chiures de mouches qui grêlaient les rétroviseurs extérieurs. Abel fit glisser le zip de son cuir et plongea sa main à l'intérieur de la poche ventrale. Il en extirpa une pyramide verte, un acide, et l'avala. Afin de s'assurer qu'il n'était pas pris en chasse, il jeta un œil par-dessus son épaule. À la vue du cercueil, une montée bileuse l'étrangla. Après plusieurs jours sous tension, ses nerfs flanchaient. Il se mit à hurler.

— Patchwork ! Saloperie de punk ! Pourquoi tu m'as fait ça ?

Et il martela le tableau de bord comme un dingue. Des larmes giclaient de ses yeux, éclaboussant la croûte de cuir du volant sans qu'il n'arrive à arrêter l'hémorragie. Trois jours d'abstinence lacrymale compensés par la méthadone et les amphétamines lui avaient sérieusement ravagé le cerveau, il lâchait enfin les vannes.

— Patchwork ! Réponds ! Pourquoi ?!

Désespéré, en roue libre, miné par le désespoir, Abel filait couronnes au vent, droit devant aux commandes du corbillard. À l'arrière, dans le cercueil, la dépouille du punk brinquebalait, engoncée dans son blouson en cuir rouge trop court, le portrait de Staline avec des dents de vampire tatoué sur le cœur. Abel se doutait que ce mauvais *road-movie* avait toutes les chances de terminer dans le décor, mais il n'en avait cure. Il aurait au moins essayé de colmater le spleen qui le ravageait, plus profond que le trou dans lequel on devait descendre l'autre abruti de punk. Mais il se reprit, taper le blues alors que les *Ramones* brûlaient les planches, ce n'était pas de saison. Il hurla.

— Patchwork ! Maintenant tu vas me répondre. On est que tous les deux dans cette caisse de mort, alors tu vas cracher le morceau. Pourquoi tu m'as fait ça ? Juste le jour où on partageait l'affiche avec *Eddie and the hot rods* ? Pourquoi tu t'es enfermé dans les chiottes avec ta petite cuillère et ta pompe à merde pour t'envoyer ton bourrin, juste avant qu'on monte sur scène ? Alors qu'on avait jamais été aussi près de baiser les étoiles ? Je veux savoir Patchwork. De toute façon, je te lâcherai pas, je te laisserai pas partir sans avoir une réponse.

Mais seul un profond silence chargé de mépris fit écho à la question. Ulcéré, Abel vociféra.

— Putain de punk ! Saloperie de toxico ! Je te hais. Tu entends ? Je te hais jusqu'au tréfonds de mon âme. Je te hais et je te chie à la raie !

La route devenait sinueuse. Brusquement, une envie de vomir submergea le voleur de corbillard. Il n'avait rien avalé depuis trois jours, hormis un quart de pizza rance, des ailes de poulets à la mexicaine trop relevées et une poignée de coupe-faim piqués à Dolorès. Il reprit, à l'attention de son passager.

— Pourtant, on tournait bien tous les deux. Chacun son taf, tu composais et moi j'écrivais mes petites chansons, mes histoires à dormir debout. On n'était pas comme les autres, on sortait du lot. La preuve, le roman-photo dans *Black Velvet* l'été dernier, six pages rien que sur nos gueules. Tu crois qu'ils nous auraient choisis, si on était un groupe de tocards ? Ils avaient senti le truc, on montait en puissance, on touchait au but, bientôt on allait jouer d'égal à égal avec *Television*.

On allait devenir des rocks stars ! Espèce de connard ! C'est ce que tu voulais, non ? Alors, pourquoi t'as fait ça ? Qu'est-ce que t'as gagné ? Maintenant, t'es quoi ? T'es plus qu'un crevard qui va se faire bouffer par les bloches ! Un putain de crevard de punk !

Abel était trempé. Des gouttes de sueur froide perlaient sur son front comme lorsqu'il fumait du mauvais shit qui lui tapait directement sur le foie. Alors qu'il venait de parcourir une trentaine de kilomètres, la route commença à onduler. Il s'efforça à concentrer son attention sur la bande de goudron mais, malgré ses efforts, l'*Oldsmobile* se déportait inexorablement sur le bas-côté. Soudain, des tumbleweeds déferlèrent de toute part. L'une d'elles, plus volumineuse, le doubla par la droite, l'obligeant à faire une embardée. Son expérience en matière de produits psychotropes lui indiqua que s'il n'arrêtait pas sa course dans les plus brefs délais, il allait droit dans le décor. Mais son but inavoué n'était-il pas de tenir ce cap, cette trajectoire, pour rejoindre définitivement Patchwork ? Des picotements commencèrent à lui démanger les chevilles. Cela devint tellement intolérable qu'il finit par immobiliser le véhicule près d'un pont qu'il connaissait bien. Au contact de ses pieds sur l'asphalte, la route se déroba. Il se rattrapa à la portière pour trouver un semblant d'équilibre, les yeux fixés sur ses boots enfoncées dans le goudron. À présent, des liserons sortaient du bitume et grimpaient le long de ses jambes. Effrayé, il se replia à l'arrière du corbillard, ouvrit le hayon et s'assit afin de se débarrasser de la plante parasite qui recouvrait ses mollets. Mais il renonça rapidement à sa séance d'épilation, le ciel était devenu rouge, zébré de jaune, et une luminosité intense lui brûlait les rétines. Il chaussa ses *Ray ban* et sortit un stick de Marie-Jeanne. Il tira sur l'herbe comme un damné, la route s'était stabilisée. Il se leva et se tourna vers le cercueil.

— C'est l'heure des confessions le punk. Tu n'as plus le choix. Maintenant, tu vas me dire pourquoi tu as choisi de te foutre la gueule en l'air au moment où l'Amérique avait les yeux rivés sur nous.

Mais le mort ne moufta pas, ce n'était pas de la mauvaise volonté de sa part. Alors, Abel décida d'employer les grands moyens. Il s'agenouilla dans l'habitacle et, à l'aide d'un tournevis en forme de crucifix trouvé dans la boîte à gants, il dévissa le couvercle du cercueil et gicla le panneau. Puis, penché au-dessus du macchabée, il contempla pendant une bonne minute celui qui venait de griller sa carrière. Dents pourries, cernes bleus, teint cireux agrémenté d'un maquillage expressionniste allemand, Patchwork ne faisait pas un beau cadavre. Pour compenser, sa famille n'avait pas lésiné sur le confort de la boîte. Satin rouge matelassé, la finition était aussi luxueuse que l'étui de la *Fender Mustang* d'Abel. Le défunt avait les yeux grands ouverts, les paupières retenues par des morceaux d'allumettes. On lui avait enfilé sa paire de Santiagos blanches, brodées et agrémentées de turquoises, aux pointes argentées. Celle-là même qu'il avait fait faire sur mesure à Sonora au Mexique, spécialement pour ce maudit concert. Le genre de détail à crever le cœur d'un rocker qui sait qu'il n'aura jamais assez de thunes pour se payer une paire de pompes aussi classe. La blancheur immaculée des bottes neuves jurait avec le cuir rouge usé du *Perfecto*, la seconde peau de Patchwork. Abel attrapa le mort par le col et lui souffla dans les bronches.

— Pour la dernière fois, Pat. Pourquoi t'as fait ça ?

Et ne supportant plus ce silence oppressant, le voleur de cadavre secoua violemment le punk.

— Tu vas répondre, espèce de bâtard ! Sinon je te jure, je te crève pour de bon !

La tête de Patchwork ballottait comme dissociée de son corps. Les allumettes tombèrent de ses paupières. Sa bouche s'entrouvrit libérant les boules de coton. Abel, furieux, relâcha le *Guitar Hero* et se mit en devoir de sauver de ce naufrage la seule chose qui méritait d'être sauvée, la paire de tiags. Après s'être escrimé à retirer les bottes du cadavre, il sortit son briquet tempête et fit danser la flamme sous les panards froids et raides de son ancien partenaire.

— Maintenant, Judas, tu vas cracher le morceau !

Le corbillard commençait à sentir le punk grillé, quand soudain Patchwork ouvrit grand les yeux. Au fond des ses pupilles dilatées, un reste de vie dansait dans les flammes. Surpris, Abel lâcha son *Zippo* et souleva la dépouille de son ami vers lui.

— Je savais que tu faisais semblant !

Il secouait le keupon comme un prunier quand un bruit de moteur retentit. Un ange de l'enfer, hirsute et tatoué, venait de surgir à l'horizon. La silhouette, déformée par la réverbération renvoyée par le goudron brûlant de la route, pilotait une antique *Harley Davidson* 1947 avec le levier de vitesse érigé au centre du réservoir comme un sex-toy itinérant. Accroché à la poitrine de son gilet en cuir, un svastika brillait sous le soleil de Satan. Mais Abel n'était pas dupe. S'il voyait clairement l'*outlaw* chevaucher son monstre d'acier, le bruit de la mécanique qui s'approchait crescendo correspondait à celui d'une pétrolette et non d'un gros cube. Il assistait à ce phénomène d'optique communément appelé mirage. À cet instant, l'Angel roulait à des milles de distances dans le désert de Mohave en Californie, entouré de pumas faméliques et de rapaces rêvant de bouffer son foie jaune. Le reflet du motard s'était momentanément superposé sur un autre sujet distant de plusieurs milles, en l'occurrence une jeune fille qui fondait sur le corbillard en faisant hurler le Klaxon italien de son scooter *Lambretta*.

4

La clientèle du *Cactus rose* se divisait en trois catégories : les travailleurs, composés principalement de rednecks, ouvriers agricoles et employés des compagnies pétrolières locales ; les oisifs, club très fermé qui comptait les propriétaires terriens et pétroliers de la région ; et pour finir, le tout-venant, homme de main manchot, joueur de cartes ayant perdu la main, proxénète mis à l'index, lanceur de couteaux maladroit, chasseur de primes recherché pour meurtre, tueur à gages sans contrat et quelques oiseaux de nuit égarés. À 6 heures du matin, la première catégorie ingurgitait rapidement des litres de café, accompagnés de fayots, d'œufs brouillés et de tacos au maïs. Puis, le soir vers 19 heures, elle repassait pour s'assommer à coup de mauvais whisky avant le bouillon de poulet et le plumard. Les piliers de la seconde et troisième catégorie pointaient bien plus tard, ingurgitant jusqu'à l'aube des tombereaux de bière, une infâme pisse d'âne que Coyote brassait lui-même dans son arrière-cour. Formica, bien qu'appartenant à la troisième catégorie, s'était égaré dans le créneau des prolos. Taciturne, accroché à son tabouret, il tétait sa quinzième bière avec pour seule préoccupation, récupérer son revolver que Coyote avait glissé dans la raie de son cul. Le programme du bad boy était aussi simple que limpide. Choper son flingue, exploser la cervelle de son géniteur et disparaître avant de se faire arrêter par Andrew Maxel Broodecker, le marshal du comté, le roi des enculés. Engourdi, il se leva, fit quelques pas vers le juke-box, introduisit une pièce dans la fente et sélectionna : *Brand New Cadillac* de Vince Taylor. Alors que les premières notes du tube de l'archange noir du rock s'élevaient, une terrible déflagration fit vibrer les bouteilles sur les étagères derrière le bar. Le souffle chaud provoqué par l'explosion, qui venait de détruire les bureaux de la société pétrolière *Banzine & Co*, installée de l'autre côté de la rue, s'engouffra dans la salle du *Cactus rose*. Coyote et tous les clients se précipitèrent à l'extérieur de l'établissement, à l'exception de Formica qui en profita pour passer de l'autre côté du comptoir se tirer une bière à l'œil. Il remarqua aussitôt que le tiroir de la caisse enregistreuse était entrouvert. Surpris par l'attentat, le Coyote l'avait mal refermé. Il regorgeait de dollars. Formica ne tergiversa pas et empocha une liasse. Puis, il referma doucement le tiroir qui le remercia en émettant le son de clochette caractéristique de toutes les caisses enregistreuses de marque *Nationale* d'Amérique. Paniqué, le délinquant s'apprêtait à se faire la cerise, mais l'imposante silhouette de Coyote bloquait déjà l'unique passage pour se faufiler derrière le comptoir. Formica savait que le patron du *Cactus rose* n'avait pas pu voir son geste. Il avait tout juste entendu le carillon de la caisse enregistreuse et s'était précipité pour le surprendre du mauvais côté du bar, c'était tout ce qu'il avait contre lui. Pas de quoi fouetter un chat, mais flinguer un homme sans aucun doute dans un bled aussi pourri que Justiceburg. L'Indien le fixait les bras croisés, silencieux, attendant qu'il donne une explication. Conscient de se trouver dans une position délicate, Formica devait jouer serré. Il réfléchit une poignée de secondes. Soit Coyote l'avait vu subtiliser la liasse de dollars et il était mort. Soit Coyote ne l'avait pas vu barboter les billets verts, ce qui n'éliminait en rien le soupçon qu'il ait pu taper dans le tiroir-caisse et il était tout aussi mort. Le délinquant avait beau retourner le problème dans tous les sens, il n'arrivait pas à se voir autrement que mort. Et comme cette perspective ne le mettait pas en joie, il exposa une version très personnelle des faits.

— Je vais t'expliquer, Coyote...

Le Chicanos moitié cheyenne se raidit.

— Tu vas rien m'expliquer, raclure. J'ai des yeux de lynx.

Formica ne se démonta pas.

— Tu as peut-être des yeux de lynx, mais tu t'appelles Coyote et il est de notoriété publique que les coyotes ont la vue basse. Si tu étais fine mouche, donc avec des yeux dans le dos, tu aurais vu que les apparences peuvent être trompeuses.

— Trompeuses ou pas, tu as une propension à te fourrer dans les plans les plus merdeux de la terre et toujours une aussi grande gueule où je note qu'il manque de plus en plus de dents. Là où je ne peux pas me tromper, c'est que je ne t'ai jamais engagé comme barman, tête de nœud !

— Ça c'est sûr, c'est un job beaucoup trop contraignant et économiquement déficitaire pour le boss, répondit sans malice le délinquant qui avait du verbe.

Coyote frappa du poing sur le comptoir.

— Alors, tu peux me dire ce que tu branles derrière mon bar ?

Formica jouait son va-tout. En fonction de sa réponse, la mort serait au rendez-vous, ou alors il aurait toute sa vie devant lui.

— Je vais te dire ce que je fais derrière ce comptoir, parce qu'il y a toujours une explication à toute chose.

Coyote s'avança vers Formica, menaçant et quelque peu désabusé.

— Arrête ta poésie. À quoi bon essayer de gagner une poignée de secondes de ta misérable existence ? Tu sais que tu es déjà mort...

Le *corazon* de Formica cognait dans sa cage thoracique comme si un pivert épileptique essayait d'en sortir.

— C'est pas du tout ce que tu penses Coyote. Quand j'ai vu que tu avais laissé le tiroir-caisse ouvert, je suis passé derrière pour le fermer. Ni plus, ni moins, c'était juste un acte civique. Tu oublies que je suis ton fils biologique ? D'accord, c'était pas totalement désintéressé, mais je suis ton seul héritier et j'ai pas envie que la maison parte à vau-l'eau, que les poivrots commencent à prendre l'habitude de taper dans la caisse. Voilà ce qui s'est passé, y a pas de quoi en chier une pendule.

Coyote, qui n'avait aucune accointance avec les pendules, resta de marbre face à cette explication à la mords-moi-le-nœud.

— Dommage pour toi, je ne mélange jamais les histoires de famille et le bisness, tu demanderas à ta mère. Une seule chose est tangible, je t'ai coincé en train de me faire la caisse et, dans l'État du Texas, ce délit est passible de la peine de mort.

Formica frissonna de nouveau. Ce maudit Indien ne lâchait rien. Aussi, pour essayer de garer momentanément son cul, il aménagea sa version.

— OK, je suis passé derrière le bar pour me tirer une bière. Comme t'étais occupé dehors, j'ai pensé que ce serait plus rapide. Là, j'ai vu le tiroir-caisse ouvert et je l'ai refermé machinalement. C'est pas plus compliqué que ça.

Dans un autre comté, une autre bourgade, un autre bar, voire dans un tribunal, peut-être que cette explication aurait à moitié convaincu un jury à la solde de l'accusé. Le délit aurait été réglé avec le paiement d'une caution, au pire quelques jours à l'ombre. Mais à Justiceburg, cette explication équivalait à peau de balle. Le délinquant, qui sentit la tension monter d'un cran dans l'assistance, se pressa d'ajouter.

— Mais ensuite, j'allais te la payer ta bière, évidemment.

Le Cheyenne, moitié chicanos, porta la main dans son dos et sortit de sa raie le vieux revolver de Formica. Il affichait un horrible sourire qui découvrait ses crocs jaunis par la nicotine.

— Évidemment. Et tu vas même payer maintenant... avant de mourir.

Formica réalisa que Coyote ne valait pas mieux que Mao, qui faisait payer aux familles des condamnés à mort la balle tirée dans la nuque de ses victimes. Son soi-disant géniteur lui demandait de casquer le verre du condamné avant de l'expédier en enfer. Les clients avaient cessé de commenter l'explosion de la *Banzine & Co*. Le spectacle ne se passait plus dans la rue, mais bien dans la salle enfumée du *Cactus rose*. Pour les retardataires qui avaient loupé le début du film, peu importait le pourquoi du comment Coyote en était arrivé à braquer son fils avec un vieux Colt qui datait de la guerre de Sécession. Ce qui importait, pour saisir l'intensité du moment, était de savoir que Coyote se tenait toujours à ce qu'il disait. Et l'Indien venait de préciser à Formica qu'il devait payer maintenant, avant de mourir. Payer quoi ? On ne savait pas trop, sa bière, sa mauvaise éducation, ses mensonges, sa violence, son irrespect congénital envers toute autorité ? Sans doute un peu le tout conjugué. Ce qui était sûr, c'est qu'il allait payer et que bientôt il y aurait du sang et de la cervelle sur le carrelage du *Cactus rose*. Formica continuait de fixer la vieille pétoire que Coyote braquait sur lui. Sans avoir foncièrement peur, il serrait son rectum avec suffisamment de force pour ne pas risquer de faire dans ses bottes. Toujours avec l'idée de gagner du temps et retourner la situation à son avantage, il continua de broder.

— Malheureusement, j'ai plus un fifrelin pour payer ta pisse d'âne l'Indien. J'ai mis mon dernier quarter dans le juke-box.

Coyote était livide.

— Tu dois payer ce que tu dois, avant que je te bute ! Je ne reviens jamais sur ce que je dis. C'est un principe, tu devrais le savoir.

C'était justement parce qu'il ne le savait que trop, que Formica continuait de faire l'idiot. Tant qu'il ne réglait pas sa consommation, il se savait en sursis. Alors que le patron du *Cactus rose*, de plus en plus nerveux, le tenait en joue, à un poil de fion coupé en deux sur la longueur de lui planter une bastos entre les deux yeux, un bouseux lança à son attention.

— Tu veux que je te dépanne de 2 dollars, Formica ?

C'était le prix de la chope. Le délinquant réagit au quart de tour.

— Va te faire mettre Smith !

L'assemblée éclata de rire. Le bouseux, qui pesait son quintal, reprit.

— Moi, ce que j'en dis, c'était juste pour te rendre service. C'est pas grave si t'es pas sûr de pouvoir me rembourser.

Ses congénères s'esclaffèrent de plus belle. C'était l'humour du coin, l'humour de Justiceburg. Plus un mec était dans le pétrin et plus ils enfonçaient sa tête dans le purin. Formica les photographia tous un à un et se jura que s'il survivait à cette situation, il reviendrait pour les massacrer tous autant qu'ils étaient. Mais il n'était pas encore sorti de l'auberge et elle n'était pas espagnole. Ici, on ne se radinait pas avec son pique-nique, on payait sa mousse rubis sur l'ongle. Pour se donner une contenance, le bad boy répondit :

— Smith, au lieu de jouer au plus fin, tu devrais aller voir chez toi, si ta femme se fait pas mettre par le marshal Andrew Maxel Broodecker. C'est un spécialiste de la doublette, son manche à la cave et son 11.45 dans le sens interdit. Mais fait gaffe à pas trop le surprendre, il serait capable de lui coller un deuxième trou de balle à madame Smith.

Le bouseux devint très pâle, il n'avait plus envie de rire. Ce genre de pratique, avec ou sans objet contendant, était totalement proscrit dans l'État du Texas. Mais comme celui qui devait appliquer la loi était partie prenante... Les autres clients se bidonnaient.

— Vos gueules ! hurla le patron du *Cactus rose*, qui ne voulait pas qu'une affaire d'honneur se transforme en vaudeville. Tans pis ! Pour la première fois de ma putain d'existence, je vais me parjurer. OK, je m'assois sur ma bière. Mais toi, fils de pute ! T'est un fils de pute mort !

Et Coyote pressa le canon du Colt sur le front de Formica, avant de relever le chien.

5

Elle avait les cheveux coupés mi-courts avec une frange et portait un short disco satiné comme Linda Ronstadt sur son skeud *Living in the USA*. Ses pieds menus étaient protégés par des Doc Martin's peintes en mauve équipées de coques de sécurité. Abel regarda la fille qui venait de freiner sa course à cinquante centimètres de la paire de *Santiagos* blanches posée dans la poussière. Ses yeux avaient le même vert que son scooter *Lambretta*.

— Qu'est-ce que tu fais ?

Elle sentait le patchouli et le timbre de sa voix rappelait à Abel quelque chose de diffus, enfoui très loin dans sa mémoire. Toujours à l'intérieur du corbillard, arc-bouté au-dessus du cercueil, il lui répondit sans fioritures.

— Je procède à un interrogatoire.

La fille écarquilla ses yeux en amande, l'air atterré. Le rocker la tranquillisa aussi vite.

— Ne t'inquiète pas, je lui fais pas mal, il est mort.

La fille hésita, comme désemparée.

—... ? Tu t'es évadé d'un hôpital psychiatrique, ou tu es né comme ça ?

Elle n'attendait pas forcément une réponse, mais elle n'avait pas pu s'empêcher de poser la question. Abel observa un peu mieux la fille à la frange. Sa poitrine menue était cachée sous un gilet de costume en alpaga porté à même la peau. Plus il la regardait et plus il la trouvait trognon. Depuis une dizaine de jours c'était la première personne qui ne le laissait pas froid, c'est pourquoi il ne fit pas cas de ses sarcasmes.

— Regarde par toi-même, si tu ne me crois pas. Ce mec est vraiment bon pour la casse. Comme tu peux voir, il est allongé dans un cercueil et la voiture est un corbillard.

La fille aux Doc Martin's immobilisa son *Lambretta* sur sa béquille et jeta un œil à l'intérieur du break.

— Ça ne veut rien dire. Depuis *Harold et Maud* les corbillards sont à la mode.

— Et les couronnes ? demanda Abel.

— Tout le monde peut décorer sa voiture avec des couronnes mortuaires, ça ne prouve rien.

Puis, de façon volontaire, elle entra à quatre pattes dans le véhicule. Surpris, Abel s'adossa à la paroi. Quelques mèches soyeuses de l'amazone lui caressèrent le visage au passage. Le cœur battant la chamade, il laissa vagabonder son regard sur la croupe de la jeune fille. Son short en satin moulait outrageusement ses fesses. Elle se pencha sur le punk en boîte et observa ce dernier un moment, comme si la mort pouvait offrir plusieurs lectures. Puis, posément, elle retira le bouton de manchette en nacre de l'un des bras de chemise qui dépassait du blouson trop court du cadavre et remonta sa manche jusqu'à mi-coude. Ses gestes étaient assurés, comme ceux d'une infirmière diplômée. Un rayon de soleil perça entre deux nuages éclairant pendant quelques secondes les veines nécrosées du junky. Dépitée, la fille en short relâcha le bras décharné et sortit à reculons. Au moment où son fessier frôla la joue d'Abel, elle diagnostiqua sur un ton définitif.

— Overdose. Il n'y a plus rien à faire.

Abel soupira, il avait décidé de refuser l'évidence. Mais une nouvelle donne venait de s'intercaler dans son fichier mental entre la zone du possible et la zone mortuaire. Depuis que cette fille était sortie du corbillard, elle était entrée dans sa vie. Et pour ne pas la contrarier, il répondit ce qu'elle voulait entendre.

— Tu as sans doute raison, je me refusais à le croire.

— Comment tu t'appelles ? demanda la fille au *Lambretta*.

Abel lui servit son nom de scène.

— Plastic Roc.

Elle fronça les sourcils :

— C'est pas un nom ça, c'est du folklore.

— C'est mon nom d'artiste, c'est pareil. Je joue dans un groupe de rock, du moins je jouais.

— Ton vrai nom, c'est quoi ?

— Abel Roc, mais personne ne m'appelle comme ça.

La fille fit un pas en arrière en se mordant la lèvre inférieure, comme si une vipère aspic venait de se faufiler dans sa culotte *Petit négro*. Elle mit un temps infini avant d'arriver à articuler.

—... C'est pas vrai... Abel... des *Maîtres Nageurs*...

Le chanteur sentit son palpitant prendre de la vitesse. La fille changea de tête. La frange et le short étaient toujours là, mais le reste devint flou. Elle reprit.

— Tu ne me reconnais pas ?

Alors les images remontèrent par vagues successives dans la tête du drogué. Sa première impression était donc la bonne. Candie... la fille d'Austin, son amour de jeunesse, qui passait ses vacances chez sa grand-mère, la vieille voisine sympa avec ses cheveux bleus. Il respira à fond comme s'il venait de remonter d'une apnée ayant duré des siècles.

— Candie Brown...

Elle acquiesça avec un sourire gêné. La pluie avait cessé remplacée par une brume éphémère, électrique, accompagnée d'une chaleur accablante.

Un avion de la météo passa silencieux dans un ciel rose pâle, laissant une longue traînée cotonneuse dans son sillage. Il se remémora. Il allait avoir 14 ans, Candie en avait 13. Elle lui avait offert sa virginité, il lui avait caché la sienne. Les vacances avaient enfin goût à quelque chose. Ils avaient passé tout l'été à s'aimer. Ils ne s'alimentaient plus, l'amour les nourrissait et ils dépérissaient à vue d'œil. La grand-mère aux cheveux bleus avait fini par appeler le doc, celui qui plus tard confirmera la mort clinique de Patchwork. Le vieux briscard, qui n'avait pas les yeux dans sa poche, les avait trouvés en pleine santé. Il releva juste un peu d'anémie et surtout un feu ardent qui prenait trop de place, une maladie liée à l'adolescence, qui disparaîtrait comme elle était venue, hélas... avait-il rajouté. Le toubib ne pensait pas si bien dire. À la fin de l'été, pendant les moissons, la grand-mère de Candie avait cassé sa pipe. La ferme et les terres avaient été bradées dans la foulée par les successeurs, des vautours qui venaient de l'Oklahoma. Et Candie était repartie comme elle était venue, un matin par le train. Pour Abel, les vacances étaient définitivement finies, elles avaient pris un goût de cendre. Il ne revit jamais Candie. Elle continua à grandir à Austin tandis qu'il se cassait les ongles sur une guitare en bois en essayant d'aligner les trois accords de *Smoke on the water*. Candie se dirigea vers le corbillard.

— Tu fais quoi au juste avec ce cadavre ?

— C'est Patchwork, le lead guitar des *Maîtres Nageurs*. Cet enfoiré a planté le groupe alors qu'on venait de signer avec une major. Ce matin c'était son enterrement et j'ai volé son corps. Je voulais juste qu'il me dise entre quatre yeux pourquoi il avait fait ça.

— Pour faire parler les morts, on utilise un guéridon, pas besoin de voler leur cercueil.

— Ce mec a toujours été un roublard, il est fort possible qu'il joue la comédie.

Candie haussa les épaules avec un sourire triste.

— Tu es complètement défoncé Abel. Tu manques autant de sommeil que de discernement. Je crois surtout que tu n'as pas accepté son départ. Ça me rappelle le jour où j'ai rencontré Jim Morrison. Mon frère m'avait refilé du L.S.D sur un buvard. C'était génial, le roi lézard me lisait ses poèmes en m'embrassant dans le cou. Il dégageait un tel magnétisme que si Janis Joplin ne m'avait pas cassé une bouteille de whisky sur la tête, j'aurais fait l'amour avec lui séance tenante. Quand je me suis réveillée à l'hôpital, après deux jours de coma, j'ai appris que c'était une fille jalouse qui m'avait assommée dans un bar, parce que je draguais son mec qui ressemblait vaguement à Morrison. C'est à partir de cette époque que j'ai commencé à prendre des distances avec les drogues.

Abel posa la main sur le cercueil.

— Ce n'était peut-être pas Jim Morrison, mais cet enfoiré, je peux t'assurer que c'est bien Patchwork. Et tant que je l'ai sous le coude, j'ai l'impression que tout est encore possible.

— Juste une illusion entretenue par les substances que tu as ingurgitées. Et maintenant, c'est quoi ton programme ?

— Je t'ai dit, faire parler ce tocard avant qu'il sente mauvais.

Candie n'avait pas pris la mesure de l'état du chanteur des *Maîtres Nageurs*.

— Je crois que le mieux c'est de ramener le corbillard là où tu l'as pris.

Mais il ne l'écoutait pas, concentré à étaler deux lignes de cocaïne sur son étui à cigarettes extraplat en fer blanc. Les yeux de son amour de jeunesse s'allumèrent alors plein phares.

— Ouah ! Ça fait une éternité que je n'en ai pas pris.

Abel sortit un Bic *Cristal* sans cartouche et lui présenta la poudre. Candie ne se fit pas prier. Elle pressa l'une de ses narines et s'envoya un rail d'un trait. Abel fit de même avant de renifler bruyamment et se passer le résidu sur les gencives.

— Tu as raison, on va enterrer ce salopard.

— Sage décision.

Et elle leva les bras pour faire rouler ses cheveux, avant de planter une longue épingle en ivoire avec l'embout en forme de tête de cobra pour faire tenir son chignon. Les yeux du serpent étaient composés de deux petits rubis. Les poils humides et blond vénitien de ses aisselles rebiquaient en accroche-cœur. Elle était terriblement désirable, à la limite du supportable.

— Le mieux c'est d'abandonner le corbillard à l'entrée du village. Ensuite, je t'emmènerai sur mon scooter. Je pense qu'il serait bon que tu te fasses oublier pendant un petit moment. Tu peux venir chez moi, si tu veux.

Abel ne demandait que ça, de jouer à la *Dolce vita* en Lambretta avec Candie. Mais avant, il avait un boulot à terminer. Et rien ne pouvait le détourner de sa mission.

— On va l'enterrer ici, dit-il.

— Pourquoi précisément là ? Les cimetières ne sont pas faits pour les chiens.

— Justement, c'était un chien et il aimait bien l'endroit. On venait souvent se baigner dans le coin.

On pourrait balancer son cercueil à la rivière, comme une bouteille à la mer.

Candie s'insurgea.

— Ça va pas ! Tu crois qu'il aurait été d'accord ? Est-ce qu'au moins tu connaissais ses dernières volontés ?

Abel alluma nerveusement une *Camel*.

— Ce mec n'avait aucune volonté, il était bouffé par l'héro. Un jour, je me souviens, il m'a dit qu'il aimerait qu'on jette ses cendres à la mer.

Candie scruta la ligne d'horizon, là où commençait le désert.

— On est loin du golfe du Mexique et cette rivière n'est pas le Gange. De plus, cela entendrait qu'il soit incinéré.

— On peut foutre le feu au corbillard, lança Abel en démarrant le V8.

Puis, il manœuvra pour engager l'*Oldsmobile* sur le sentier qui menait à la berge en contrebas, avant d'entamer une marche arrière jusqu'à la lisière de l'eau. Enfin, il cala le moteur et replaça le couvercle du cercueil sans jeter un regard au locataire. Candie le rejoignit en dévalant le sentier.

6

— Pose cette pétoire, Coyote !

La voix éraillée semblait sortir d'un nid de crotale. Le patron du *Cactus rose* tourna la tête vers l'homme en uniforme qui le sommait de poser son arme, alors qu'il s'apprêtait à exploser la tronche d'un délinquant qui méritait mille fois ce sort. Tout le long de sa vie Coyote avait fait peu cas des représentants de la loi. À la solde du plus offrant, ils étaient à ses yeux aussi véreux et corrompus que les outlaws qui peuplaient cet État de chiens galleux. Au Texas, n'importe quel quidam pouvait devenir shérif, s'il y mettait le prix, le prix de sa soumission et de son déshonneur. Mais si Coyote était un insoumis, il n'était pas idiot. Il savait que refuser d'obtempérer face à Andrew Maxel Broodecker, marshal du comté de Justiceburg, hypothéquait sérieusement le deal qu'il avait passé avec ce dernier pour écouler son alcool frelaté qu'il fabriquait en toute illégalité, ainsi que le fait de rester en vie tout simplement. Psychopathe avéré, le marshal Andrew Maxel Broodecker portait deux casquettes, celle de shérif et celle aux couleurs des *Texas Longhorns* sous son Stetson. Après d'innombrables séjours dans des hôpitaux psychiatriques, il avait postulé à la fonction de shérif du comté de Justiceburg. Personne n'ayant eu l'idée saugrenue de briguer le poste, après l'assassinat des trois marshals précédents, il avait été élu haut la main par la mafia pétrolière du coin. Formica, derrière le canon du Colt toujours collé sur son front, avait salué d'un sourire crispé l'arrivée du flic étoilé. Non pas qu'il tînt en estime cette brute épaisse, qui le verbalisait chaque fois qu'il le croisait pour excès de vitesse, état d'ébriété sur la voie publique, plaques minéralogiques illisibles, ou tout autre prétexte fallacieux. Mais il n'allait pas faire la fine bouche. Pour une fois que le flic arrivait à point nommé, au moment même où un citoyen mal intentionné s'apprêtait sans autre forme de procès à coller une bastos dans la tête d'un autre citoyen qui ne demandait qu'à vivre. Chez les gens civilisés, on appelait ça une exécution. Mais à Justiceburg personne n'était civilisé et la notion d'exécution revêtait une signification très différente que partout ailleurs. Au regard du contexte, la grande chance de Formica résidait dans le fait que le marshal Andrew Maxel Broodecker, bien que reconnu par les plus grandes instances médicales de l'État comme un malade mental dangereux, restait un homme à principes. Et en principe, c'était lui qui décidait qui se faisait buter ou pas dans le comté de Justiceburg.

— Ce fils de pute m'a fait la caisse Marshal. Et je vais lui faire payer le double ! répondit le patron du bar au flic.

— Tu ne t'apprêtes pas à lui faire payer le double Coyote, tu t'apprêtes à lui faire la peau. Et comme elle vaut peau de balle, ça te fera une plus-value en peau de zob. Et moi, là-dessus, je touche quoi ? Des nèfles. Conclusion, buter ce délinquant n'apporte rien à la communauté. Je t'ai dit de poser cette putain de pétoire l'Indien !

Coyote s'exécuta de mauvaise grâce.

— Maintenant, explique-moi votre différend.

— Ce fils de pute...

— Je posais la question au délinquant.

Formica, plus surpris que Coyote, regarda son sauveur dans les yeux, des yeux trop bleus qui donnaient le vertige. Le marshal Andrew Maxel Broodecker était réellement un type impressionnant avec ses cheveux gris fer coupés en brosse, sa haute stature, sa voix mal accordée et, surtout, ce regard de tueur assermenté. Le délinquant s'empressa donc de servir sa version.

— C'est ce cul de singe qui a commencé Shérif, en prétendant que j'étais son fils et, ensuite, un fils de pute.

Le marshal se tourna vers le patron du *Cactus rose*.

— Tu reconnaîtras, Coyote, que c'est antinomique. Fils de pute, il n'y a aucun doute. Mais tu es métis, moitié Cheyenne, moitié Chicanos. Est-ce que tu as bien regardé la gueule de ce branleur ?

Formica reprit, sans attendre les injonctions de l'homme de loi.

— Ensuite, il y a eu l'explosion des bureaux de la *Banzine & Co*. Comme tout le monde était sorti dans la rue pour voir le spectacle, je suis passé derrière le comptoir me tirer une bière.

— Ce ne serait tout de même pas toi qui as plastiqué la *Banzine & Co* pour faire diversion et boire gratis, Formica ?

— Non, Shérif, je ne suis pas assez tordu pour monter un plan aussi malin.

— C'est bien ce que je pensais. Ce qui n'empêche, que tu as volé une chope de bière à Coyote.

— Je n'ai rien volé, Shérif. J'avais soif et il avait quitté son poste.

— Ce fils de pute ne m'a pas seulement piqué une chope de bière, il m'a aussi fait la caisse !

— Ta gueule Coyote ! Le seul qui a le droit de gueuler ici, c'est moi ! Bon, comme il n'y a pas de témoins, on va faire court. Je n'ai pas que ça à foutre.

— Si, si ! Je suis témoin, Shérif. J'ai tout vu ! Formica a bien tapé dans la caisse, lança Smith, qui l'avait mauvaise que le jeune voyou ait déballé sur la place publique que sa femme se faisait prendre en doublette par le marshal Andrew Maxel Broodecker.

Le flic lança un regard assassin à la balance.

— Smith, tu vas allonger tout de suite 500 $ pour faux témoignage.

Puis, il se tourna vers Formica.

— Toi, l'écervelé, tu allonges le prix de la bière à Coyote. Si tu n'as pas le pognon, c'est que non seulement tu es un voleur mais aussi un menteur. Parjure à un marshal dans l'exercice de ses fonctions, ça peut monter à six mois de pénitencier ou à une caution de 3000 dollars.

Formica fouilla frénétiquement dans l'une de ses poches et en sortit la liasse de billets qu'il avait fauchée dans la caisse enregistreuse.

— Shérif, je ne suis pas un voleur, regardez j'ai de l'argent !

Le marshal Andrew Maxel Broodecker fit trois pas jusqu'à Formica et lui arracha la liasse de billets verts.

— Je garde tout. Ça couvrira à peine les procès-verbaux que tu dois à l'État du Texas sur les dix dernières années.

Coyote, en voyant le flic empocher son pognon, devint blême.

— Fils de pute ! Mais c'est mon fric !

On ne savait pas trop si c'était le marshal ou le délinquant qui était traité de fils de pute, sans doute les deux. Puis, Coyote se précipita sur Formica pour l'étriper. Ce dernier sauta avec agilité par-dessus le comptoir et se colla derrière la grande carcasse du flic.

— Shérif, je demande la protection de la loi. Cet Indien dégénéré veut me trucider depuis ce matin, alors que je suis complètement innocent.

Le flic fit rempart en sortant son arme de service, ce qui calma quelque peu les ardeurs du patron du *Cactus rose*.

— Tout doux Coyote. Formica a payé sa dette, alors que toi, non. Tu vas m'allonger 2000 $ pour avoir voulu faire justice toi-même sans en référer au shérif, élu par les administrés du comté et seul habilité à trancher dans ce genre de conflit. Tu ajouteras 1000 $ pour tentative d'infanticide. Formica est ton fils, non ?

Quand le marshal Andrew Maxel Broodecker quitta *le Cactus rose*, il laissa derrière lui un épais brouillard de haine et de frustration, que seul un puissant exutoire pouvait éliminer. Formica concentrait à lui seul tous ces ressentis, c'est pourquoi il fut fort logiquement désigné comme cible. Le délinquant allait payer ses mensonges et ses outrages en terminant pendu haut et court, non sans avoir goûté auparavant à la spécialité locale, le goudron et les plumes. Justiceburg était le dernier bled du Texas à perpétuer cette tradition. Mais rien ne se déroula comme prévu. Au moment où le marshal Andrew Maxel Broodecker venait de passer la porte, Formica, rapide comme la foudre, devança Coyote en attrapant le vieux Colt posé sur le comptoir.

Redistribution des cartes, à présent c'était le bad boy qui menait la danse du scalp en pointant le canon de sa vieille pétoire sur l'Indien. Le patron du *Cactus rose* ressentit une curieuse sensation oubliée depuis d'innombrables lunes, un état fébrile que ses futures victimes appelaient la peur. La raison principale en était le changement radical qui venait de s'opérer dans l'attitude de Formica. Tout se lisait dans l'intensité de son regard, pour qui savait voir. Le Chicano, moitié Cheyenne, commença à trembler comme une feuille d'acacia à l'automne de sa vie. Il n'arrivait pas à dominer la tremblote de ses mains. Formica, plus que jamais fils de pute, ne tergiversa pas et vida le barillet de son vieux six coups dans la tête de Coyote, qui explosa comme une pastèque trop mûre, éclaboussant les murs de chaux blanche de ses pépins à venir. Les clients, médusés, avaient assisté à l'exécution sans réagir. Puis, le délinquant disparut derrière les portes western des toilettes sans que personne ne bouge un orteil. Il eut juste le temps de sauter par la lucarne de derrière, avant le retour intempestif du marshal Andrew Maxel Broodecker alerté par les coups de feu. Quand le flic surgit dans la salle du *Cactus rose*, l'odeur de poudre lui flatta les narines. Mais le desperado était déjà loin, direction le désert, au volant d'un pick-up aux couleurs de la *Banzine & Co.* Le shérif fit rapidement un appel à témoin pour boucler une enquête qui ne lui rapporterait rien, sinon un scalp de mauvaise qualité. Les clients présents sur les lieux étaient peu diserts et leurs commentaires ne valaient pas un rond. Sur une vingtaine, chacun avait une excuse en béton, prêt à jurer sur la Bible qu'il n'avait rien vu. Le marshal totalisa neufs types qui pissaient au même moment dans l'unique chiotte à la turque de l'établissement et onze autres qui mataient la femme du futur gouverneur qui, par pure charité chrétienne, dévoilait son derrière du haut de son balcon,

— L'enquête s'annonce particulièrement difficile, lâcha le marshal, satisfait que personne n'ait été témoin de la scène du crime.

Seul Smith fit semblant de s'intéresser à l'affaire.

— C'est quand même moche. Peut-être que Coyote était vraiment le père de Formica.

— En quoi leur filiation t'intéresse tant ? demanda le marshal, qui avait du mal à imaginer Smith dans le même lit que la femme qu'il grimpait chaque jour à l'heure du thé.

— Je m'intéresse à mon prochain, c'est tout.

Le marshal conclut.

— On ne saura jamais si l'Indien était le géniteur du délinquant. Mais ce qui est sûr, c'est que Formica et Coyote restent à mes yeux des putains de fils de pute !

— Alors avec vous, ça fait trois, conclut Smith.

Une onde de choc, épaisse comme un steak de bison, s'abattit dans l'air vicié du bar. Après la pastèque, c'était l'heure de la tripe. Le shérif, désarçonné, tourna la tête vers le quintal de saindoux avec qui il partageait la monture. Des yeux métalliques, un regard impénétrable et froid comme le fleuve Saint-Laurent en hiver quand il charrie ses icebergs gris et sales. Les autres bouseux attendaient placidement que la liste des victimes du shérif psychopathe s'allonge. Mais le marshal Andrew Maxel Broodecker laissa son flingue dans l'étui en cuir clouté fixé à sa cuisse par un lacet en peau de daim. Il avait décidé de laisser Smith en vie, pour cette fois, le cœur avait ses raisons.

7

Candie rejoignit le corbillard garé près de la rivière et se pencha à l'intérieur. Abel venait d'humidifier le papier d'une *Camel* à l'aide de sa langue et la tapissait de neige. Il l'alluma et inspira une longue latte.

— Ça se fume la coke ? demanda la fille à la frange.

— C'est comme ça que je la préfère.

Elle vint s'asseoir à ses côtés et tira sur la cigarette. Après avoir observé un moment le reflet du cercueil dans le rétroviseur intérieur, elle murmura.

— C'est moche quand même de partir comme ça sans cérémonie.

Le rocker sourit en sortant de son blouson une K7 audio dépourvue de boîte.

— Je vais arranger ça. Il va partir en grande pompe le punk, c'est moi qui te le dis.

Abel éjecta du lecteur un requiem de Fauré, que les croque-morts passaient en boucle pendant les cérémonies de recueillement avant la mise en bière, et enclencha sa cassette.

— C'est quoi ?

— Une compil' de glam.

Et alors que les premières mesures d'un morceau de *Slade* envahissaient l'habitacle, elle s'insurgea.

— Arrête ! Pas pour un enterrement. Tu n'as pas, je ne sais pas moi, *Tangerine Dream* ou *Popol Vuh* ?

— Quoi !? Ces marchands de sable, fils de nazis ? Un minimum de déontologie, j'ai pas le droit de lui faire ça. Pour réveiller un punk, il faut lui envoyer des torpilles dans le cul, du genre *The Damned*, ou *Les Rubettes*, pour le faire chier.

Candie lui adressa un sourire las, lui arrachant des doigts le reste du clope survitaminé et pompa dessus comme une noyée. Abel sortit alors de l'*Oldsmobile,* déboucla son ceinturon et retira sa paire de jeans en dansant sur un pied.

— Qu'est-ce que tu fais ?

— Tu vois bien, je vire mon ben.

— Mais pour quoi faire ?

— Pour pas mouiller mes fringues pendant la mise à l'eau.

Puis il retourna la cassette qu'il venait de faire défiler en avance rapide. La voix de Jonathan Richman s'éleva dans le corbillard. Les yeux de Candie clignotèrent.

— C'est qui ?

— *Les Modern Lovers.*

— Je préfère.

Et tandis qu'elle écoutait les *amoureux modernes*, le voleur de cercueil finit de se mettre à poil, lui conseillant de faire de même.

— Tu n'y penses pas. Ce serait complètement déplacé, nous veillons un mort.

— Ça, ça reste à prouver.

Elle ne répondit pas, troublée par la nudité du chanteur des *Maîtres Nageurs*. Elle ne se souvenait pas qu'il fût aussi bien gaulé. Il est vrai qu'il était si jeune... Il la rejoignit dans l'habitacle. Candie, gênée, se toucha le front pour faire diversion.

— Ouh... ça tourne... Je crois que je suis complètement défoncée.

Abel, qui ne jouait pas la comédie, se pencha pour attraper les tiags qu'il avait taxées au mort et posa sa main par inadvertance sur le frein qui retenait le cercueil. Le costar en sapin de Patchwork, ainsi libéré, glissa en roue libre sur ses rails avant de plonger dans le lit de la rivière. Sur l'autoradio, Jonathan Richman susurrait.

— Les monstres ont des clochettes Rock'n'roll à leurs petits pieds...

Candie se retourna avant de se précipiter hors du corbillard.

— Abel ! Mais qu'est-ce que t'as fait ?

Le voleur de cadavre sortit à son tour de la longue voiture noire avec l'envie de crucifier ce punk de merde qui, même mort, continuait à lui pourrir la vie. Le cercueil descendait le courant.

— Il faut le récupérer avant qu'il coule, fit-elle.

— Alors là, il peut se brosser, répondit le rocker en se rhabillant.

— Mais on ne peut pas l'abandonner comme ça aux vautours !

— Qu'il crève. Laisse-le se démerder, il n'a rien à craindre des vautours. S'il est pas bouffé par les écrevisses, la rivière le conduira jusqu'au fleuve et le fleuve jusqu'à la mer. C'est ce qu'il voulait, non ?

Candie fouillait frénétiquement dans son sac en daim à franges et en sortit un instamatic *Kodac.*

— Je veux prendre une photo. Il faut le ramener. Je veux prendre une photo avec Patchwork.

Le chanteur des *Maîtres Nageurs*, qui marchait le long de la berge afin d'assouplir le cuir trop rigide de ses nouvelles bottes, se retourna.

— Tu crois sincèrement que je vais me mouiller pour aller chercher ce con de punk mort, tout ça pour que tu le prennes en photo ?

— Pas une photo de lui, mais une photo où il serait intégré dans le décor.

— Trop tard. Ce judas est parti en croisière.

— Abel, si tu m'aimes un peu, il faut ramener ce cercueil. Je veux vraiment prendre cette photo.

Abel regarda Candie. Comment pouvait-elle douter des sentiments qu'il ressentait, il n'avait aimé qu'elle et rien ne pourrait jamais y changer. L'amour adolescent est incandescent, indestructible, le seul qui vaille. Mais il ne comprenait pas. Elle avait eu allègrement le temps de shooter la tronche du punk. Devant son incompréhension, elle reprit.

— Je fais de la photo Abel, de la photo artistique. Et je voudrais faire une mise en scène avec Patchwork.

Puis, devant les yeux médusés du Maître Nageur, elle se déshabilla intégralement et se précipita dans l'eau.

— Regarde ! Il s'est mis en travers. Le cercueil est coincé dans des branches. Vite ! Il faut le ramener. Viens m'aider avant qu'il chavire.

Abel s'adossa au corbillard, les yeux fixés sur les pointes argentées de ses bottes mexicaines. Candie était encore plus raide que lui. Il alluma un nouveau stick de Marie-Jeanne en regardant la jeune fille se démener. La vue de ses fesses à fleur d'eau l'électrisa.

— Abel ! Viens m'aider, merde !

Le rocker tira une longue barre sur son stick.

— Tu es sérieuse ? Tu veux vraiment le prendre en photo ? Mais ce mec ne vaut plus un clou.

Des faucheux se posaient à la surface de l'eau autour de Candie qui se grattait la hanche avec ses ongles vernis, laissant de larges zébrures roses sur sa peau blanche.

— Tu comprends rien. Je veux prendre une photo d'art ! C'est une démarche artistique.

Effectivement, Abel ne comprenait pas. Photographier un mort, déjà il trouvait ça limite. Mais photographier un connard de punk mort que l'on n'avait pas connu de son vivant, il saisissait d'autant moins. Mais si l'art exigeait des sacrifices sur l'autel de l'amour... En effet, la nudité de Candie commençait à réveiller ses sens. Alors, il pourrait peut-être faire un effort en allant chercher le keupon de merde. Et il plongea dans la rivière avec ses tiags neuves aux pieds, juste pour se venger. Après avoir nagé jusqu'au barrage naturel formé par des arbres couchés, arrachés lors de la dernière crue, il poussa le cercueil à contre-courant jusqu'à la rive. À cet endroit, l'eau était peu profonde. Candie barbotait à ses côtés, l'aidant comme elle pouvait. Des petites bulles d'air clairsemaient ses poils clairs, juste sous son nombril. Abel n'avait pas la moindre aptitude, aucune, pour le bonheur. Mais à ce moment précis, il lui sembla qu'il était en train de l'effleurer à un cheveu, un cil... Il tira avec difficulté la boîte en sapin sur le bord et demanda en s'ébrouant.

— Alors ton truc c'est la photo ?

— C'est juste une passion. Je développe moi-même. Mais c'est vrai que j'aimerais en faire mon métier. D'ailleurs, je regrette de ne pas avoir pris mon *Nikon*. Mais comment aurais-je pu prévoir ? Je n'ai que cet instamatic et, en plus, c'est ma dernière photo.

Abel regardait Candie, intrigué par sa beauté mouillée. Comment avait-il pu continuer à vivre sans elle ?

— Tu m'écoutes ?

Pour Abel, l'art photographique se résumait à Hamilton avec ses femmes-enfants évaporées perdues dans la buée de son l'objectif, ou Helmut Newton avec ses putes de luxe.

— Tu veux vraiment photographier ce macchabée ?

— Oui, je sais, ça peut paraître fou. Mais tout à l'heure en voyant ce cercueil flotter, j'ai eu comme une révélation. Regarde autour de toi, ce décor. Jamais je ne retrouverai une occasion pareille. Tout est là, le pont, la rivière, la lumière, le corbillard, le cercueil et le cadavre. Si je réussis cette photo, je l'envoie au concours annuel amateur d'*Ex-voto*, tu sais le magazine ? Ma pellicule est finie, c'est la dernière photo, je ne peux prendre qu'un seul cliché. Donc, je n'ai pas le droit de me rater, tu saisis le challenge ? Tu devrais comprendre ça Abel, tu es un artiste. Je ne sais pas moi, imagine que l'on travaille sur la pochette d'un album des *Maîtres Nageurs*.

Candie, inconsciemment ou pas, venait d'appuyer sur le bon bouton.

— Tu peux me répéter ça ?

— Quoi ? Pour le concours de photo ?

— Non, la pochette de l'album des *Maîtres Nageurs*.

Le regard de la photographe amateur s'illumina. Candie s'en tamponnait comme de son premier *Tampax* des *Maîtres Nageurs*, elle n'avait jamais aimé le rock garage, son truc c'était la country. À cet instant, elle polarisait uniquement sur le concours. Gagner ce prix équivalait à un laissez-passer dans le cercle très fermé des photographes professionnels. Et, pour cela, elle avait besoin d'Abel. Elle lui fit donc l'article à l'envers.

— Une bonne pochette d'album doit exprimer en une seule image l'univers d'un groupe, tu es d'accord ? Et là, regarde, tous les éléments sont réunis. Votre groupe c'était surtout toi et Patchwork, les autres musiciens étaient interchangeables. Si la photo est réussie, on peut faire un malheur. Personne n'a encore mis en scène un vrai mort sur une pochette de disque. Tu imagines l'impact ?

Impressionné par l'argumentaire de Candie, Abel crut percevoir un semblant d'éclaircie dans sa vie de merde. Pris au jeu, il s'enflamma.

— Ouais, je vois très bien le truc. Une pochette qui deviendrait un classique, un poster qu'on trouverait dans toutes les piaules des kids. OK, Candie, on va la faire ta photo. Et sur ce coup, c'est moi qui vais lui mettre bien profond au punk. J'ai pensé un moment qu'il avait définitivement niqué ma carrière, mais grâce à sa gueule de rat crevé sur la pochette de notre vinyle, c'est lui qui va nous envoyer en orbite chatouiller les étoiles.

8

Jess Tardy serrait la paire de jumelles dans ses mains. Il n'avait rien perdu de la scène d'exécution de Coyote, ainsi que la fuite de Formica à bord d'un pick-up aux couleurs de la *Banzine & Co,* sa compagnie pétrolière. Le délinquant s'y était pris de curieuse façon, si peu orthodoxe qu'il était difficile d'imaginer que l'Indien avait été victime d'un contrat. Mais au bout du compte, il avait fait le job. Tardy se devait d'engager un novice, un type qui n'était pas du sérail, une petite frappe inexpérimentée. Accoudé au balcon de ses appartements, il salua du chef le marshal Andrew Maxel Broodecker qui venait de sortir du *Cactus rose*. Le flic lui rendit son salut en touchant le bord de son *Stetson*. Une jeune femme, les cheveux enroulés dans une serviette de bain, s'approcha de l'homme aux jumelles.

— C'était quoi tout ce chambard ?

Tardy tira sur son barreau de chaise et répondit évasivement.

— La vie des animaux...

La fille, d'une beauté insolente, passa ses bras autour du cou du pétrolier et lui glissa la pointe de sa langue dans l'oreille en murmurant.

— Nous sommes tous des animaux.

Il s'écarta, furax.

— Fais gaffe bordel ! Tu es trempée, tu vas niquer mon costard.

Le goût piquant du cérumen fit grimacer la femme. Ce salopard ne pouvait pas se nettoyer les oreilles ?

— Oui, je suis trempée et alors ? Il y en a un paquet que ça ne dérangerait pas. C'était quoi cette explosion ?

Dans la salle de bains, les flacons ont tremblé.

— La routine. Le K.K.K a balancé une charge de dynamite dans le bureau de la *Banzine & Co* pour faire diversion.

— Diversion ?

— Coyote vient de se faire dessouder.

— Ah oui ? C'est ce que tu souhaitais, non ? De toute façon, ce type était une véritable ordure. Tu sembles soucieux.

Tardy pivota pour entrer dans l'appartement.

— Je fais moyennement confiance à ce marshal. Et je te signale que tu es à poil.

La jeune femme gloussa.

— Regarde les culs-terreux du bar, ils font pitié.

Le pétrolier se tourna vivement. La totalité des clients du *Cactus rose* était massée devant l'établissement et regardait dans leur direction. Tardy sortit un automatique de son holster et tendit le bras. Les voyeurs s'égaillèrent comme des piafs avant qu'il n'appuie sur la détente. À Justiceburg, un type qui prenait du plomb était suspect. Il devait rapidement prouver qu'il ne le méritait pas, s'il ne voulait pas que l'affaire soit enterrée avec lui...

— Tu ferais mieux de descendre ces salopards du K.K.K, plutôt qu'effrayer ces pauvres types, reprit la femme en nouant sa serviette au-dessus de ses seins.

Tardy rangea son arme et posa ses mains sur la balustrade.

— Ce sont de véritables crétins, je l'admets, mais de parfaits boucs émissaires.

— Tu parles de boucs émissaires ! Des fascistes complètement tarés. Et tu sais très bien que ce nazi de marshal Andrew Maxel Broodecker est le plus dingue de tous.

Irrité, le pétrolier fronça les sourcils.

— Claire, je t'ai choisie parce que tu étais différente, subtile, vicieuse juste ce qu'il faut et passablement immorale, ne commence pas avec ces fadaises démocrates. Je suis l'homme le plus riche du comté et j'aspire à devenir gouverneur de l'État du Texas. Pour y parvenir, j'ai besoin d'eux. Le marshal Andrew Maxel Broodecker et ses sbires participent à mon projet. Il te semble que ce sont juste des éléments folkloriques, de simples nervis, mais ils sont incontournables et vont participer à mon ascension. Aucun gouverneur du Texas ne peut prétendre à l'investiture sans l'appui des petits blancs. Alors, évite de dégoiser à tout bout de champ ces diatribes communistes, les gens pourraient se méprendre.

La jeune femme entra dans le salon et laissa tomber sa serviette sur le sol avant de se servir un grand verre de vodka.

— Le Christ aussi était communiste. Ce qui ne t'empêche pas d'arborer sa croix.

L'homme d'affaires la regardait arpenter le salon, nue avec son verre à la main.

— Pol Pot aussi était communiste. La mort de Coyote vient de me donner une idée pour le prochain épisode de ma série.

—... ? Tu assistes à un meurtre crapuleux et tout ce que ça t'inspire, c'est un nouvel épisode pour ta série pitoyable.

Tardy qui, parallèlement à ses exploitations pétrolières, produisait des émissions de divertissements sur une chaîne locale, répondit sèchement.

— Je te rappelle que c'est ma série pitoyable qui paye ta défonce et tes fanfreluches. Tous les jours, il y a des scénarios clefs en main qui se jouent sous nos fenêtres. Je serais le dernier des abrutis de ne pas y puiser des idées. J'ai même le projet d'écrire un livre là-dessus, une chronique sur les tarés qui peuplent le comté de Justiceburg.

— J'espère que tu te réserveras une place de choix, fit la jeune femme en sortant sur le balcon.

Et elle se pencha pour ramasser le seau à glace dans lequel nageait le cadavre d'une bouteille de vodka, prenant un temps infini en marquant une longue pause, offrant ainsi la lune à une poignée de pauvres hères qui peuplaient ce morceau de désert. Jess Tardy apparut à son tour sur le balcon son flingue à la main et pointa l'automatique sur le groupe de traîne-savates qui bavait devant le *Cactus rose*, visant la tête de Smith. Ce dernier, hypnotisé, ne parvint pas à détacher ses yeux des mirifiques fesses de Claire. Et quand le fermier réalisa enfin le danger, il était trop tard. Fataliste, il aborda la situation comme une partie de roulette russe. Soit le pétrolier faisait semblant, comme souvent pour les effrayer. Ou bien, lassé de voir la même bande de clochards mater le cul de sa femme, il appuierait sur la détente. Smith ne se posa pas longtemps la question. Le marshal Andrew Maxel Broodecker avait demandé à Tardy, comme un service, le jour où ça le démangerait vraiment, de viser en priorité le proprio de la jument qu'il montait. Pour arriver au sommet, la politique demandait quelques petits sacrifices et, Claire, sans toujours le percevoir, participait avec maestria à l'ascension de son champion.

9

Candie arpentait la berge en cadrant avec ses mains, cherchant à obtenir une vue d'ensemble. Satisfaite, elle attrapa le joint qui fumait entre les doigts d'Abel et s'éloigna à reculons en tirant sur le cône.

— Mets-toi en place, bientôt il n'y aura plus assez de lumière. Le corbillard est pas mal. Ce qu'il faudrait, c'est mettre le cercueil debout contre la carrosserie. Toi, tu te tiendras à côté.

Abel s'exécuta.

— OK, maintenant il faut l'ouvrir, lança la photographe amateur.

Le chanteur sortit son couteau et glissa la lame dans l'interstice, murmurant à l'adresse du locataire.

— C'est l'heure, enfoiré, si tu te défiles je te crève.

Et alors qu'il soulevait le couvercle, son visage se figea. Candie, qui observait la scène de loin, comprit qu'il y avait un lézard. Elle s'approcha avant de s'immobiliser.

— ... ? C'est quoi ce délire ? Où il est ?

Le rocker passa machinalement sa main sur le tissu capitonné imbibé d'eau qui tapissait la boîte vide.

— Tu vois bien, cet enculé de punk s'est fait la malle.

Candie secoua la tête, mauvaise.

— Abel, c'est quoi cette histoire ? Un canular ? C'est ça, tu me faisais marcher. C'était juste une plaisanterie merdique.

Il ne savait pas quoi répondre, dans sa tête c'était la confusion la plus totale. Il avait tellement désiré que Patchwork soit toujours vivant, afin de pouvoir continuer l'aventure des *Maîtres Nageurs,* qu'il ne savait comment interpréter cette disparition. Trop défoncé pour réfléchir, il répondit ce qui lui passait par la tête.

— Je sentais intimement qu'il n'était pas complètement mort, tu n'as pas voulu me croire. Il est vraisemblablement parti à la nage.

La photographe ne put contenir plus longtemps sa colère.

— Mais c'est absurde ! Il était mort ! Je l'ai constaté moi-même. Et le cercueil était fermé, il n'a pas pu basculer dans l'eau. C'est quoi une farce ? Mais c'est pas drôle, pas drôle du tout Abel.

Le chanteur des *Maîtres Nageurs* était déconfit, dépassé par les événements. Il n'avait rien à voir avec cette partie de passe-passe et que Candie le soupçonne d'être complice de ce jeu macabre l'affectait.

— Il faut voir les choses en face. Le cercueil est vide, donc le punk était vivant au moment de la mise en bière.

— Mais arrête Abel ! C'est flippant à la fin.

Candie semblait tout à coup très abattue. Vêtue de son seul gilet de costar en alpaga détrempé à moitié déboutonné, avec ses seins qui pointaient et ses cheveux mouillés en pétard, elle était terriblement sexy. À cet instant, Abel n'avait qu'une idée en tête, la posséder sur le capot du corbillard, qui les attendait comme un grand plumard. Mais il réfréna ses pulsions. Enfin, résignée, la photographe en herbe finit par lâcher.

— Allez, on remballe.

Étonné, le rocker réagit au quart de tour.

— Comment ça on remballe ? Et la photo ?

— Sans Patchwork, cette photo n'a plus de sens.

La phrase de Candie résonna dans la tête d'Abel comme le constat définitif de sa défaite, un dernier coup de surin asséné par son ancien partenaire. Il explosa.

— Alors, parce que ce fumier de punk s'est tiré comme un voleur, moi j'existe plus !

Candie ferma les yeux en remuant la tête. Au-delà de ses propres vertiges, elle était parfaitement consciente de l'état dans lequel se trouvait Abel. Elle essaya de le raisonner.

— Réfléchis. Patchwork dans le cercueil, c'était tout l'attrait de la mise en scène. Cette photo était censée représenter la mort d'un groupe de rock, son dernier opus. Mais là, il est où le groupe ? Tu es seul.

Le rocker comprenait, ce qui ne l'empêchait pas de vivre ce moment comme une terrible frustration, une injustice, une ultime spoliation de la part du junky. Et comme il était un battant, même défoncé jusqu'à l'os, il s'accrocha aux branches.

— Candie, tout à l'heure tu parlais de prendre une photo pour ton concours, c'est ça ? Alors oublie la pochette du disque et le groupe et prends-la ta putain de photo. On s'en fout que le punk se soit débiné, il reste le corbillard, le cercueil, le décor.

La photographe fut d'abord surprise avant d'être séduite par la réaction d'Abel. Depuis leurs retrouvailles, elle le percevait comme un garçon sans caractère, sans envergure, attachant tout au plus, consciente qu'ils s'étaient connus trop jeunes pour qu'elle ait une idée bien arrêtée à son sujet. C'est pourquoi, la façon dont il défendait à présent l'idée de cette photo, même si c'était par dépit, en recentrant cette dernière sur son univers à elle, n'était pas pour lui déplaire. Elle marqua un temps de réflexion, avant de finalement acquiescer en affichant une petite moue de circonstance.

— OK, mais c'est uniquement pour te faire plaisir.

Abel n'en croyait pas un mot. Il n'aurait su expliquer pourquoi mais il sentait que cette photo allait sceller leur destin commun. Il rajouta.

— Imagine que tu gagnes ce concours.

Elle lui sourit.

— Pourquoi pas. Et puis si elle est floue, on aura toujours un souvenir de nos retrouvailles. Tiens, j'ai une idée, je vais mettre le retardateur et poser avec toi.

Candie avait retrouvé tout son dynamisme et son inventivité qui la caractérisaient. Elle fabriqua un pied de fortune à l'aide de branches et posa son appareil en équilibre dessus, avant de diriger son modèle.

— Serre-toi contre le cercueil. Je me placerai de l'autre côté. Il y a là toute une symbolique.

Abel ne voyait aucun symbole à travers cette mise en scène, juste un grand gâchis, représenté par ce cercueil capitonné avec ses poignées en argent, qui n'avait servi qu'une paire d'heures. Il se pencha à l'intérieur de l'*Oldsmobile* et retourna la cassette. La version « Des portes du pénitencier » par le groupe *Frijid Pink* s'éleva avec un son énorme. L'œil rivé derrière la fenêtre de son instamatic, Candie lui demanda d'essayer quelques mimiques.

— J'aime pas ça.

— Je ne te demande pas d'aimer mais d'essayer. Approche-toi du cercueil. Voilà. Moins avachi. Parfait ne bouge plus. Maintenant trouve une attitude. Plus dure l'expression du visage.

— Le seul élément dur de ma personne, je ne peux pas décemment l'exhiber.

— Arrête tes bêtises. Non, là tu es trop lisse, il faut une expression qui accroche.

— Ça commence à me gonfler ton truc. J'ai horreur des photos.

— Voilà ! C'est mieux quand tu râles. Là ! Ne bouge plus ! Garde cette expression ! Surtout tu ne bouges plus, hein ? Attention ! Prêt ? C'est parti !

Et Candie se précipita pour rejoindre Abel devant l'objectif. Étonné, le rocker lui fit remarquer qu'elle avait les fesses à l'air. La photographe arrêta net sa course, le regard effaré.

— Merde ! La conne ! La super conne ! Tant pis.

Et elle s'adossa brutalement au corbillard, n'ayant ni le temps, ni la présence d'esprit de poser avec une expression adéquate, encore moins de cacher son sexe bouclé. Le retardateur se déclencha. Les secondes qui suivirent s'écoulèrent au rythme d'un troupeau de buffalos qui traverse les hautes plaines au galop, lourdes et majestueuses, le souffle court, bercées par *Frijid Pink*. Ni l'un ni l'autre ne bougeait un cil, comme pour mieux fixer sur la pellicule ce moment historique. Enfin, Candie se laissa glisser le long de la portière jusqu'à ce que l'humus rafraîchisse ses idées et ses fesses. Elle tendit les jambes.

— J'ai l'impression d'avoir couru un marathon, je suis épuisée. J'espère que je ne serai pas trop ridicule sans culotte.

— Tu ne peux pas être ridicule, avec ou sans culotte, fit Abel tout en alignant deux rails de coke sur son étui à cigarette en fer blanc. Tiens, ça va te refiler un peu de jus.

Candie s'envoya la *Julie du Brésil* sans moufter avant de murmurer, hésitante.

— Abel... j'ai envie de faire l'amour. C'est pas mon genre de lancer ça comme ça... c'est même la première fois... Ça ne te choque pas j'espère. Je parle trop peut-être. C'est sûrement pour cacher ma timidité...

Abel se déplia et la prit dans ses bras. Elle était petite et légère comme un martinet, cet oiseau d'été qui ne peut plus s'envoler une fois posé sur le sol. Le cœur de Candie battait la chamade. Le chanteur la déposa à l'arrière du corbillard et s'allongea à ses côtés. Là, ils retrouvèrent les gestes d'antan sans même se concerter, ceux que l'un et l'autre appréciaient, ils n'avaient rien oublié.

Plus tard, ils sortirent de l'*Oldsmobile*, cramés et heureux. Alors que Candie se lavait dans la rivière, Abel chargea le cercueil à l'intérieur du véhicule et s'écroula derrière le volant. Il alluma son dernier stick et observa la femme qu'il aimait. Elle sortit de l'eau en passant ses mains dans ses cheveux, renifla sa culotte, un truc de fille, avant de l'enfiler prestement. Surprenant le regard d'Abel, elle fronça les sourcils, lui faisant signe de regarder ailleurs. Il n'en fit rien, elle lui sourit. Il tirait une ultime latte du stick, quand une détonation déchira le silence. Candie le regarda en écarquillant les yeux. Abel surgit hors du corbillard en hurlant son nom. Candie, touchée entre les deux seins, avait été projetée en arrière dans la rivière. L'eau autour d'elle devint rouge tandis que le bruit d'un moteur de moto s'éloignait.

10

Un quart de siècle plus tard

Elle marchait avec un morceau du cuir serré entre les dents. Au-dessus d'elle, à quelques encablures dans un ciel tendu indigo, des waps tournaient. Ses bottes en peau de serpent bleu lui cisaillaient les pieds. Elle sentait le saignement à l'intérieur, mais hésitait à les retirer. Ensuite, elle savait qu'il lui serait impossible de les remettre. Tant qu'elle était en mouvement la douleur restait tolérable, c'était pourquoi elle continuait à avancer, harassée, la tête bourdonnante. Le sang battait à ses tempes et elle n'entendait plus le monde extérieur. Elle marchait en regardant ses pieds, économisant chaque pas. Son fidèle *Leica* pendait à son cou. Sous le poids de l'appareil, les granules de ses mamelons s'incrustaient en relief dans les fibres tendues de son tee-shirt trempé de sueur. Soudain, devant elle, sur la piste, une Ford couleur crème frappée d'une étoile de shérif surgit. Surprise, elle fixa le véhicule qui ne modifia pas sa vitesse. Derrière le volant, un homme aux cheveux argentés coupés en brosse klaxonna rageusement. Avec l'astre rougeoyant qui se découpait en arrière-plan, elle imagina la photo qu'elle pourrait obtenir. C'était pour ce genre de moment qu'elle pratiquait ce métier, utilisant uniquement des pellicules argentiques, un boulot à l'ancienne. Toutefois, elle résista à la tentation d'armer son *Leica*. La Ford continuait sa course sans ciller. Subjuguée par la beauté de l'instant, elle ne bougeait pas, réglant mentalement l'obturateur de son appareil. Épuisée, déconnectée de la réalité, elle cadrait virtuellement la scène comme si elle n'appartenait pas au décor. Le véhicule s'approchait dangereusement. Le mors aux dents, elle continuait de mitrailler mentalement, serrant un peu plus les mâchoires sur le morceau de cuir. La Ford réduisit enfin sa vitesse avant de freiner et s'immobiliser dans un nuage de poussière. Le pilote, les traits déformés par la colère, hurla.

— Saloperie de beatnik ! Dégage ton cul de la piste !

Fixant la calandre du véhicule qui venait de piler à quelques centimètres, elle réalisa enfin qu'elle faisait partie du poster. Son cœur se mit à battre très fort, comme si elle sentait un danger imminent. Les jambes flageolantes, elle s'appuya sur le capot brûlant de la Ford et contourna le véhicule. Le flic, furieux, s'emporta.

— Mais elle en train de saloper ma bagnole !

Et il écrasa la pédale d'accélérateur. La voiture bondit, touchant la femme à la hanche. Déséquilibrée, elle attrapa in extremis le rétroviseur chromé en forme de suppositoire, afin de ne pas chuter dans le précipice. Surpris, le pilote tira brutalement sur le frein à main. La Ford fit une embardée et cala son moteur. Hors de lui, le marshal envoya une formidable droite dans la mâchoire de la femme au *Leica*, qui s'agrippait toujours au rétro. Groggy, elle s'affaissa dans la poussière. Le goût de son propre sang lui souleva le cœur. Submergée par des sentiments mêlés d'incompréhension et de profonde injustice, elle parvint à se relever en s'agrippant à la carrosserie de la *Mustang*. Elle refusait de terminer comme un clébard du désert écrasé sur le bord d'un ravin. Ne sentant plus ses muscles, ni la douleur, elle canalisa toutes ses forces et se jeta au visage du chauffeur, plantant ses ergots. L'homme protégea instinctivement ses yeux, lançant avec violence son coude osseux à la face de son assaillante. La douleur zébra le champ de vision de l'aventurière qui, le nez cassé, lâcha prise, perdant momentanément connaissance.

De longues minutes jouèrent avec le soleil orangé entre ses paupières. Enfin, elle distingua la haute silhouette aux cheveux argentés, le pantalon tombé sur les chevilles, secouant sa nouille au-dessus d'elle.

— Je vais te baiser salope, je vais te baiser.

Le zip de la braguette du jean de la jeune femme était ouvert et le rivet du haut déboutonné, découvrant le haut de ses poils pubiens. Tétanisée par la peur, tous les voyants de son cortex virèrent au rouge. À cet instant, elle ne pensait plus qu'à une chose, sauver sa peau, survivre coûte que coûte. Sa main gratta maladroitement la terre autour d'elle, à la recherche d'un projectile, jusqu'à ce qu'elle touche un silex tranchant de bonne taille. Son poing se referma sur l'arme rudimentaire. Elle ne pouvait s'empêcher de fixer le misérable appendice entre les cuisses maigres du flic. Réduit à sa plus simple expression, celle de pisser, il allait et venait dans la main calleuse du malade. Ce dernier, ne pouvant la posséder, décida alors d'effacer l'unique témoin de son impuissance. Et il se jeta sur sa victime, referma l'un de ses battoirs autour de son cou et sortit son arme de service. Une ultime montée d'adrénaline traversa le corps de la jeune femme. Elle se cabra et, au moment où le flic approchait le canon de son flingue, elle le frappa au visage avec une violence inouïe. Le marshal vacilla. Un geyser écarlate gicla de la cavité de l'œil dans laquelle le silex venait de pénétrer. Galvanisée par ce coup d'adresse inespéré, elle se redressa et plongea sur son tortionnaire. Sous l'assaut, il tomba en arrière. Enfin, avec le courage et la pugnacité d'un être qui n'a plus rien à perdre, elle plaqua ses mains sur la pierre figée dans l'œil, pesant dessus de tout son poids. Ceci, afin de faire entrer une bonne fois pour toute dans la cervelle de la brute que le viol restait un acte inqualifiable, ne méritant aucun pardon. Le marshal tressaillit, se tordit, hoqueta, avant de se raidir définitivement en tirant une langue bleue comme la nuit. Chancelante, épuisée, laminée, l'aventurière s'écroula aux côtés du cadavre du shérif. Le cœur prêt à exploser, elle essayait de reprendre son souffle et ses esprits. La peur continuait à lui tenailler le ventre, mais consciente d'être passée à côté du pire, la satisfaction d'être toujours vivante primait sur tout le reste. Cependant, elle devait maintenant agir et vite, sinon à quoi rimait un tel combat ? Elle connaissait trop cette région perdue et aride pour savoir que la légitime défense, même face à un tueur désaxé avéré, n'avait aucun poids si la victime était un flic. Au Texas, la seconde règle, après celle de dégainer le premier, était de ne jamais rater sa cible. La troisième règle, élémentaire, était de ne jamais choisir comme cible le shérif, sauf exceptions : la motivation de prendre sa succession ou d'être candidat au suicide. Brusquement, le téléphone cellulaire du borgne vibra à sa ceinture. Le palpitant de la femme au *Leica* s'emballa. Une voix féminine avec un accent rocailleux s'égosilla.

— Andrew Maxel Broodecker ! C'est ta femme, épousée en secondes noces pour son pognon. Réponds !

L'aventurière hésita avant d'arracher le téléphone du ceinturon du mort. Prenant sa voix la plus grave, elle demanda.

— Qu'est-ce que tu veux ?

— Max ? C'est quoi cette voix de fiote ? Tu serais pas en train de te faire mâcher tes vieilles bourses par une de tes salopes indiennes ? Andrew Maxel Broodecker, répond vieille pédale !

L'aventurière frémit devant un tel débit d'immondices. Mais elle se reprit pour ne pas inquiéter son interlocutrice.

— Mon cellulaire est tombé, je t'entends mal.

— Vieille raclure, c'est tout ce que t'as trouvé comme excuse pour niquer une de tes putains ? Bon, écoute vieux débris, je pars pour Abilène. N'oublie pas que ce soir on dîne chez Matie. Alors, t'arrives pas bourré. Oh ! Tu m'entends ?

L'inquiétude devenait palpable chez la femme du marshal. L'aventurière devait absolument lui répondre quelque chose, au risque d'attiser sa méfiance. Les tripes nouées, elle articula.

— OK. Ce soir chez Matie. Je dois y aller.

Un silence pesant s'ensuivit, recouvrant le désert de ses lourdes particules, rapidement brisé par la voix de stentor de la veuve du marshal.

— Max ! C'est pas toi qu'est au bout du fil. C'est qui la salope qui se fait passer pour le marshal Andrew Maxel Broodecker ?! C'est quoi ce cirque ?!

La femme au *Leica* tressaillit avant de fracasser le cellulaire contre un rocher, piétinant comme une furie le seul lien qui la localisait. Puis, elle laissa libre cours à une tension nerveuse trop longtemps contenue, hurlant sa détresse. Des larmes roulèrent sur son visage ravagé par l'angoisse, avant qu'elle ne s'effondre sur la piste en état de choc.

11

Formica, assis au comptoir du *Cactus mauve*, observait l'employé mexicain astiquer les cuivres. Cela faisait vingt-cinq ans qu'il n'avait pas remis les pieds à Justiceburg, depuis le contrat visant la personne de Coyote, afin que Jess Tardy récupère l'établissement. La ville n'avait pas changé, juste s'était-elle étalée grignotant un peu plus sur le désert, mais le climat restait le même, poisseux, électrique, terriblement nocif et volatile. Formica arborait un tee-shirt noir sur lequel était imprimé : *We are anonymous*, avec une représentation du célèbre masque utilisé par certains activistes du web. Formica passait beaucoup de temps devant son ordinateur pour vivre. Le jour, il vendait ses services de hacker, la nuit, il jouait au poker en ligne. Il sécha d'un trait son quatrième bourbon et demanda au serveur.

— Pourquoi le cactus est devenu mauve ?

Le Mexicain regarda le gringo, ne sachant pas comment interpréter la question.

— Du rose au mauve il n'y a qu'un pas, lâcha un autre gringo en s'approchant du comptoir.

— J'ai failli attendre crooner, lâcha Formica en faisant pivoter son tabouret.

— J'ai loupé la sortie sur la nouvelle bretelle.

— Normal, aucune issue à Justiceburg. Putain, ça fait un bail Abel.

Et l'*outlaw* commanda deux bourbons, accompagnant le sien d'une gélule multicolore. Devant le regard légèrement réprobateur d'Abel, il crut bon de se justifier.

— Quoi ?! J'ai passé la nuit scotché sur mon écran. Si je prends rien, je tombe.

Abel but une gorgée du liquide brun et reposa son verre sur le comptoir.

— Ce que j'en dis... À long terme, ça va juste te niquer les circuits.

Le hacker haussa les épaules et vida son verre cul sec.

— Ça te va bien. Je me souviens d'une époque où tu gobais tout ce qui circulait. T'es pourtant passé à travers.

—... À travers ? C'est oublier un peu vite mes deux années de zonzon, camarade.

Formica fronça les sourcils.

—... C'est vrai. J'avais complètement oublié cette histoire. Comment elle s'appelait déjà la greluche ?

—... Candie.

— Ouais, c'est ça, Candie. Par contre, je me rappelle très bien les gros titres à l'époque.

Le joueur de poker venait d'ouvrir la boîte aux souvenirs et Abel eut un mauvais flash. Il se remémora Candie qui flottait dans l'eau rouge de la rivière et les deux années d'incarcération qui avaient suivi pour dissimulation de cadavre. Les flics l'avaient même soupçonné un temps d'avoir tiré sur sa copine, un vrai cauchemar. Et pour corser l'affaire, le corps de Patchwork qui n'avait jamais été retrouvé, le mystère restait entier. Non, Abel n'avait pas la sensation d'être passé à travers quoi que se soit. Il trouvait même qu'il avait payé très cher la perte de l'innocence. Il commanda une autre tournée. Formica, qui n'avait rien perdu de son esprit caustique, reprit :

— T'es gonflé de me faire venir jusqu'ici, et spécialement dans ce bar. Je te rappelle qu'il y a un mandat d'arrêt avec mon blaze qui moisit dans le bureau du shérif depuis des lustres.

— Arrête ton cinoche. Vingt-cinq ans sont passés, y a prescription.

Le hacker remua la tête.

— Non, Crooner. Avec le marshal Andrew Maxel Broodecker, y a jamais prescription.

Abel resta un moment songeur.

— T'as raison... Enfin, même si ce vieux salopard fait encore du rabe, on est en droit de penser qu'il a un pied dans la tombe.

— Ça n'engage que toi. Alors, je t'écoute. Pourquoi Justiceburg et pas à Austin, Beaumont, ou Dallas ?

— Parce que c'est ici que je veux que ça se passe.

— Qu'est-ce que tu veux qui se passe ? Rien ne peut arriver de bon dans ce bled de malheur.

Abel fixait son ami d'enfance, attentif à ses moindres réactions.

— Je vais organiser un concert, un méga concert, un truc de la mort qui n'arrive qu'une fois dans une vie et qui va me ramener la galette. Après, j'arrête définitivement le job de manager.

Formica siffla son bourbon en faisant les yeux ronds.

— Tu me fais venir dans ce trou à rat, où ma tête est mise à prix depuis plus de 20 piges, pour m'annoncer que tu veux monter un concert avec *Cholera Girls*, le plus mauvais groupe de pisseuses en chaleur que j'ai jamais croisé ! Je croyais que c'était pour un plan sérieux, escroquer la *Banzine & Co* ou pirater la *Petroplus* !

Abel soupira. Le bad boy patenté, reconverti en pirate du net, n'avait jamais eu le sens des réalités. À présent, il confondait le virtuel et la vraie vie.

— C'est ça, pour me retrouver à Sing Sing. Non, ce que je te propose est moins dangereux et plus lucratif. D'abord, il ne s'agit pas de *Cholera Girls*, je suis conscient de leurs limites. Je veux juste terminer ma carrière sur un coup de maître, un concert qui marquera les esprits et entrera dans la grande Histoire du Rock'n'roll.

Formica sourit face à la mégalomanie d'Abel, c'était le seul réel défaut de son ami et il ne portait pas à conséquence.

— Et tu penses à quel groupe ?

— *Exotic Lizard.*

C'était sorti tout seul de la bouche du crooner, comme une évidence. Le hacker goba les mouches suffisamment longtemps, pour que l'on puisse compter ses plombages du fond. Il referma sèchement le bec sans se départir de son air ahuri.

— T'en penses quoi ? reprit le manager.

—Que t'as un vieux retour de trip et que t'es bon pour la casse.

Abel se redressa sur son tabouret.

— C'est sérieux Mica. Si je me lance dans cette entreprise, est-ce que je peux compter sur toi ?

Formica observa attentivement l'ancien chanteur des *Maîtres Nageurs*, essayant de déterminer si son pote se payait sa fiole ou s'il avait ingurgité un quelconque psychotrope qu'il semblait pourtant s'interdire.

— Tu me fais quoi là ? Tu sais que tu peux compter sur moi, à partir du moment où y a de l'oseille à la clef, du poil de con ou du baston, mais là tu me prends pour un branque ! Tu oublies que j'ai assisté en live à la création d'*Exotic Lizard,* que je suis sûrement le seul mec au monde à savoir que ce groupe n'a jamais existé ! Tu te souviens plus ? La plage de Santa Cruz, on était sous amphets, complètement cartables. À un moment, t'es parti dans ce délire. Tu voulais créer un groupe mythique qui marquerait l'histoire du Rock'n'roll, déjà. Mais pas un groupe lambda, un groupe d'Arlésiennes, tu disais. Moi, à l'époque, je savais pas ce que ça voulait dire Arlésienne, avec ta putain de culture française. Comme la Patty Smith et sa Verveine.

— Verlaine pas verveine.

— C'est pareil. Jusqu'à ce que tu m'expliques que c'était un gang de gonzesses qui dansait avec des sabots et des toques de cuistot sur la tête.

Abel constata que son ami ne comprenait toujours pas l'expression Arlésienne. Puis, une vague de nostalgie le submergea lui procurant un plaisir indéfinissable. Il se revit sur la plage de Santa-Cruz, expliquant à Formica que l'expression Arlésienne représentait symboliquement quelque chose qui était annoncé et qui n'arrivait jamais. Son idée initiale était de créer de toutes pièces la carrière d'un groupe composé exclusivement de filles, dont la particularité serait de n'exister que dans la mémoire collective. Et, contre toute attente, cela avait fonctionné, au-delà de toutes ses espérances. Au point qu'aujourd'hui il en avait perdu le contrôle. Et il avait décidé de se réapproprier ce qui lui appartenait de droit. *Exotic Lizard*, l'unique et authentique succès de sa carrière de manager, après sa carrière ratée de musicien. Abel sentait que c'était maintenant ou jamais le moment de capitaliser toute cette énergie qu'il avait concentrée pendant des années dans cette invention. Pendant plus de deux décennies il avait entretenu le mythe de ce groupe fantôme, écrivant dessus toutes sortes de chroniques et d'articles invraisemblables dans tous les fanzines alternatifs de la planète Rock. Ses piges étaient reprises et traduites en plusieurs langues dans la presse underground internationale, principalement dans les magazines spécialisés tels que : *Tseb, Rock & Klop* et *SweepMetal.* Abel avait même poussé le bouchon jusqu'à publier une fausse biographie du groupe dans un magazine japonais qui tirait à 1 million d'exemplaires. Résultat, quand on parlait d'*Exotic Lizard* à n'importe quel gugus branché Rock'n'roll, il avait entendu parler de cette formation. La moindre rumeur était relayée par une multitude d'ambassadeurs mythomanes dont les témoignages venaient étayer le succès de cette supercherie. Pour exemples, un rock critic, en quête d'un scoop, les avait vus jouer en compagnie des *Stray Cats* dans un club de Sydney. Un musicien en panne d'audience prétendait avoir tapé le bœuf avec elles dans un township de Soweto. Abel avait même entendu parler de disques pirates qui circulaient sous le manteau en Finlande. Et le plus étonnant était que tous ces gens étaient sincères. En l'espace de vingt-cinq ans, le manager à la ramasse avait réussi le tour de force d'infuser dans la tête des gens le nom d'*Exotic Lizard*, un groupe de rock qui n'avait jamais existé. Abel observa d'un regard torve le seul type qui connaissait son secret.

— Formica, ce que je veux, c'est récupérer ma mise et la faire fructifier.

Le joueur de poker se moqua.

— Et comment tu fais pour ramasser une mise qui a moins de valeur que la monnaie de babouin ?

— Tu n'as jamais entendu parler de bulle spéculative ? Ma mise est sur le tapis depuis vingt-cinq piges et il est plus que temps de la convertir en dollars. J'ai juste besoin d'un hacker, une pointure. Est-ce que tu marches avec moi Mica ?

Le pirate gambergeait. Entre son poker en ligne et ses arnaques, il s'en sortait plutôt pas mal. Pourquoi changerait-il de régime ? Mais la vraie question était pourquoi il était là, dans cette ville qu'il honnissait par-dessus tout, un bled infesté de chasseurs de primes, de chercheurs d'or et de putes plombées, où il risquait à tout moment de se prendre une balle perdue. Tout ça, pour s'entendre proposer le deal le plus moisi de toute sa vie d'outlaw. Mais il ne se cacha pas la face, il connaissait la réponse. Malgré le temps qui passait, le gras qui empattait sa silhouette de catcheur et ses succès au poker, il n'avait pas changé. Il restait un handicapé de la norme, un hors-la-loi congénital, un pirate de l'existence et, surtout, il s'emmerdait à mourir. Et avec Abel, son ami poète, son dernier pote de l'époque de l'orphelinat, les autres étaient tous morts, il s'amusait. Il retrouvait ses vingt ans, quand il était une crapule, une tête brûlée qui jouait chaque jour sa vie au poker.

— D'accord. Mais va falloir que tu m'expliques comment on va faire pour trouver cinq nanas, qui taquinent le manche, tricotent entre les barrettes, caressent les casseroles et soient gaulées à cinquante piges comme des sirènes. Parce que si je me souviens bien, elles jouaient à poil les laitues.

— Pas à poil, en bikini.

— C'est pareil, pour que ça fonctionne tu dois pêcher cinq morues plantées comme Raquel Welch. T'imagines l'expédition ?

Formica écoutait l'ancienne petite frappe, reconvertie dans le grand banditisme, avec un plaisir non feint. Ce dernier montait comme une mayonnaise et les autres suivraient de la même manière. C'était ça l'effet *Exotic Lizard*, un truc indicible qui diffusait et finissait par toucher sans que l'on ne sache pourquoi. Le manager savait depuis toujours son idée géniale, une alchimie qui avait été longue à se mettre en place, mais à l'arrivée imparable. Rarement en phase avec son époque, Abel avait consciencieusement analysé les tendances des dernières années : faire du vent pour être dans le vent, faire du rien avec rien et finir par être adulé en n'étant rien. Tous les ingrédients pour que son groupe fantôme réussisse. Son plan était mûrement préparé, chaque détail mis en perspective. Les musiciennes devraient être occidentales, la quarantaine bien tassée, pour la crédibilité physique et rock. Des filles jolies pour les yeux et talentueuses pour les oreilles, un minimum déglinguées, afin d'être raccord avec l'image sulfureuse du groupe qu'il avait entretenue pendant toutes ces années. Abel n'avait jamais lésiné sur les détails, ses articles relataient le quotidien des musiciennes, leurs multiples frasques, les rixes dans les bars, les courses-poursuites avec des gangs de motards, leurs partouzes avec des garçons bouchers. Le tout, agrémenté de montages avec de fausses images, comme la reconstitution d'un concert filmé en super 8, censé se dérouler dans un festival punk à Mont-de-Marsan, un trou improbable qui se trouvait en France, pays de sa mère. Sa ténacité à travestir la réalité avait atteint son apogée l'année où le *Guinness des records* avait mentionné *Exotic Lizard* comme le plus grand groupe de rock inconnu du monde. Abel n'en était toujours pas revenu, ou comment faire exploser l'audimat avec un ovni virtuel imaginé sur une plage californienne à la fin des années 70 par deux copains sous amphet. Devant le silence de son pote, Formica demanda.

— Alors, comment on va s'y prendre pour recruter tes greluches ? On passe une annonce dans *Rock & Klop* : Cherche 5 pisseuses de 50 balais avec des gros nichons, qui savent plaquer trois accords et jouer du tambour ?

Abel redescendit sur terre. Effectivement, la principale gageure était de dénicher cinq filles proches de leur génération, qui mouillaient encore leur culotte pour le Rock'n'roll, sans qu'elles ne ressemblent à un gang de grands-mères. Il écarta de la main l'idée saugrenue du hacker.

— Laisse tomber les petites annonces, c'est pour les guitares volées et les occasions ratées. Je t'expliquerai les détails plus tard. Pour le moment, on trinque à notre projet. Barman ! Une bouteille de bourbon.

12

Quand elle reprit ses esprits le soleil plongeait derrière les Rocheuses. Il lui fallut une force et un courage surhumain pour déplacer le corps du marshal, le tirer par les pieds et le soulever pour l'asseoir derrière le volant de la *Mustang*. Enfin, elle desserra le frein à main et poussa le véhicule dans le vide. La *Ford* rebondit sur les rochers dans des gerbes d'étincelles avant de s'écraser dans le ravin. Prostrée et hagarde, elle resta un long moment à observer l'épave au fond du canyon, attendant qu'elle explose comme dans les films. Mais rien ne se passa, elle n'était pas dans une série B, tout juste un western Z qui n'avait pas les moyens de cramer un plein de kérosène. Son nez cassé la lançait et une effroyable migraine l'empêchait d'échafauder le moindre plan. C'était la première fois, en de nombreuses années d'expériences et de pérégrinations dans les endroits du monde les plus reculés, les plus dangereux, qu'elle se retrouvait dans une situation aussi critique. Elle venait de tuer un homme. Pouvait-on d'ailleurs désigner son geste comme celui d'une meurtrière ? Et était-ce un homme ? Qu'importait le vocable, la réalité était devant ses yeux, au fond d'un ravin, le macchabée d'un marshal écrabouillé au volant d'une *Ford Mustang*. Et pour cet homicide, elle risquait pas moins que la chaise électrique. À présent, il fallait qu'elle puise toutes les ressources qui étaient en elle pour s'éloigner de ce lieu maudit. Elle ramassa son fidèle *Leica* et se mit en route. Le traumatisme de l'agression lui avait fait oublier ses vieilles blessures, mais maintenant que ses muscles s'étaient refroidis, elle souffrait à nouveau le martyre. Lentement elle avança un pied, suivi de l'autre. Ses larmes traçaient des rigoles sur son visage sali par la poussière et marqué par la douleur. À chacun de ses pas, un gargouillis insoutenable se produisait, lui donnant l'impression que ses bottes étaient remplies de vase. Elle s'interdisait de hurler. Bientôt la souffrance se fit moins sentir, mais elle savait qu'elle ne pourrait pas tenir ce rythme longtemps. Elle devait quitter au plus vite cet endroit, laisser entre elle et le cadavre du flic la plus grande distance qui lui était possible, si elle ne voulait pas avant l'aube se balancer au bout d'une corde. Elle connaissait les autochtones et les savait expéditifs. Ne lui était-il pas arrivé à maintes reprises de découvrir dans le désert des squelettes sans sépultures ? L'un de ses reportages sur le sujet avait même suscité suffisamment d'émoi pour qu'elle soit menacée de mort par le K.K.K. Elle savait mieux que personne qu'en matière de justice, elle n'avait rien à attendre de cet État fasciste. Après trois kilomètres de calvaire, elle avisa le lit d'un ruisseau à sec qui descendait le versant pelé de la montagne jusqu'à un long promontoire quelques milles plus bas. Sans réfléchir, elle emprunta ce chemin naturel en serrant les dents. Les pierres roulaient sous ses pieds à vif. Son sang bouillonnait rendant la douleur moins présente. Maintenant, elle dévalait le sentier de fortune avec une seule idée en tête, atteindre la plaine et rejoindre la route au plus vite. Et de là, se faire déposer par un automobiliste dans le premier hôpital venu. Elle avait de quoi payer. Elle n'était pas une hippie attardée fascinée par les Indiens ni, d'aucune façon, une paumée illuminée, comme avait dû le penser cette ordure de marshal qui imaginait pouvoir l'effacer de la carte sans être inquiété. Elle était juste une artiste qui capturait des images dans une vieille boîte en utilisant une technique oubliée, une authentique artiste ne jurant que par Nadar, qui avait connu sa période de gloire, mais s'était attardée trop longtemps en chemin. Et aujourd'hui, elle payait au prix fort cette liberté qu'elle s'était accordée. Mais elle avait de quoi payer, quelques centaines de dollars pliés à l'intérieur de sa ceinture en peau de crotale, ainsi que sa Mastercard Platinum. Maintenant, elle n'aspirait qu'à retrouver la civilisation, prendre un bain et se faire soigner. Elle s'imaginait déjà dans les draps propres d'une chambre aseptisée, les pieds emmaillotés de gaze chirurgicale sous le regard bienveillant d'une équipe médicale. Elle ne voulait pas mourir seule, abandonnée aux rapaces dans cette réserve indienne sur la frontière de l'Oklahoma et du Texas. Ses idées étaient de plus en plus confuses et sa course chaotique. Elle avait soif et son nez, qui avait doublé de volume, la lançait de plus belle. Elle se surprit à guetter le ciel, non pas pour repérer les vautours qui tournaient déjà, mais à l'affût d'un hélicoptère de la surveillance des frontières, malgré le danger que cela aurait signifié pour elle. À cet instant, elle regrettait presque de ne pas être restée sur le lieu du drame. Crever pour crever que se soit dans la dignité. Comme si la chaise électrique était digne. Pays de barbare où les femmes étaient obligées d'enfoncer la pointe d'un silex dans la cervelle des shérifs, pour espérer, sinon simplement vivre, continuer la vie qu'elles s'étaient choisie. Puis, elle remarqua sur ses mains abîmées et sous ses ongles des traces de sang séché. Son rythme cardiaque s'emballa. La *Mustang* n'avait pas brûlé. La police scientifique allait recueillir des traces de son

ADN sur le cadavre du flic. Son angoisse montait d'un cran à chaque pas. Heureusement, elle n'était fichée dans aucun service de police, que ce soit au F.B.I ou chez les Rangers. Son unique chance de survie était de ne pas tomber entre les griffes de la police du comté de Justiceburg. Épuisée, au bord de l'évanouissement, sentant ses jambes se dérober à tout moment, elle réussit à parcourir encore un demi-mille. Mais son organisme réclama une trêve. Elle s'allongea sur les pierres chaudes et fixa les nuages, rejetant l'idée qu'elle pourrait ne plus jamais se réveiller. Les waps tournaient plus bas au-dessus d'elle. Elle n'avait pas le droit de s'endormir. Elle pratiquait depuis trop longtemps le désert pour savoir que ces charognards commençaient toujours par les yeux.

13

Abel et Formica venaient de sécher leur bouteille de bourbon pour fêter dignement leur nouvelle collaboration et s'apprêtaient à quitter le *Cactus mauve*. Le manager posa quelques dollars sur le comptoir avant de se diriger vers les toilettes. À peine sa silhouette eut-elle disparu derrière les portes western qu'un client s'approcha du hacker et lui demanda.

— Tu t'appellerais pas Formica des fois ?

Le type était très maigre, d'innombrables traces de petite vérole labouraient sa face olivâtre, des poils hirsutes sortaient de ses narines et une méchante cicatrice lui zébrait le front. Le joueur de poker fixa intensément l'individu.

— Pourquoi des fois et pas tous les jours ? J'ai une gueule à m'appeler Zembla ?

— Tu n'as pas répondu à ma question, fit le sac d'os.

Le pirate continua à palabrer, afin d'appréhender au mieux la situation et surtout jauger le type ; une technique qui lui avait souvent porté chance depuis qu'il l'avait pratiquée pour la première fois sur la personne de Coyote dans ce même bar.

— C'est Zorro qui t'a arrangé le portrait ? J'imagine que tu devais le mériter. En effet, je m'appelle Formica. Tu veux passer l'éponge ?

Le type à la marque du vengeur masqué répondit avec une voix nasillarde.

— Non, j'ai pas envie de passer l'éponge. J'étais présent au *Cactus rose* quand tu as tué Coyote. Je suis chasseur de prime et ça fait vingt-cinq ans que j'attends ce moment, assis sur cette chaise. Je sais par expérience que les assassins reviennent toujours sur les lieux de leur crime. Alors, j'ai posé mon cul, j'ai attendu et tu es venu.

Les yeux du hacker se mirent à briller d'étrange façon.

— Tu as fait deux erreurs le chasseur. La première, en me demandant si j'étais Formica. J'aurais pu te répondre que je m'appelais Linoléum et l'on en restait là. Mais comme je n'aime pas tes mauvaises manières et ta face de rat avec tes poils de fion qui te poussent dans les narines comme du mauvais gazon, je t'ai donné ma véritable identité, ce qui signifie ton arrêt de vie.

— On dit arrêt de mort, fit la tête de rat.

— On dit aussi arrêt de bus, à raie du cul, à raie de côté, à Ray Charles...

— Arrête ! Tu es en état d'arrestation, postillonna le chasseur de prime en sortant un revolver rutilant.

— Il a déjà servi ? demanda le pirate en désignant du menton le flingue qui brillait beaucoup trop.

— Jamais eu besoin, fanfaronna la tête d'olive.

— Je vais tout de même t'exposer ta deuxième erreur. Tu me reproches des faits qui ont eu lieu au *Cactus rose* et, contrairement à ce que tu affirmes, je ne suis pas revenu sur le lieu de mon crime, puisque le bar où nous nous trouvons aujourd'hui s'appelle le *Cactus mauve*.

— Ça se tient, fit le serveur mexicain qui avait fait du droit.

Ce dernier n'avait rien perdu de la conversation entre Abel et Formica, depuis qu'ils s'étaient installés au comptoir. Il se délectait d'observer le hacker qu'il trouvait diablement romanesque. Un silence relatif plombait l'atmosphère, les rares clients s'étaient déplacés au fond du bar.

— Appelle le marshal ! lança le chasseur de prime au serveur mexicain.

— Ça va pas ta tête ! Tu crois que je vais appeler le marshal Andrew Maxel Broodecker, ce vieux salopard qui ne paye jamais ses consommations.

Décontenancé, le chasseur de prime se tourna vers Formica et lâcha laconiquement :

— Le marshal Andrew Maxel Broodecker te voulait mort ou vif, finalement j'ai choisi.

Plusieurs détonations suivirent, explosant les tympans de la poignée de consommateurs planqués sous les tables. Abel surgit des gogues. Il eut tout juste le temps de voir le hacker achever le chasseur de prime.

— Formica ! Putain ! Qu'est-ce qui s'est passé ?!

— Légitime défense, répondit le serveur mexicain qui avait fait du droit.

—... C'est quoi ces conneries ?! J'attends des explications, pas des dialogues de manga !

— C'est la vérité toute nue, reprit le serveur mexicain. Votre ami allait se faire abattre sans aucune autre forme de procès. Il a juste été plus rapide que le chasseur de prime, qui, à sa décharge devait être un peu rouillé d'avoir attendu vingt-cinq ans le cul vissé sur cette chaise. Votre ami lui a arraché son arme et lui a vidé le barillet dans le buffet. Je suis disposé à témoigner en sa faveur sans la moindre compensation. Maintenant, si vous préférez, je peux aussi vous offrir mes services d'avocat. Pour ma première plaidoirie de fin d'études, un petit homicide local, ça pourrait avoir de la gueule sur mon curriculum vitae. Une autre bouteille de bourbon ? C'est offert par la maison.

— On ne nous achète pas, répondit Abel.

— C’est toujours le bar à Tardy, ici ? demanda Formica.

— En effet, on le voit rarement mais c’est bien l’ancien gouverneur qui est le patron.

— Envoie la bouteille, j’aime bien ce que j’achète pas.

14

Polar était un village du Texas qui terminait en cul-de-sac comme les mauvais polars, une ancienne station postale construite au début du siècle dernier en haut d'un piton rocheux juste en face de Double Mountain. À son âge d'or, le bourg comptait jusqu'à vingt familles. Mais suite à la grande dépression et au déplacement de l'école, le nombre d'habitants de la petite communauté chuta de moitié pour se stabiliser autour d'une dizaine d'âmes au début des années 50. La ville la plus proche, Justiceburg, se trouvait à quelques milles à vol de pigeon sur la route 84. Ce n'était pas une définition trouvée dans *Oui, qui paya* ? mais bien l'historique de Polar, un village perdu pour toujours.

L'Indien, grand et sec, souleva la peau d'élan qui fermait le tipi et se glissa à l'intérieur de l'habitation traditionnelle. Une odeur de marijuana et de viande faisandée flottait dans l'atmosphère confinée. Allongée sous une peau de bison, l'aventurière leva ses yeux fiévreux en direction du Chiricahua. Cela faisait quatre jours que l'Apache l'avait recueillie agonisante en plein délire, gisant dans le lit asséché de la rivière Crews. Par chance pour la chasseuse d'images, le chasseur de mocassin passait par là, alors qu'un *waps* commençait à entamer l'un de ses talons à coups de bec. Les pieds de la femme, qui dépassaient de la lourde peau, étaient pansés grossièrement à l'aide de bandes de toiles enduites d'un onguent à base de graisse d'ours. Sa langue avait enflé, conséquence d'un manque d'hydratation prolongé et son nez la lançait. D'une voix tapissée de chardons, elle murmura :

— Je suis là depuis combien de temps ?

L'Apache se pencha en lui présentant les quatre doigts de sa main droite ; le pouce manquait, ce qui devait être chiant pour faire du stop.

— J'ai soif, lâcha l'aventurière dans un souffle brûlant.

L'Indien saisit une cruche en terre et souleva la nuque de la blessée en versant délicatement l'eau sur ses lèvres craquelées et boursouflées. Alors que le liquide ruisselait le long du cou crasseux, il murmura.

— Vous étiez à deux doigts de rejoindre les grands esprits de la montagne. Le marshal est mort, mais ici vous êtes en sécurité.

La malade sursauta en s'étranglant. S'ensuivit une quinte de toux, doublée d'un tremblement qui agita tout son corps sans qu'elle n'arrivât à le réfréner. L'Apache observait froidement la survivante frissonner sous la peau de bison. Elle réussit à articuler.

— Pourquoi vous me dites ça ?

— L'homme dans la *Ford Mustang* était le marshal du comté de Justiceburg. Un homme très respecté qui ne respectait personne, répondit l'Indien.

Le regard effrayé, l'aventurière essaya de se redresser avant de retomber sur sa couche, exténuée. L'Apache reprit.

— Ce n'est pas une grande perte pour le comté, le shérif Andrew Maxel Broodecker ne méritait plus de vivre depuis longtemps. Il fallait juste que quelqu'un ait le courage de le faire.

La photographe tenta d'expliquer ce qui s'était passé.

— Je n'ai rien fait... C'est lui. Il a essayé de me... de m'écraser comme une chienne. Je me suis seulement défendue. Je...

Elle s'arrêta. À quoi servait-il qu'elle se justifiât devant ce Peau-rouge.

— Je sais que vous êtes innocente. Le marshal Andrew Maxel Broodecker a toujours écrasé les Indiens, les nègres, les faces de citron et aussi les hippies.

Elle attrapa la manche de son sauveur.

— Je ne suis pas une hippie grand chef ! Je fais un reportage sur les Indiens qui vivent sur la frontière.

Puis, scrutant la tanière, elle reprit.

— J'avais un appareil-photo avec moi, vous l'avez ramassé ?

— Je l'ai mis en lieu sûr. C'est dommage que vous ne soyez pas une hippie, j'aime cette tribu. Elle prêche l'amour libre et fume des herbes qui participent à la paix de l'âme, des coutumes très proches de celles de mon peuple.

L'aventurière essaya de trouver l'intonation qui convenait.

— L'Indien, c'est pas parce que tu m'as sauvé la vie qu'il faut t'imaginer que tu vas pouvoir faire à dada sur mon bidet. Dans ma tribu ça se passe pas comme ça.

Un sourire lunaire illumina le visage de l'Apache.

— À dada sur ton bidet. Je m'en souviendrai. Je n'imagine rien. Ce qui devait être fait a été fait. Dans ma tribu ça se passe comme ça.

La photographe tressaillit, espérant avoir mal compris. Mais l'homme précisa.

— Ta vie s'en allait au galop en direction des grandes plaines. J'ai dû te réchauffer le corps avant que ton esprit rejoigne les cimes de Double Mountain. Pour le retenir, j'ai utilisé le seul outil qui fait rire les squaws.

La convalescente se sentit défaillir. L'Indien lui expliquait le plus naturellement du monde qu'il l'avait violée pendant qu'elle était inconscience. Une gêne à la hanche lui fit soulever la lourde peau de bête qui la recouvrait. Une lanière en cuir avec des perles en corne et des éclats de turquoises était nouée autour de sa taille. Elle s'écria.

— Mais je suis à poil ! Où t'as mis mes fringues ? Putain de Peau-rouge !

Un nuage noir passa dans le regard de l'Indien.

— Je ne suis pas un Peau-rouge, mais un guerrier apache Chiricahua qui descend, après trois flèches brisées, de la cinquième femme du chef Cochise. Je te conseille de ne pas remuer comme un serpent à la langue fourchue, tu as encore beaucoup de fièvre. Tu as tué un homme et camouflé ton crime en accident et je t'ai sauvée. En te ramenant ici, je me suis rendu complice du meurtre du marshal Andrew Maxel Broodecker, qui était un fils de pute, mais aussi le shérif du comté de Justiceburg. J'ai découpé tes habits pour pouvoir te soigner et te réchauffer.

L'aventurière, plus faible que jamais, se redressa.

— Ça n'excusera jamais ton viol, ordure ! Maintenant, passe-moi quelque chose à me mettre. Je ne supporte pas d'être nue sous cette peau qui pue !

L'Apache sortit d'un coffre en bois ouvragé une tunique brodée avec des perles. Le coffre représentait des scènes de la vie quotidienne des Indiens chiricahuas, avant que les Yankees ne les déciment en embrochant leurs papooses sur leurs sabres et les achèvent en leur troquant des gallons d'alcool qui rendent aveugle. Elle lui arracha l'étoffe des mains en lui demandant de se retourner et enfila la tunique avec difficulté, refusant son aide. Enfin, elle retomba sur la peau de bison épuisée par l'effort. L'Indien lui dit :

— La queue de l'Ours était rouge. Les dix lunes rousses étaient alignées, ce qui est favorable. Bientôt tu seras sur pied.

L'aventurière préféra ne pas interpréter les oracles du sauvage qu'elle considérait à présent comme un barbare de la pire espèce. Il lui fallait reprendre des forces et quitter cet endroit au plus vite. Ses yeux qui s'étaient habitués à la pénombre fixaient les peintures qui décoraient l'intérieur du tipi. L'ours y était représenté sous toutes ses facettes et dans toutes les situations, des ours qui dansaient, des ours qui mangeaient, des ours qui se battaient, des ours qui copulaient. Elle demanda à l'Apache.

— Pourquoi tous ces ours ?

— C'est l'animal totem de ma tribu. Mon nom de guerrier est Ours Vigilant.

À cet instant, elle remarqua au fond du tipi du matériel informatique sophistiqué, ainsi qu'un écran de 24 pouces. Elle demanda, étonnée.

— Tu reçois Internet ?

— Oui. Dans ces régions reculées, c'est indispensable pour communiquer avec le monde.

— Tu as quelque chose à fumer ?

L'Apache sortit du coffre une longue pipe dont il bourra lentement le foyer avec un mélange d'herbes. Puis, il l'alluma en tirant doucement dessus avant de la présenter à la femme blanche. Cette dernière la saisit en s'accoudant.

— Une Marlboro faisait l'affaire. Si tu crois que tu vas acheter mon silence avec un calumet de la paix. Tu sais que tu risques vingt ans de bagne pour ce que tu as fait ?

Ours Vigilant s'assit en tailleur en face de l'aventurière et répondit placidement.

— Tu sais que tu risques la chaise électrique pour ce que tu as fait ?

— Je ne te le pardonnerai jamais l'Indien.

L'Apache hocha la tête, les yeux perdus vers la cendre froide du foyer qui occupait le centre du tipi.

— Les blancs ont violé nos squaws, les ont éventrées et arraché nos enfants de leurs entrailles pour les jeter à la rivière. Nous ne les avons jamais pardonnés, mais nous continuons à vivre à leurs côtés. La neige envahissait ton corps, je devais te réchauffer, tu allais rejoindre tes ancêtres, tu t'es abandonnée.

Elle hurla :

— Je délirais ! Tu as profité de la situation, salopard !

Puis elle tira sur la pipe. Peut-être qu'Ours Vigilant disait vrai. Avec la fièvre, elle s'était peut-être abandonnée. Il y a longtemps, sous l'emprise de l'alcool et des drogues, cela lui était arrivé de se laisser aller dans les bras d'un inconnu. Le mélange d'herbes la détendit. Ours Vigilant lui reprit le calumet et, le tenant à bout de bras à l'horizontale, murmura sur un ton incantatoire :

— Pourquoi chez les yankees, la mort ne fait-elle jamais crédit à ceux à qui appartient la terre ?

L'aventurière se dressa brusquement.

— Ma carte de crédit ! Il y avait une carte de crédit dans ma ceinture. Où est mon pantalon Ours Vigilant ?

Le Chiricahua nota que la femme blanche pouvait se souvenir de son nom de brave quand il s'agissait d'argent. Il lui répondit.

— Je l'ai brûlé. Il ne fallait laisser aucune trace.

—... C'est pas vrai ? Et ma ceinture ? Il y avait ma *Mastercard Platinum* et des centaines de dollars à l'intérieur.

— J'ai tout jeté dans les flammes. C'était trop dangereux de garder ça ici.

Elle se prit la tête entre les mains.

— Putain ! Mais c'est pas vrai. Et je fais comment pour rentrer à Dallas ?

Ours Vigilant murmura entre deux volutes de fumée.

— Tu ne peux aller nulle part, ni à Dallas, ni à Austin. La police cherche une femme blanche qui a planté un silex dans l'œil du shérif Andrew Maxel Broodecker jusqu'à son cerveau. Tuer un marshal est l'acte criminel le plus grave qui puisse être perpétré dans l'État du Texas.

Paniquée, l'aventurière regarda ses ongles coupés très courts d'une façon grossière.

— Mes ongles ! Mais qu'est-ce que tu as fait à mes ongles, espèce de sauvage !

L'Indien répondit sur un ton cassant.

— Il y avait du sang séché et des lambeaux de chair sous tes griffes.

Prise de vertige, elle s'allongea. Les herbes magiques, la fatigue et l'émotion mêlées la rendaient vulnérable. Elle se mit à pleurer nerveusement.

— Tu ne pouvais pas garder cette ceinture en lieu sûr, au lieu de la jeter au feu ? J'aurais pu te payer.

— Je l'ai fait pour te protéger. La police ratisse la région. Ils trouvent toujours ce qu'ils cherchent.

Elle tira de nouveau sur le calumet.

— On est où ici ?

— Polar, un village qui termine en cul-de-sac comme les mauvais polars. La route s'arrête devant un précipice, après c'est le vide, le grand vide, 800 mètres de chute libre au cours de laquelle on ne croise que des aigles aveugles. Je suis le gardien du vide. Quand quelqu'un veut aller plus loin, je le ramène sur le chemin. Par nuit claire, du promontoire, on peut voir le lac et les truites qui sautent au pied des montagnes. Avec les reflets de la lune, elles brillent à la surface de l'eau comme des pièces d'argent. Tu as déjà pêché la truite ?

Elle commençait à se détendre. Elle s'étira, bercée par la voix apaisante de l'Indien. Elle avait chaud. L'Apache remplit à nouveau le foyer du calumet et tira quelques bouffées.

— Je peux te poser une question ?

— Tu peux grand chef, au point où j'en suis pose toutes les questions que tu veux. Même si ta façon de procéder est abjecte, je suis obligée de considérer que tu m'as sauvé la vie.

Ours Vigilant posa la longue pipe sur le sol en terre battue.

— Pourquoi votre diable est plus malin que le grand esprit et tous les sorciers réunis ?

— Je vois que tu es un poète Ours Agile.

— Vigilant, pas agile. Je formule ma question autrement. Pourquoi une femme nue est-elle plus maligne que dix hommes en smoking ?

L'aventurière attrapa le calumet avant de recracher une petite fumée âcre et bleue. Ours Vigilant lui préconisa de ne pas trop abuser du mélange. Les pupilles de la femme blanche brillaient comme celles d'une louve devant les flammes d'un bivouac. Près d'elle, posé sur le crâne d'un buffle, un aigle à tête blanche empaillé fixait la scène avec un regard perçant. À la place de l'un des yeux du rapace, l'objectif d'une webcam filmait en continu tout ce qui se passait dans le tipi.

15

Le pick-up jaune s'immobilisa devant le *Casabianca*, le plus bel hôtel de Justiceburg. Abel sauta du véhicule.

— T'es sûr que tout est réglé ?

— No problemo. J'ai gagné cette piaule au poker pour un mois, autant que tu en profites.

— Mais pourquoi à Justiceburg ?

— On avait rendez-vous ici, question pratique. En attendant que mon affaire avec l'autre asticot de chasseur de prime soit enterrée, je vais me planquer dans un hôtel moins voyant. J'ai idée que le marshal Andrew Maxel Broodecker ne me laissera pas lui échapper deux fois sans réagir. Je gage que ce vieil étron va mettre un point d'honneur, avant de crever, à m'épingler à son tableau de chasse.

Abel acquiesça, il avait toutes les raisons de penser que son pote était dans le vrai.

— OK. C'est moi qui te contacte.

Formica alluma une cigarette et enclencha la marche avant. Abel attendit que le Dodge ait disparu dans une rue transversale avant d'entrer dans le hall climatisé de l'hôtel. Il récupéra sa clef à la réception et se dirigea vers l'ascenseur. La cabine était momentanément bloquée par la présence d'un chariot d'entretien. Il poussa une porte et emprunta l'escalier. Au même instant, Jess Tardy, en compagnie d'une jeune femme qui avait l'âge d'être sa fille, sortait de la suite qu'il occupait au dernier étage. Elle retira ses escarpins et se lança dans la cage d'escalier.

— Le dernier arrivé est une petite bite !

L'homme d'affaires claqua la porte et se précipita derrière la donzelle.

— Attends que je te chope petite salope.

La fille dévalait les marches en négociant les virages à la corde. Elle aperçut Abel trop tard, ouvrit de grands yeux, poussa un cri strident, avant de le percuter de plein fouet. Projeté en arrière, le manager s'agrippa par réflexe à la taille de la jeune femme, l'entraînant avec lui dans sa chute. Jess Tardy, averti par les cris, freina des deux fers. Quelque peu perplexe, le milliardaire observait la scène. Kacy, la fille de Claire, sa maîtresse, était vautrée de tout son long sur un type, sa minijupe relevée. « Le même cul que sa mère » songea l'homme d'affaires.

— Qu'est-ce que c'est que ce bordel ?

Heureusement pour Abel, le choc de son crâne contre l'arête de l'une des marches, avait été amorti par l'épais tapis rouge. Bien que sonné, la tête en bas, il appréciait ce moment. La fille allongée sur lui sentait le patchouli. Son corps était souple et chaud et son souffle court sur sa joue, ainsi que la pression de son ventre et de ses seins, provoquaient en lui un émoi non simulé. C'est pourquoi il laissait ses paupières fermées, profitant au maximum de cette parenthèse ouatée, ce sas miraculeux qui venait de s'ouvrir sous ses pieds sans qu'il n'ait rien demandé. D'autant plus qu'en ouvrant les yeux, il risquait de déchanter, la fille aurait une tête d'anchois et une jambe de bois. Depuis la disparition de Candie, vingt-cinq ans avant, Abel était persuadé ne plus jamais aimer. Il n'imaginait pas qu'un bon moment soit gratuit, il y avait forcément en retour une douloureuse à payer. Il nota que la fille prenait son temps pour se relever. Mais les meilleures choses ayant une fin, la jeune femme se redressa, non sans avoir murmuré à l'oreille de sa victime.

— Faut qu'on se revoie.

Surpris par le timbre juvénile de la voix, l'ancien chanteur des *Maîtres Nageurs* ouvrit enfin ses mirettes et se leva à son tour en se massant la nuque. Surpris, il réalisa que la fille était à peine majeure et plutôt micheton.

— Ça va ? C'était agréable ? demanda Jess Tardy.

Abel observa l'homme en costard de flanelle qu'il avait d'abord pris pour le père de la pouliche. Mais son attitude de propriétaire d'écurie le porta à penser que ce type devait la monter de temps à autre. Son regard se porta à nouveau sur Kacy, qui arrangeait sa jupe.

— Il y a plus désagréable comme rencontre.

— Vous êtes de passage ? reprit Tardy.

Abel n'aimait pas la question, il n'aimait pas le ton de la question, il n'aimait pas le mec, il aimait juste la gonzesse.

— Ça te regarde en quoi pépé ? Bon, c'est pas que je m'ennuie mais je dois y aller.

Jess Tardy ne s'offusqua pas, s'appliquant même à mettre la pédale douce.

— Désolé d'être aussi curieux, je comprends votre réaction. C'était juste une question de routine, déformation professionnelle. Je me présente, Jess Tardy, propriétaire de cet hôtel. Et voici Kacy, ma jeune collaboratrice. Est-ce que vous accepteriez de prendre un verre, afin de fêter votre installation dans nos murs ?

Abel fixa le type tiré à quatre épingles. Comment savait-il qu'il s'installait ? Puis il songea que Tardy venait de se présenter comme le patron du *Casabianca*, c'était donc logique qu'il sache que sa chambre avait été réservée pour un mois. Le propriétaire du *Cactus mauve* ajouta sur un ton enjoué.

— On peut compter sur vous ce soir, monsieur Sroc ?

Abel frémit. Pourquoi Sroc ? Il avait même cru entendre Stoc. Comment ce pingouin pouvait-il connaître ce surnom à la noix, qui datait de l'époque des *Maîtres Nageurs* ? Mais il se ressaisit. D'abord, Tardy n'avait pas dit Stoc, diminutif de Plastoc, mais Sroc, qui était plus proche de Roc, son vrai nom. Le préposé avait dû mal orthographier son patronyme sur le registre de l'hôtel quand Formica avait réservé, ce n'était pas plus compliqué que ça. Il fallait qu'il arrête avec sa parano. Toutefois, il rectifia.

— Rock, pas Sroc. Abel Roc.

— Alors, c'est d'accord Abel ? 20h, cela vous convient ?

Le manager n'était pas chaud, mais les yeux de Kacy lui intimaient de ne pas décliner l'invitation.

16

Elle souleva la peau d'élan qui fermait l'entrée du tipi et plissa les paupières. Le soleil était à son zénith. Armée de son *Leica*, elle sortit de l'habitation traditionnelle. Cela faisait plus d'une semaine qu'elle n'avait pas vu le jour. Maintenant qu'elle était à nouveau sur pied, elle ne supportait plus d'être enfermée. Elle décida de découvrir Polar, ce bled qui terminait en cul-de-sac. Le tipi d'Ours Vigilant était planté à l'extrémité du village, là où la piste en terre rouge s'arrêtait net face au vide. Elle foula l'herbe brûlée par le soleil avec délectation. Une onde de plaisir monta le long de sa colonne vertébrale pour venir mourir à la pointe de ses cheveux devenus électriques. L'onguent à base de graisse d'ours, que l'Apache lui avait appliqué avec constance sur les pieds, avait fait des merveilles. Aucune cicatrice n'apparaissait et elle ne ressentait plus la moindre douleur. L'aventurière ne s'expliquait pas comment l'Indien avait réussi ce miracle, mais les faits étaient là, elle était guérie. Elle avisa de l'autre côté de la piste une pompe à eau, à côté d'un groupe électrogène protégé par des planches vermoulues. Elle s'approcha de l'antiquité et actionna le bras. Un jet violent surgit, aussi froid qu'un torrent. Elle passa la tête sous le geyser glacé, ressentant un bien-être infini. Enfin, se tournant vers les quelques habitations qui composaient le bourg, elle fit ses premiers pas. Derrière les rideaux à carreaux d'une pauvre bâtisse en bois, elle crut voir une ombre. Mais elle n'en était pas sûre. Elle continua d'avancer, hésitante, dans l'unique rue déserte, à la recherche d'âme qui vive. La majorité des maisons étaient abandonnées, ouvertes aux quatre vents. Un silence assourdissant recouvrait le village fantôme, uniquement troublé par les cris de quelques waps qui tournaient à basse altitude. Une enseigne de barbier se balançait doucement en grinçant suspendue à ses chaînes. Elle remarqua une ampoule allumée à l'intérieur de la boutique et gravit les quelques marches qui conduisaient à un perron aux planches disjointes. Alors qu'elle s'apprêtait à pousser la porte du commerce, un homme sortit du local et se planta devant elle. L'aventurière sursauta avant de s'immobiliser. L'homme se tenait devant elle, droit comme un piquet, une étoile de shérif brillait sur son plastron. Le cœur de la femme cogna à tout rompre, elle s'en voulait à mort d'être sortie du tipi. Une sueur glacée se forma entre ses omoplates et coula lentement le long de son échine jusqu'à l'entrée de son canyon dans lequel elle s'immisça. Le flic la fixait sans un mot avec ses petits yeux gris métalliques enfoncés loin dans leur orbite. Il avait la main posée sur la crosse en nacre de son colt qui pendait à sa hanche. Elle s'avança vers la vitrine dans laquelle étaient exposés quelques modèles anciens de blaireaux et de coupe-choux, essayant de ne pas céder à la panique.

— Polar est une bourgade tranquille où les hippies n'ont aucun avenir.

Il sembla à la femme avoir déjà entendu cette ritournelle, c'était en enfer. La voix de l'homme était faite du même métal que ses yeux, avec des intonations qui montaient étrangement dans les aigus sans qu'il ne parvienne visiblement à les dominer. Elle esquissa un sourire de carnaval en fixant l'étoile.

— Bonjour Shérif. Je ne suis pas une hippie, je suis journaliste.

— Les journalistes transforment la réalité pour la présenter comme une vérité, ce qui aboutit à du mensonge. Cette tenue est équivoque.

Un flic qui se servait de sa tête autrement que pour porter le chapeau des pontes qui lui graissaient la patte, c'était suspect. Mais elle considéra qu'elle ne devait pas se tromper de rôle. Au regard de la situation, c'était elle, la suspecte, la preuve il la tutoyait. À défaut de s'accorder, elle tenta de composer avec le poulet.

— Je fais un reportage sur les autochtones qui vivent dans la région, Shérif. Cette tunique m'a été offerte par un Indien.

Le flic chaussa une paire de *Ray Ban,* un modèle ancien.

— Je ne suis pas le shérif mais son suppléant, le shérif-adjoint Booble du comté de Justiceburg. Je remplace momentanément le marshal Andrew Maxel Broodecker, qui vient d'être assassiné.

Il marqua un silence, pour signifier que la situation était grave. L'aventurière se mit à trembler comme une feuille morte. Le flic lui fit remarquer.

— Tu trembles ?

—... J'ai juste froid shérif-adjoint Booble, murmura la pseudo journaliste.

Le policier frotta son menton imberbe.

— Le marshal Andrew Maxel Broodecker, même raide mort comme la justice, reste le patron. Je me cantonne à être son adjoint jusqu'à la prochaine élection. Mais comme je vais me présenter pour le poste vacant, je me dois d'arrêter son meurtrier. Du moins, si j'escompte être élu. Et comme j'escompte être élu à tout prix...

Le flic retira ses lunettes pour les essuyer et, avant de les replacer sur son gros nez couvert de comédons, planta ses petits yeux porcins dans ceux de l'aventurière. Ils étaient tellement gris et rapprochés l'un de l'autre qu'ils faisaient songer à l'embout d'un fusil de chasse à deux coups. L'adjoint reprit.

— Ce n'est pas que j'y tienne plus que ça. Le shérif Andrew Maxel Broodecker était l'une des plus grosses merdes que le Texas ait chié. Je le pense tellement qu'il serait même de bon ton que le jour de son enterrement chacun coule un bronze à sa mémoire. Andrew Maxel Broodecker méritait au centuple la mort qu'il a eue. Arrêter le coupable me pose un problème de conscience. Sans cet homicide, je n'avais aucune chance de devenir un jour marshal. Mais en arrêtant le meurtrier, j'assois ma légitimité et je suis sûr d'être élu shérif du comté de Justiceburg. Comment es-tu arrivée ici étrangère ? Quel est ton nom ?

L'étrangère serrait les fesses, toujours ces vieilles croyances. Au Texas, l'imprudent qui se chiait dessus était d'office désigné comme suspect, voire coupable. Ne sachant pas comment interpréter la diatribe du flic, n'ayant pas encore saisi s'il était complètement con ou d'une intelligence supérieure, elle préféra mentir sur son identité.

— Tina Turner.

Elle n'avait pas réfléchi et lâché le premier nom qui lui était venu à l'esprit. Le shérif-adjoint Booble fronça les sourcils.

— Tina Turner est noire et tu es blonde comme du pain chaud. De plus, elle a été maquée avec Ike Turner, un putain de salopard de maquereau à la solde du diable, noir lui aussi.

La culture musicale du poulet ne la désarçonna pas, de parfaits imbéciles étaient de grands mélomanes.

— C'est juste un homonyme Shérif et je suis une fausse blonde. Vérifier serait complètement déplacé mais c'est la stricte vérité. Comme je vous l'ai dit, je fais un reportage sur les habitants de la région, je tire leur portrait.

Le shérif marqua alors un réel intérêt.

— Tu tires vraiment des portraits ? Cet appareil n'est pas uniquement un accessoire pour amadouer ces foutus Indiens mangeurs de choux aux dents pourries et au cul sale ?

— Je suis photographe Shérif-adjoint Booble. C'est mon métier, je vends mes reportages et mes photos.

— Il n'y a pas grand intérêt à photographier leur binette.

— Ce ne sont pas leurs binettes qui m'intéressent Shérif, c'est leur âme. Je photographie les âmes. Pourquoi dites-vous qu'ils ont le cul sale ?

— Parce que depuis la nuit des temps, ils se chient dessus.

— Les Indiens sont un grand peuple qui ignore la peur.

— Ils ne l'ignorent pas, ils ne la ressentent pas, ils n'ont aucun mérite. Et ils ont le cul sale parce qu'ils se torchent avec la poussière. Les Indiens ont longtemps refusé qu'on les photographie, ils prétendaient qu'on leur volait leur esprit, celui qui doit ensuite rejoindre ceux de leurs ancêtres. Mais aujourd'hui, les jeunes s'en foutent qu'on leur vole leur esprit, ils n'en ont pas. Ils préfèrent le monnayer contre du crack et de la bière. Pour te répondre franchement, les Peaux-rouges ont le cul plus propre que les Rednecks, assurément. Mais ils ne m'intéressent pas, ils ne votent pas.

Puis, le flic s'approcha de l'aventurière la regardant avec défiance.

— Je te propose un marché, Tina Turner.

Elle avait du mal à se faire à son nouveau blaze. Elle frissonna, s'attendant au pire.

— Tu vas photographier mon portrait officiel, pour me présenter à l'élection du nouveau shérif du comté de Justiceburg. En contrepartie, je ne te demanderai pas de me présenter ton passeport et je ne t'embarquerai pas pour outrage aux bonnes mœurs. Tu n'es pas sans savoir qu'au Texas il est totalement proscrit de se balader à poil sous sa tunique. Cette pratique est sévèrement punie par la loi. Ici, on ne badine pas avec la bienséance. Sodomiser sa mère ou sa propre femme constitue un délit du même ordre. Cet État possède ses propres règles et ce ne sont pas les deux tiers des condamnés à la peine capitale, noirs et innocents, qui attendent dans le couloir de la mort de la prison fédérale d'Austin qui me contrediront.

L'aventurière se demanda pendant quelques secondes si elle n'avait pas trop abusé des herbes médicinales d'Ours Vigilant. Mais ce n'était pas le moment de se poser les mauvaises questions. Elle arma son *Leica* et recula de deux pas.

— Bon, je vous shoote ici ? Ça fera couleur locale.

Le shérif-adjoint Booble tendit vivement le bras, obstruant l'objectif de l'appareil.

— Vade retro Satana ! Couleur locale, mon cul ! Surtout pas devant la boutique de Stewart le barbier. Ce vieux salopard ne votera jamais pour moi, vingt ans après il m'en veut encore d'avoir troussé sa fille.

— Et elle ? Elle vous en veut encore ?

Elle se mordit aussi vite l'intérieur de la joue. La conne ! Victime de ses réflexes féministes, elle n'avait pas pu s'empêcher d'ouvrir sa grande bouche. Le shérif-adjoint Booble retira à nouveau ses lunettes de soleil. Son regard métallique la sonda un court instant, aussi froid que la banquise. La voix altérée par la peur, elle essaya de se rattraper aux branches.

— Ma question est foncièrement bête, je m'excuse. Comment pourrait-elle vous en vouloir après tant d'années, il y a prescription. Et puis ce serait totalement injuste qu'une erreur de jeunesse brise ainsi une carrière qui s'annonce aussi brillante que votre bonne étoile.

Peut-être qu'elle en faisait trop, songea-t-elle.

— T'en fais trop Tina Turner, lâcha Booble sur un ton à se chier dans les bottes dans la seconde.

Elle serra les fesses et les dents de plus belle, arrivant tout juste à balbutier.

—... Alors... Je vous photographie où Shérif-adjoint Booble ?

L'homme à l'étoile répondit sur un ton glacial.

— Ce n'était pas une erreur.

L'aventurière ouvrit la bouche, mais rien n'en sortit. Booble ajouta.

— C'était de l'amour.

Elle inspira un grand coup sans relâcher son sphincter soudé bord à bord et articula.

— Je comprends... Difficile de lutter contre ce sentiment.

— Tu ne comprends rien Tina Turner. Ma photo officielle pour l'élection au poste de shérif se fera à Justiceburg. Je poserai devant la caravane de ma tante Kromeski. Elle rend de grands services à la communauté amish du comté. Elle est aussi très appréciée des Mormons et des Baptistes réfractaires. Les électeurs reconnaîtront sa caravane et voteront pour moi avec confiance.

L'aventurière, déboussolée par la tournure que prenaient les événements, se permit une question.

— Et elle fait quoi dans une caravane votre tante ? Elle vend des Kromeskis ?

— Non, elle tire les cartes et lit l'avenir dans les entrailles des mocassins.

—... Ah, je vois.

— Tu ne vois rien Tina Turner. Tante Kromeski n'est pas une diseuse de bonne aventure et les mocassins ne sont pas seulement des godasses que les Indiens pouilleux vendent aux touristes sur les bords des routes, ni ces pompes de pédérastes que chaussent les Anglais sur leurs voiliers de tapettes. C'est un serpent mortel qui nage dans les rivières et tante Kromeski voit la marche du monde dans ses viscères. J'en profiterai pour lui demander où se cache la fille qui a buté le shérif Andrew Maxel Broodecker.

La photographe sentit une tête d'épingle de chiasse percer son anus rose.

— Shérif-adjoint Booble, je crois que je ne me sens pas bien.

— Serre les fesses, Tina Turner. Ça ferait chier que tu souilles mon siège. Maintenant on y va, ma voiture est garée plus bas.

L'aventurière suivit le flic jusqu'à la vieille *Mercury* 1967 couleur pie et, dans un état second, s'assit à la place de la morte. Le shérif-adjoint Booble mit le contact et entama une longue marche arrière qu'il termina par un dérapage au frein à main, provoquant un épais nuage de poussière rouge. À la sortie du village, une Ford Thunderbird cabossée se rangea pour laisser passer le véhicule de police. Derrière le volant, Ours Vigilant fixait la passagère avec un regard qui ne voulait rien dire et ne dirait rien. Le flic fit un signe indien à l'Indien. Puis, chaussant ses Ray ban, il extirpa de derrière le pare-soleil un morceau de poisson séché qu'il commença à mastiquer doucement. En apercevant Ours Vigilant, elle avait blêmi persuadée que l'Apache venait de la vendre à Bobble. Les amortisseurs de la Mercury couinaient dans les nids-de-poule. Elle ferma les yeux. L'épuisement de ces derniers jours et la proximité du flic allaient finir par avoir raison de ses nerfs. Le shérif-adjoint Booble la sortit de sa léthargie.

— Tu connais Ours Vigilant, Tina Turner ?

Elle refréna un tremblement dans sa jambe droite. Les yeux toujours fermés, se considérant comme définitivement perdue, elle lâcha avec désinvolture.

— En quoi ça vous regarde ?

— Tu t'adresses au shérif-adjoint Booble, suppléant du marshal Andrew Maxel Broodecker, dans le cadre d'une enquête sur l'homicide de ce dernier. Voilà en quoi ça me regarde. Si j'étais un simple client dans un bordel de Tijuana, ta réponse serait valable. Mais là, elle n'est pas recevable. Je te repose donc ma question Tina Turner. Tu connais l'Apache ?

Son dos était trempé. La sueur collait sa tunique à la molesquine du siège. Elle était foutue et cela se confirmait à mesure que la *Mercury* approchait de Justiceburg. Cependant, cachée derrière les mots, elle percevait chez Booble une forme d'intelligence qu'elle jugea suicidaire de ne pas exploiter.

— Oui, je le connais. C'est lui qui m'héberge dans son tipi. Il m'a servi de guide dans la région et m'a présenté sa tribu pour mon reportage. Pourquoi ? C'est interdit de fréquenter les Indiens ?

Le shérif suppléant Booble cracha une boulette de poisson séché par la fenêtre avant de répondre.

— Rien n'est interdit aux États-Unis d'Amérique tant que l'on respecte la loi. Comme tu le sais, dans certains États il y a des blancs qui se mélangent avec des nègres ou des Indiens. Au Texas aussi c'est autorisé par la loi, bien qu'il soit fortement déconseillé d'étaler ce genre de penchant au grand jour. Tu as idée du métier qu'exerce Ours Vigilant ?

Elle fixait la route qui la menait tout droit à la chaise électrique. Elle répondit machinalement.

— Je ne sais pas, mécanicien, charpentier. Peut-être qu'il construit des gratte-ciels. Sur les anciennes cartes postales, on voit souvent des Indiens assis dans le vide. On dit qu'ils ne ressentent pas le vertige.

— Non, Tina Turner, son job est beaucoup moins dangereux. Il est proxénète.

L'aventurière se tourna vers l'auxiliaire de police, l'air désabusé.

— Si Ours Vigilant est vraiment ce que vous dites, alors pourquoi vous ne l'arrêtez pas, Shérif-adjoint Booble ?

— Tant qu'il ne menace pas l'ordre public, qu'il vote, paye ses impôts et ses contraventions, Ours Vigilant est un citoyen comme les autres.

— Je croyais que les Indiens ne votaient pas.

Booble attrapa un nouveau morceau de poisson séché qu'il mordit à pleine dent.

— Ours Vigilant est une exception, un citoyen américain modèle, et je compte sur lui pour guider ses frères vers les urnes.

Elle imagina ce qu'elle avait dû subir sous le tipi pendant ses quatre jours de comas. Ce qui pouvait expliquer ses maux de ventre et ses nausées. Elle profita d'un arrêt de la *Mercury* à un stop pour ouvrir la portière et vomir. En face, le long de la route 84, un panneau tordu criblé d'impacts de balles indiquait la direction de Justiceburg, la mal nommée.

17

Abel observait le poster encadré au-dessus du lit. Il ne savait comment interpréter ce signe. Depuis vingt-cinq ans cette affiche accompagnait sa vie. Ne pas s'emballer, c'était juste un élément de décoration comme il en existait dans tous les hôtels du monde. Ce cliché était un best-seller que l'on trouvait en bonne place dans toutes les carteries des capitales touristiques. Mais cette explication sentait la vase. Cette image, intimement liée à sa vie, l'avait littéralement traumatisé. Il fit défiler dans sa tête l'étonnante carrière de cette photo. Ça s'était passé en deux temps. D'abord lauréate du concours 1977 de la revue *Ex-voto*, un magazine de référence en matière de photographie artistique, un engouement sans précédent s'était emparé du public dès sa parution. Puis, vint se greffer à ce succès totalement inattendu un retentissant fait-divers, une sordide affaire de nécrophilie. L'un des trois protagonistes, présents sur le cliché, se trouvait être le cadavre de Patchwork, une vedette de la scène Punk Rock, qui venait de succomber à une overdose. Son corps, qui apparaissait sur la photo allongé dans un cercueil, avait été volé lors de son enterrement, jour où avait été pris le cliché, par l'autre membre du groupe, Abel le chanteur, lui-même présent sur la photo. Le troisième protagoniste de la composition, une jeune femme qui posait sans culotte, n'était autre que la future et talentueuse photographe Candie Brown, auteure de ladite photo qui la rendra si célèbre. Odeur de scandale, érotisme macabre, années punk, scénario gore, tous les ingrédients étaient en place pour que la scène underground de la fin des seventies s'arrache ce cliché au devenir culte, représentant un rocker dépravé en compagnie d'une groupie à poil encadrant un punk mort allongé dans son cercueil. La photo fit le tour du monde et devint aussi familière que le portrait du Che et la trombine d'Einstein qui tire la langue. Candie avait été au bout de son rêve et de sa mort en une seule pose avec un simple instamatic, un macchabée volé, un voleur de macchabée, ses fesses blanches, un zest de talent et la chance. Résultat, elle avait fait la couverture la même semaine de *Rock & Klop, Tseb et Rolling Stone.* Toutes les revues branchées du monde suivirent, se précipitant vers la nouvelle icône de la photo anti-technique, prêtes à lui proposer des ponts d'or et des Tours d'Argent. Mais Candie, à son corps défendant, ne put satisfaire leurs désirs. Elle venait de se faire révolvériser dans la foulée, juste après cette séance mythique. Ce qui contribua grandement au succès de sa photo qui appartenait désormais à l'inconscient collectif. Les deux années qui suivirent furent un calvaire pour Abel. Au-delà de son chagrin, il fut condamné pour vol et dissimulation de cadavre. Lors du procès, il se cantonna à répéter la vérité, à savoir que pendant la fameuse séance photo, le cercueil était vide. Les hommes-grenouilles de la police scientifique avaient écumé le lit de la rivière sans retrouver le corps de Patchwork. Et comme personne n'était prêt à croire à cette histoire à mourir debout, Abel avait pris le maximum. Un quart de siècle plus tard, il se demandait toujours comment le punk avait réussi son tour de passe-passe en apparaissant au final sur le négatif de la photo, sans avoir jamais été présent physiquement pendant la pose.

Une K7 de *Cherry Vanilla* tournait sur le lecteur. Abel tourna le robinet et s'aspergea à grande eau le visage. Puis, il enfila un tee-shirt à l'effigie de Steve Earl, vérifia l'heure à sa montre-bracelet avant de sortir de sa chambre. Ses *Converse* rouges s'enfonçaient dans l'épais tapis qui menait à l'étage supérieur. Il frappa deux coups secs à l'unique porte du palier. Jess Tardy ouvrit.

— Ponctuel. Entre, je t'en prie. On se tutoie, ce sera plus simple.

Le hall d'entrée, constellé de miroirs, était aussi vaste qu'une salle d'attente de chirurgien esthétique. Le volume des autres pièces était du même tonneau. L'homme précéda son invité dans un couloir qui débouchait dans un immense salon situé à l'un des angles de l'hôtel. Les murs étaient tapissés de toiles d'artistes hyper réalistes américains. Un Warhol représentant l'acteur Denis Hopper était en bonne place. L'un des pans de mur était dévolu à la musique. Des milliers de vinyles et CD étaient classés par ordre alphabétique et par genres. La rangée du bas était réservée aux 33 tours. Kacy, installée dans un canapé en cuir fauve, jupe courte, jambes croisées très haut, un verre de gin à la main, regardait Abel l'air moqueur. Tardy lui servit un *Jack Daniel's* en lui indiquant un fauteuil Club placé face à eux. Le tuner, branché sur une station de musique country, distillait un programme velu entrecoupé de publicités locales. Enfoncé dans son fauteuil, l'ex-chanteur sécha la moitié de son verre en regardant le maître des lieux et sa jeune maîtresse. On pouvait légitimement trouver mieux assorti. L'ancien gouverneur avec ses favoris grisonnants, son cigare, ses cols pelle à tarte, ses bottes pointues et son *Stetson* qu'il ne quittait jamais, semblait jouer à la poupée. Il demanda à brûle-pourpoint.

— Qu'est-ce que tu fais dans la vie, Abel ?

— Tourneur manager. Je m'occupe de groupes de rock.

— Non ?! s'exclama le producteur de séries télé merdiques.

En règle générale, Abel répugnait à parler boulot avec des types qui n'y entendaient rien. Mais il sentit un semblant d'intérêt dans l'intonation du patron de l'hôtel. Et le nombre impressionnant de disques sur les rayonnages plaidait en sa faveur.

— Je m'occupe surtout d'un groupe de rockeuses. Je leur trouve des dates et organise leurs concerts.

— Mais ça m'intéresse, fit le producteur en se levant et se dirigeant vers l'authentique comptoir en zinc.

Il revint avec une bouteille de gin et le gallon de *Jack Daniel's* entamé qu'il posa sur la table basse avant de remplir de nouveau le verre d'Abel.

— Et toi-même, tu joues dans une formation ?

Le manager hésita avant de répondre.

—... Il y a longtemps, à la fin des années soixante-dix. J'étais chanteur, guitariste rythmique, dans un groupe qui tournait bien. Mais le lead guitar a eu un accident et j'ai raccroché. Je me suis recyclé dans le management.

Abel regarda Kacy, planquée derrière son verre de gin.

— On vous ennuie avec nos histoires.

La jeune fille sembla brusquement se réveiller.

— Hein ? Non, non, c'est marrant d'écouter les anciens combattants.

Abel sourit vaguement en regardant ses longues jambes qu'elle exposait sans retenue. Tardy revint à la charge.

— Et avec ton groupe, tu as enregistré quelque chose ?

À cet instant, Abel ressentit un curieux malaise. Pourquoi cette invitation et toutes ces questions ? Revenir sur cette période de sa vie, vingt-cinq ans après le drame, l'indisposait. Kacy ouvrit ses cuisses, l'encourageant à répondre.

— Pas grand-chose, on a juste sorti un 45 tours, chez *Poulidor*. On venait de terminer l'enregistrement de notre premier album pour *Virginale*, quand le guitariste a...

— Eu un accident, s'amusa Kacy qui suivait plus qu'il n'y paraissait.

—... C'est ça. Il ne restait plus que le mixage, mais le skeud n'est jamais sorti.

Tardy ne quittait pas des yeux l'ancien chanteur.

— Même plus tard, à titre posthume ?

Abel n'avait aucune envie de continuer cette discussion, mais il se surprit à répondre.

— C'était prévu, mais la veille d'entrer en studio...

Il s'arrêta, réalisant que le *Jack Daniel's* le rendait trop bavard.

— Quoi ?! Qu'est-ce qui s'est passé la veille d'entrer en studio ? demanda brusquement Kacy.

Abel fixait le triangle rose tyrien de la culotte en dentelle de l'effrontée.

— Je suis tombé... lâcha-t-il dans un souffle, ne trouvant pas d'autre mot.

— Et tu t'es fait mal ? ricana Kacy.

— Ce genre de chute est généralement fatal dans une carrière. Mais ce serait trop long à raconter... Enfin, le contrat a été cassé et le 33 tours n'a jamais vu le jour.

— Quand tu dis que tu es tombé, ça veut dire pudiquement que tu t'es retrouvé en taule, c'est ça ? fit Kacy en se resservant un verre de gin.

Tardy eut un geste d'humeur.

— Kacy, c'est peut-être un sujet sur lequel Abel n'a pas envie de s'étaler.

Mais le manager sécha son verre de bourbon et continua, cela lui faisait du bien de parler.

— Oui, j'ai fait deux ans de ballon, une histoire de dingue. À ma sortie, j'ai voulu récupérer le master. Mais il était sous scellés et les ayants droit de mon guitariste ont refusé que le disque se fasse. J'étais furax, on était sous contrat avec une major, c'était le seul moyen de me refaire. Mais ces connards n'ont jamais rien voulu savoir. On avait même une putain de pochette, qui allait devenir légendaire. Ça reste le plus grand regret de ma vie, alors que j'étais totalement innocent.

— En prison, ils sont toujours innocents, lâcha Kacy en refermant ses cuisses.

— Ferme-la ! pesta Tardy. Et ton groupe, il s'appelait comment ?

— *Les Maîtres Nageurs.*

L'ancien gouverneur se redressa.

— *Les Maîtres Nageurs* ?! Non... Attends, mais je crois que je l'ai ton simple !

Et le collectionneur bondit du canapé, cherchant comme un fou dans le rayon des vieilles rondelles en vinyle, avant de brandir un 45 tours.

— Qu'est-ce que je disais ? Regarde !

Tardy exhibait une pochette écornée, noir et blanc, avec le nom du groupe écrit au rose à lèvres, façon *New York Dolls*. Elle représentait deux types posant en cuir avec des attitudes caricaturales. Tout ça avait terriblement vieilli et Abel savait que le contenu ne pouvait même pas sauver l'emballage. Il souhaita vivement que son hôte n'ait pas la mauvaise idée de poser la galette sur la platine de sa chaîne japonaise. Pour cela, il lui lança avec familiarité.

— Laisse tomber, ça n'a aucun intérêt.

Tardy se rassit en regardant la pochette.

— Tout dépend de l'intérêt que l'on y porte. J'ai adoré cette période, c'est ma jeunesse. Je traînais souvent au *CBGB à* New York, j'ai fait mes études d'économie dans la grande pomme. J'y ai vu jouer *Les Ramones, Richard Hell, Dead Kennedys*, j'achetais tous leurs disques. J'ai d'ailleurs un projet là-dessus qui me trotte dans la tête depuis des années. Pour moi c'est important de rencontrer des gens qui ont vécu cette époque de l'intérieur, d'autant plus quand ils ont été des musiciens.

Abel se resservit un *Jack* et réalisa que la discussion tournait uniquement autour de sa personne. Il ne savait même pas à qui il avait affaire. Il demanda sans malice.

— Et toi, Jess, à part posséder cet hôtel, tu bosses dans quelle b*ranche ?*

Kacy s'exclama.

— Abel ! Tu nous fais marcher. Ne dis pas que tu ne sais pas qui est *Jess Tardy ?*

Le manager se demanda qui faisait marcher l'autre.

— Comment pourrais-je le savoir ? Je ne suis pas d'ici.

— Jess Tardy, gouverneur du Texas, ça ne te dit rien ?

— Ah... Je me disais aussi, ouais bien sûr. Mais ça fait un moment, non ? Je suis toujours sur la route et j'avoue que je me fous complètement de la politique.

Tardy, bien qu'irrité, ne le montra pas. Il répondit à la question initiale, sans avoir l'air d'y toucher.

— J'écris des articles et je produis des séries pour la télé, des soap opera. Claire, la mère de Kacy, aime les présenter comme des soupes aux navets et elle n'a pas complètement tort. Mais de temps en temps, je me rachète une conduite en produisant des documentaires et des émissions culturelles. Sinon, je suis propriétaire du magazine *Bahia de cochinos*, j'y tiens une chronique hebdomadaire.

— Une chronique mondaine très chiante, rectifia Kacy, lue principalement par des vieilles peaux.

La jeune fille semblait trouver un malin plaisir à s'inviter dans la discussion, pour aussi vite s'en éloigner dans les vapeurs du gin, quand le sujet commençait à la gonfler. Le reste du temps, elle s'amusait à chauffer Abel en croisant et décroisant ses jambes. Troublé, ce dernier ne vit pas l'énorme chat roux sauter sur ses genoux. Il sursauta avant de gratter la tête du fauve.

— Bonjour le matou.

Le félin tendit le cou et renifla un moment le visage du nouveau venu, avant de lui donner un coup de langue râpeuse. Surpris, Abel passa son index sur son nez, alors que Kacy rectifiait.

— Ce n'est pas un matou, c'est une chatte, une tigresse qui déteste les femmes. Les hommes, c'est selon. Toi, on dirait qu'elle t'a à la bonne.

Tardy, qui ne perdait pas une miette du comportement de l'animal, défendit son animal de compagnie :

— Ne l'écoute pas, Kacy est juste un peu jalouse. Salsa est un amour.

À l'énonciation de son nom, la chatte bondit et vint se lover sur les genoux de son maître qui lui caressa le ventre.

— Tu aimes les chats, Abel ? demanda innocemment le producteur, alors que Salsa ronronnait de plaisir.

— J'aime moyen les chiens, répondit le manager. Et toi Kacy, tu fais quoi dans la vie ?

La minette, qui commençait à être sérieusement allumée, vida son verre.

— Je bois du gin et je bosse pour Jess. Plus précisément, j'écris ses discours et mets en forme ses scénarios, pendant qu'il baise ma mère à Los Angeles où il réside la moitié du temps.

Le producteur montra pour la première fois un véritable agacement.

— C'est bon Kacy, maintenant faudrait calmer la bouteille. Là, tu commences à raconter des conneries. Ma maison de production se trouve effectivement à Los Angeles. Depuis que j'ai arrêté la politique, je partage mon temps entre la côte Pacifique et le Texas. Dans ma partie, comme tu dois le savoir, tout se passe à Hollywood.

Abel nota que le producteur se partageait surtout entre la mère et la fille. Après avoir torpillé le gallon de *Jack Daniel's*, il prit congé, notant que ce couple, pourtant si mal assorti, lui avait joué un parfait numéro de duettiste. Ce qui ne l'empêcha pas d'accepter une invitation à dîner la semaine suivante, avec l'unique motivation de revoir la jolie Kacy.

18

Justiceburg se situait au centre du triangle Lubbock, Abilene et Odessa. La *Mercury* traversa la bourgade en roulant au pas. Quelques habitants saluèrent le shérif-adjoint Booble, lui demandant si l'enquête avançait, s'il avait trouvé des traces de l'assassin du shérif Andrew Maxel Broodecker. Le flic, qui était déjà en campagne, répondait invariablement que ce n'était plus qu'une question d'heures, voire de minutes. Si bien que Tina Turner finit par se considérer en état d'arrestation. Le pire était que Booble ne lui avait pas passé les menottes. Et pour qui connaissait les lois du Texas, un suspect sans menottes était un suspect potentiellement déjà mort. Au moindre écart de conduite, de langage, ce dernier pouvait être abattu comme un lapin, c'était la loi. La jambe de la photographe se mit à trembler de plus belle. Elle avait l'impression de couvrir un reportage de guerre sur la ligne de front. À la sortie de la ville, la Mercury s'arrêta devant une longue caravane en aluminium, un trailer qui brillait comme un dollar d'argent au soleil. À chaque fenêtre, une collection de cactus nains se tordait le cou afin d'échapper à la fournaise. Sur le panneau apposé au-dessus de la porte, on pouvait lire : « Matie Kromeski, l'avenir à tout prix ». Le shérif-adjoint Booble sortit le premier du véhicule. La chasseuse d'images le suivit timidement s'écartant le moins possible de son sillage tout en continuant à serrer les miches. Le représentant de la loi se tourna brusquement vers elle.

— Nom d'un putois qui pue ! J'ai oublié de m'arrêter chez la vieille Bonnie O'Neal, la mercière.

Devant l'expression étonnée de l'aventurière, il précisa.

— T'as toujours rien sur le cul Tina Turner.

—... ? Et alors ? C'est si grave que ça ?

— Il faut être une beatnik ayant perdu tout sens des réalités pour poser cette question. Pourquoi Dieu a inventé les culottes d'après toi ?

Elle lui aurait bien répondu : Pour avoir le plaisir de les jeter aux orties, mais elle n'avait pas le cœur à plaisanter avec son bourreau. Le flic reprit.

— Quand tante Kromeski devinera que tu ne portes rien sous ta tunique, elle refusera de te laisser photographier sa caravane.

— Comment voulez-vous qu'elle le devine ?

Le shérif-adjoint Booble remua sa grosse tête comme s'il venait d'entendre la question la plus stupide de l'année.

— C'est le job de tante Kromeski de deviner ! Elle lit l'avenir dans les entrailles des mocassins et des rats musqués, les boules de pétanque, le café turc et les pots de yaourt périmés. Sa réputation dépasse les frontières du Texas. Ses clients viennent du Nouveau-Mexique, de l'Arkansas et même de Louisiane pour la consulter. Et tu crois que cette femme, à qui rien n'échappe, ne va pas deviner que tu ne portes pas de slip ?!

Tout en parlant, le shérif-adjoint Booble s'approchait de la caravane. Il frappa à la porte. Une vieille, complètement ratatinée, ouvrit et leva la tête. Reconnaissant son neveu, ses yeux de rongeur brillèrent.

— Booble ! Petite crapule ! C'est toi qui gueule au monde entier que ta morue ne porte pas de culotte ? Pourquoi tu viens me voir ? Ton avenir, tu le connais, il est tout tracé. T'es pas venu pour me taper du pognon, au moins ?

— Non, non, tante Kromeski. J'enquête sur le meurtre du shérif Andrew Maxel Broodecker et...

La vieille le coupa en lui lançant un regard glacial.

— Le shérif Andrew Maxel Broodecker, ce fieffé fils de pute, que le diable l'embroche jusqu'au trognon. Je te dirai rien sur celle qui l'a flingué Booble. Tout ce que j'ai vu dans les entrailles de mon dernier Turc, un ouvrier du bâtiment qu'a fait un faux pas, acheté une poignée de pistaches à la morgue d'Abilene, c'est que cette fille avait des couilles grosses comme des pastèques. C'était elle ou ce charognard de marshal. Ce vautour se farcissait que de la viande froide faisandée. Il l'aurait planquée dans une grotte pour se la faire plus tard.

La photographe déglutit. Les autorités avaient dû retrouver l'enregistrement de la conversation qu'elle avait eue avec la femme du marshal Andrew Maxel Broodecker. Et le shérif-adjoint l'avait amenée ici avec l'espoir que la vieille voyante la désigne comme la flingueuse. Mais cela ne se passait pas comme le flic l'attendait, sa tante faisait de la résistance. Un vieux fond féministe, une rancœur personnelle ? Dans une famille aussi barjot tout était possible. Booble commença à martyriser son chapeau en le faisant tourner nerveusement entre ses mains. D'une voix haut perchée, il couina.

— Mais tante Kromeski, tu sais que je dois arrêter cette terroriste si je veux avoir une chance d'être élu shérif de Justisburg à la place de cette enclume de Bob Stanton !

La vieille retourna ses cartes de tarot.

— Booble, comment tu peux traiter de terroriste une fille qui nous a débarrassés du marshal Andrew

Maxel Broodecker, ce fieffé baiseur de mortes. Son geste mérite la médaille de l'Union.

Puis, la diseuse de bonne aventure posa son regard de fouine sur l'aventurière.

— Je vois que tu t'es décidé à ne pas finir tes jours le poireau à la main, Booble ?

Le flic rougit en se tournant vers la femme sans culotte.

— Tante Kromeski, j'ai amené avec moi cette photographe qui va tirer mon portrait pour l'affiche de l'élection au poste de shérif. Si tu acceptes que ta caravane serve de décor, ça fera bisquer cette vieille pédale de Stanton. Et puis, c'est toujours un peu de publicité pour ta gargote.

La vieille étala ses cartes sur le tapis et invita son neveu à s'asseoir en face d'elle.

— Tu crois que j'ai besoin de tes manigances pour me faire connaître Booble ?

— Non, bien sûr tante Kromeski. Mais une petite campagne d'affichage peut amener de nouveaux clients.

— J'ai idée que c'est plutôt toi, qui veux te faire une petite pub en utilisant ma caravane. Histoire de récupérer parmi mes clients quelques voix égarées. Je me trompe Booble ?

— Présenté comme ça, il y a peut-être un peu de vrai dans ce que tu avances tante Kromeski.

Après plusieurs manipulations, tout en marmonnant des salamalecs, la sorcière étala son jeu en éventail, demandant de façon évasive :

— Depuis quand tu sais que la malédiction est tombée sur ce pays Booble ?

Le shérif-adjoint esquissa un geste d'agacement, il détestait les devinettes. Dehors, un épervier se posa sur le câble électrique qui alimentait la caravane avant de piquer sur un écureuil pour lui dévorer le cœur.

— Tante Kromeski, je suis juste venu pour prendre une photo et que tu me dises où se cache la tueuse de flic qui a buté le marshal Andrew Maxel Broodecker.

La pomme de reinette grimaça, découvrant des gencives dépourvues de dents.

— Tu veux être élu shérif de Justiceburg sans connaître l'histoire de ta communauté ? Serais-tu aussi borné que ton père, Booble ?

Et la sorcière alluma un cigarillo aussi noir et tordu qu'une branche morte avant d'aligner cinq cartes de tarot de Marseille, le jeu de la divination. Elles représentaient le Chariot, la Tempérance, le Bateleur, la Lune et la Mort. Enfin, elle se concentra de longues secondes avant de lâcher sa prédiction.

— Tous coupables. Et toi, plus encore que les autres Booble. Parce que tu connais les racines du mal.

Le shérif-adjoint blêmit.

— Qu'est-ce que tu veux dire tante Kromeski ?

— Il y a neuf jours et huit nuits maintenant que le marshal Andrew Maxel Broodecker brûle en enfer. Et qu'est-ce que tu as fait depuis pour confondre la coupable, Booble ?

La photographe frémit, se demandant à quoi jouait la vieille chouette. Le shérif-adjoint se tassa sur sa chaise.

— Mais tante Kromeski, tu sais bien que le meurtre a eu lieu sur la frontière, dans l'État de l'Oklahoma. Je ne peux rien faire, c'est en dehors de ma juridiction. Et puis... Enfin, tu sais... jamais ils ne me passeront l'affaire.

La diseuse de bonne aventure continuait à manipuler les cartes.

— Qui t'empêche de mener ta propre enquête, Booble ?

La photographe, atterrée, observait les deux dingues. Elle venait de comprendre que le shérif-adjoint l'avait embarquée alors que cette affaire n'était pas de son ressort, qu'elle dépendait d'un autre État. Elle se sentit plus mal encore. Depuis une dizaine de jours, elle était sur le gril, manipulée, tressautant comme un vulgaire morceau de barbaque. Sur un ton geignard, Booble supplia son ancêtre.

— Tante Kromeski, il n'y a que toi qui peux m'aider. Avec tes cartes, tu peux me dire où elle se cache. Je m'occupe du reste.

— Tu n'as pas besoin du tarot de Marseille pour savoir comment arrêter l'épidémie, Booble.

Le shérif, l'air ahuri, demanda à la sorcière.

—... ? Mais de quelle épidémie tu parles, tante Kromeski ?

— Celle qui s'installe sournoisement dans le comté depuis la malédiction. Ce n'est pas en vengeant le marshal Andrew Maxel Broodecker, ce baiseur de cadavres, que tu gagneras ton étoile, mais en éradiquant le mal. C'est ça que demandent les cartes, que les habitants de Justiceburg réclament, que tu éradiques le mal !

Le flic parut brusquement très abattu.

— Je comprends rien tante Kromeski.

La vieille toupie remua la tête, dépitée.

— Alors, c'est que tu es trop bête pour devenir shérif. Une nouvelle épidémie s'est déclarée le jour où le marshal Andrew Maxel Broodecker a claboté. Depuis, la cité est en sursis, promise à une lente agonie.

Booble commençait à montrer des signes d'angoisse, ses mains larges et courtes posées sur ses cuisses se mirent à trembler.

— Mais… c'est quoi cette épidémie tante Kromeski ? On m'a appris à mettre un nom sur chaque chose.

La sorcière, qui lisait l'avenir dans les tripes des mocassins, se leva brusquement, se penchant au-dessus de son jeu de tarot. Elle retourna trois cartes et murmura, comme possédée.

— Elle a le diable rivé au corps, mais ses caresses calment la douleur. Son visage est celui d'une dryade, ses yeux verts ont la couleur de la vase et de la couleuvre des marais et ses seins éclaboussent les menteurs ! Elle possède une croupe de lionne et des griffes comme des poignards. Si elle déploie ses ailes et t'invite à la saillir, protège-toi Booble !

Le shérif-adjoint recula sur sa chaise.

— J'y comprends que couic tante Kromeski, là il faut vraiment me traduire.

— La peste brune, ignare ! lâcha la sorcière en retombant sur son siège, comme vidée.

— Je pense qu'elle fait référence au fascisme, hasarda la photographe.

Booble tourna la tête.

— Ta gueule Tina Turner ! On t'a rien demandé ! Tante Kromeski, tu veux dire que celle qui a buté le marshal Andrew Maxel Broodecker est brune et se comporte comme une peste ? C'est ça que tu veux dire ?

La voyante s'était recroquevillée telle une grenouille en fin de vie, ressemblant plus que jamais aux gargotes qui ornent certaines cathédrales de la vieille Europe. Elle ne répondit pas, elle semblait s'être endormie. Le shérif-adjoint Booble reçut ce silence comme une réponse positive.

— Bon, OK ! C'est déjà un début. Brune, ça peut aussi vouloir dire noire. On peut donc envisager que la meurtrière soit une black. Hein, tante Kromeski ? Tu me dis si je m'égare.

La vieille ouvrit un œil et souleva sa dernière carte.

— Tu envisages ce que tu veux. Mais il faut que tu saches que la peste brune se réincarne en toute chose, elle est en chacun de nous.

Le shérif-adjoint fronça les sourcils.

— ... ? D'accord... Alors, si j'ai bien saisi, cette épidémie qui se propage dans le pays serait le juste châtiment de Dieu contre la population de Justiceburg, qui n'a pas su rendre justice à son protecteur, en l'occurrence le marshal Andrew Maxel Broodecker, même si celui-ci était un enculeur de cadavres. C'est ça ?

La réaction du flic confirma ce que la photographe avait déjà perçu. Le shérif-adjoint Booble était beaucoup moins con qu'il ne le laissait paraître. La sorcière, qui avait repris quelques couleurs, lui dit.

— Je vois que tu as retrouvé tes neurones Booble. Tu as bien compris ce qui se trame. Celui qui débarrassera la région de cette saloperie sera élu marshal du comté de Justiceburg.

Le shérif-adjoint aurait bien demandé à la sorcière si la saloperie en question était l'épidémie ou la tueuse de flic. Mais au risque de passer pour un idiot, alors qu'il venait de regagner quelques galons, il s'abstint. La seule chose qu'il avait intégrée depuis des lustres était que les prophéties de sa tante se vérifiaient toujours. Nul autre que cette vieille chouette ne possédait cette science dans l'interprétation des oracles. Il sortit dix coupures de dix dollars qu'il aligna sur le tapis et demanda en désignant du menton la photographe.

— C'est possible que Tina Turner prenne quelques photos de ma pomme devant ton trailer, tante Kromeski ?

— Tu me prends pour une débile Booble ? Tu crois que je ne suis pas au parfum que Tina Turner est noire ? Cette blanchette décolorée ne s'appelle pas Tina Turner.

L'homme à l'étoile en avait sa claque, il lui tardait maintenant d'en finir.

— J'y peux rien tante Kromeski si la photographe que j'ai choisie pour mon portrait officiel porte le même nom qu'une artiste noire. Ce que je sais, c'est qu'il faut que je présente bien contre l'autre esturgeon de Bob Stanton. Si en plus on voit ta caravane en arrière-plan, c'est tout bonus.

La voyante afficha son sourire de crapaud.

— Méfie-toi des esturgeons Booble, ils chient du caviar. Et tu devrais savoir mieux que personne qu'une élection aux États-Unis d'Amérique, ça se gagne avant tout avec du pognon ! Prends toutes les photos que tu veux du moment que ta révolutionnaire enfile une culotte.

— Ma révolutionnaire ?

— Oui, ta « sans culotte ».

— ... ?

— Ta morue, si tu préfères. D'heure en heure, il me semble que tu es de plus en plus con Bobble, ce n'est pas de bon augure pour les administrés du comté.

La photographe, qui ne supportait plus qu'on s'adresse à elle avec des noms d'oiseaux ou de poissons, réagit.

— Ça ne sera pas nécessaire, la morue ne sera pas sur l'affiche. C'est moi qui prends la photo.

— Je veux pas le savoir, j'ai une réputation à tenir. Les gens sentent ces choses-là.

— Ils sentent rien du tout, vieille toupie, j'ai le cul propre.

L'adjoint Booble, qui savait que ce serait la croix et la bannière pour trouver un string dans cette ville de culs bénis, vint à la rescousse de la photographe.

— Tante Kromeski, je croyais que les gens venaient te voir parce que, justement, ils ne sentaient pas les choses.

— Joue pas au plus malin avec moi Booble, t'as pas les épaules de ton connard de père, répondit la tireuse de mauvaises aventures.

Épuisée, la chasseuse d'images poussa la porte de la caravane et sortit à l'air libre sans qu'on l'y invite. Elle n'était pas en état d'arrestation et rien ne l'obligeait à tenir compagnie plus longtemps à cette famille de dégénérés. Le ciel était gris mauve, comme s'il allait pleuvoir. Elle fit quelques pas en respirant à pleins poumons. Le shérif-adjoint Booble sortit à son tour du trailer et lui lança.

— Tina Turner ! Ramène ton cul. La vieille est OK. Je lui ai refilé trois biffetons de plus pour qu'elle ferme les yeux sur ta tenue de naturiste.

L'aventurière n'avait guère le choix. Elle régla son *Leica* et tira plusieurs portraits du shérif suppléant devant la caravane. Un sourire béat barrait le visage de ce dernier.

— Shérif, il serait bon qu'on en fasse quelques-unes où vous avez l'air moins satisfait. Rien n'est jamais gagné en matière d'élection.

Le flic répondit avec une certaine morgue.

— Détrompe-toi Tina Turner, je suis beaucoup plus proche de ma cible que tu ne le crois. Tellement proche, que je pourrais même lui planter un de mes doigts dans le cul.

L'aventurière frissonna de tout son être. Elle refusait de continuer ainsi, il fallait qu'elle sache.

— Vous pouvez essayer de préciser votre pensée sans nécessairement vous salir le doigt, Shérif ?

— Essayer, c'est me faire injure. Je vais t'exposer les faits Tina Turner. À l'époque, parmi ses filles, Ours Vigilant avait une pute noire qui venait de Louisiane, une ancienne activiste qui avait frayé avec les Blacks Panthers. Tante Kromeski a parlé de peste brune. Je suis sûr qu'elle m'indiquait le chemin, sans vouloir m'en dire plus, afin que je fasse mes preuves et ma part de boulot. Cette prostituée avait un surnom : Peste Noire, parce qu'elle se comportait avec les clients comme une peste et qu'elle avait l'âme plus noire que son cul. Il ne me reste plus qu'à coincer cette pute et je serai élu marshal du comté de Justiceburg.

La photographe, estomaquée, ne put s'empêcher d'esquisser un sourire. Elle se sentait plus protégée que jamais aux côtés du shérif-adjoint Booble.

19

Formica avait pris une chambre à *L'As de pique*, l'hôtel le plus pourri de Justiceburg. Des canettes de bière jonchaient le sol et le cendrier dégueulait ses mégots. Le pirate alluma son PC portable et pianota sur le clavier poisseux. Sa page *Fessebouc* s'afficha sur fond de cimetière accompagnée d'un morceau de *Black Sabbath*. La photo de son profil représentait Jack Nicholson dans le film *Shining*. Ses amis virtuels étaient principalement composés de fans de rock gothique, de passionnés de cinoche bis, porno et série Z, d'exhibitionnistes et de détraqués sexuels. Son mur, illustré de photos bizarres et de vidéos trash, avait un succès certain et il recevait de nombreux messages sur sa boîte personnelle. Le dernier en date était signé Kacy.

— Salut, faut qu'on se voie, j'ai un truc important à te confier. Kacy.

Le pirate haussa les sourcils, affichant un sourire de Joker. *Fessebouc* était vraiment un outil formidable pour niquer. Il répondit laconiquement.

— Tu veux te faire ramoner ?

La réponse ne se fit pas attendre.

— T'es con à ce point, ou c'est un genre que tu te donnes ?

Énervé, bien qu'émoustillé, Formica renvoya la balle.

— Qu'est-ce que tu veux me confier ? Ta virginité, connasse ?

Kacy, qui n'avait pas mesuré l'aspect néanderthalien du sujet, comme quoi il fallait se méfier des photos de profil virtuellement avantageuses sur les réseaux sociaux, répondit sobrement.

— Gros naze, petite queue ridicule, je suis la belle-fille de Jess Tardy. Je dois absolument te rencontrer, pas pour niquer, je me fais déjà suffisamment mettre par mon beau-père.

À la lecture du nom de Tardy, le rythme cardiaque de Formica accéléra. Vingt-cinq ans sans remettre les pieds à Justiceburg et déjà le carnaval recommençait. Il tapa nerveusement sur le clavier.

— Je suis à *L'As de Pique*, l'hôtel le plus pourri de la ville, chambre 13, amène ton cul.

Le son caractéristique d'un gong, annonçant un message, retentit.

— Je me pointe dans une heure. Je tiens à préciser que je suis plus que désirable, ce qui ne fait pas de moi une fille qui ne pense qu'à se faire tringler, alors tu gardes les mains dans tes poches.

Le pirate répondit du tac au tac.

— Comment j'ouvre la porte si j'ai les mains dans les poches ? Avec ma bite ?

Kacy jugea que ce n'était pas obligatoire de répondre aux insanités par d'autres insanités et resta sobre.

— Avec courtoisie.

Puis, la belle fille de Tardy disparut des radars. Formica, excité, fixa plus attentivement l'avatar de la jeune femme. Il représentait une dinde aux marrons avec le croupion en l'air. Ça tombait bien, il n'avait pas fêté Thanksgiving.

20

La *Mercury* du shérif-adjoint Booble était garée devant *L'As de pique*, l'hôtel le plus pourri de Justiceburg. Le médecin légiste souleva le drap afin que le flic puisse se rincer l'œil. Kacy était nue, allongée sur le ventre, attachée par les poignets et les chevilles aux quatre montants du lit à l'aide de cordes de chanvre. Le patron de l'établissement, les yeux hallucinés, fixait une partie précise du corps de la jeune femme. Booble demanda à ce dernier :

— Qu'est-ce que tu as vu Blaireau ?

Ce n'était pas une insulte de la part du flic, le patron de *L'As de pique* s'appelait Blaireau.

— Comme vous Shérif, son cul.

Booble sortit son calepin.

— Le nom du client qui occupait cette chambre ?

Blaireau répondit, sans détacher son regard du valseur de la belle-fille de l'ancien gouverneur du Texas, Jess Tardy.

— J'en sais rien Shérif, de toute façon ils donnent toujours de faux noms. Ici, on vient pour se soulager ou se faire oublier.

— Va me chercher le registre de l'hôtel. Et grouille-toi avant que je t'inculpe pour voyeurisme aggravé !

Tandis que Blaireau sortait de la chambre 13 à contrecœur, le légiste demanda à Booble.

— Je peux la détacher Shérif ?

Le flic hésita.

— J'aurais aimé prendre des photos pendant qu'elle est encore entravée. C'est idiot, j'avais une photographe de talent sous la main, mais je viens de la relâcher.

— Si c'est pour l'enquête, je peux vous prêter mon téléphone. Ce ne sera pas d'une qualité extraordinaire, mais vous aurez tout de même quelques images, fit le médecin.

— Non, c'est pour ma collection perso, j'ai un faible pour le bondage.

— Dans votre cas, le terme approprié serait la nécrophilie Shérif.

— Ne m'embrouillez pas Toubib, je n'ai aucune disposition pour niquer les cadavres. Cette fille simplement m'inspire, elle a l'air de dormir. Faites votre boulot.

Le légiste sectionna les liens à l'aide d'un cutter et retourna Kacy. La jeune femme avait le sexe épilé avec un petit tatouage sur le haut du mont de Vénus, qu'elle avait charnu.

— Ça représente quoi ? demanda Booble.

Le toubib se pencha au-dessus du sexe de la morte.

— Le portrait de Béla Lugosi. Vu la rigidité du corps, la mort ne doit pas remonter à plus de six heures. Aucune trace de strangulation ou de coups. Les traits de son visage sont détendus, elle semble même sourire. C'est curieux, si elle n'avait pas été attachée, on pourrait penser qu'elle est morte en plein coït.

— On peut mourir en plein coït en ayant préalablement consenti à être entravé, fit remarquer Booble, qui n'était pas né de la dernière pluie en matière de pratiques sexuelles réprouvées par le code Hays et l'État du Texas.

Le médecin opina du chef.

— C'est vrai aussi que face à un orgasme trop violent, un cœur fatigué peut lâcher. Pendant la guerre froide, le KGB et la CIA utilisaient des agents entraînés à cette méthode. Crever de plaisir, ça peut être un credo.

— Est-ce qu'elle a été violée ?

— C'est la première chose que j'ai vérifiée, il ne semble pas. Par contre, maintenant qu'elle est sur le dos, je vais pouvoir pousser mon examen un peu plus loin.

— Ça veut dire quoi pousser un peu plus loin ? lâcha le flic.

Le médecin légiste regarda Booble par-dessous.

— Peut-être que je me trompe, mais j'ai dans l'idée que dans ce domaine vous êtes pointu Shérif. Je suis étonné, j'ai l'habitude de côtoyer des flics abrutis jusqu'à la moelle ou des novices à qui il faut tout expliquer par le menu. Du coup, j'ai pris l'habitude de simplifier, vulgariser. Je vais juste vérifier s'il y a eu pénétration.

Et alors que le légiste auscultait attentivement le corps de la victime, il se redressa brusquement, l'air grave :

— Regardez Shérif, les marques sur ses lèvres.

Booble se pencha au-dessus du visage de Kacy.

— Je vois rien.

— Les grandes lèvres.

Le flic descendit d'un étage.

— Quoi ? Le piercing dans son clitoris ?

— Un peu plus bas.

Le shérif-adjoint Booble devint livide.

— Merde... On dirait des piqûres d'araignée.

— Maousse l'araignée, à part si elle se fait bouffer la chatte par Spider Man. Des traces pareilles, je ne vois qu'un coupable.

Le flic fixa le légiste avec une tronche à faire peur.

—... Vous pensez ?

— Je pense comme vous Shérif.

— Ce seraient des traces de...

— Des traces de canines Shérif.

Un imperceptible tic commença à faire cligner l'œil droit du flic.

— Tout doux Toubib, on peut légitimement se tromper.

— On peut aussi légitimement faire l'autruche pour ne pas effrayer la population.

— Mais... C'est peut-être...

— Shérif, je suis l'un des plus éminents spécialistes du pays en la matière. J'ai obtenu mon doctorat de haute lutte contre l'obscurantisme de mes pairs, des intégristes bornés adeptes de l'inquisition et de la flagellation. Me croirez-vous, si je vous disais que cette période les faisait bander ces vieilles tantes ? Ma thèse, qui est en ligne, est visitée 5000 fois par jour. Elle me rapporte plus que mes honoraires de légiste. Si je continue ce job, c'est juste pour garder le contact avec le terrain et être aux premières loges quand un cas se manifeste. Je suis un chasseur, scientifique soit, mais un chasseur Shérif.

Booble n'en menait pas large.

— Alors, vous pensez...

— Je suis formel. Aucune pénétration vaginale, même pas le petit doigt.

— ... Alors ce serait...

— Oui, Shérif, un vampire, un putain de vampire.

Booble, pris d'un malaise, s'assit sur le lit à côté de la morte. À cet instant, Kacy lui faisait ni chaud ni froid. La malédiction continuait. Le flic planta ses yeux de dingue dans ceux du médecin.

— Toubib, si ce que vous dites est vrai, vous devez savoir ce que cela signifie ?

— Hélas, oui. Ils sont revenus à Justiceburg.

— Et vous savez pourquoi ?

— Parce que le shérif Andrew Maxel Broodecker s'est fait descendre et que le coupable n'a pas été appréhendé.

Le shérif-adjoint Booble se leva d'un bond.

— Alors, vous savez ce qu'il nous reste à faire ?

— Bien sûr, ça fait partie de ma formation Shérif.

— Et Blaireau ?

— Vous devez l'éliminer, lâcha froidement le médecin. Il l'a visitée avant, il ne comprendrait pas son état après. Le laisser en vie serait pure folie.

—... ? Comment ça il l'a visitée ? demanda le flic.

— Avant qu'il ne vous appelle, Blaireau a visité Kacy par derrière. En vous attendant, j'ai découvert quelques traces de foutre. J'ai prélevé des échantillons que je vais poser au labo.

Le shérif-adjoint Booble se précipita dans la brèche.

— Oh ! Faut savoir toubib, vous m'avez dit qu'elle n'avait pas été violée.

— Manifestement, non. Aucune trace de violence, comme si l'acte était consenti. Mais faut-il vous rappeler que la victime était probablement déjà morte ?

Booble tremblait de tous ses membres.

— Ça change tout. Aussi bien, c'est Blaireau le coupable !

— Ne jouez pas au plus fin Shérif. Vous voulez que le mal se répande ?

Le flic, conscient de sa défaillance, se reprit.

— Vous avez raison Toubib, je dois prendre mes responsabilités.

À cet instant, Blaireau entra dans la chambre 13 avec le registre de l'hôtel sous le bras. Le shérif-adjoint Booble sortit son Colt et lâcha d'une voix d'outre-tombe.

— Pourquoi tu l'as enculée salopard ?

Blaireau marqua à peine son étonnement.

— Ben, j'ai fait comme vous faites d'habitude Shérif. Mais cette fois, j'ai préféré passer le premier, c'est plus propre.

La main du shérif-adjoint Booble trembla de plus belle, de grosses gouttes de sueur dégoulinaient sur son visage poupin.

— Comment as-tu pu ? Espèce de détraqué ! Pourquoi tu l'as tuée ?

— Hein ?! Mais c'est pas moi ! Elle était déjà raide. Vous savez bien Shérif, je suis comme vous, y a que la viande froide qui m'intéresse.

Le flic affichait un horrible rictus.

— Tu vas payer très cher Blaireau. Tu dois payer. Un tel crime ne peut rester impuni.

Et le shérif-adjoint Booble vida son chargeur sur le patron de *L'As de pique*, l'hôtel le plus pourrave de Justiceburg, sans le moindre état d'âme, ni remord, affichant un sourire sadique en coin. Alors que le nuage de poudre se dissipait dans la chambre, il retourna son arme vers le médecin légiste. Ce dernier haussa les épaules.

— Vous allez avoir besoin de moi Shérif. De toute façon, vous n'avez plus de balles. Au lieu de faire le pitre, allez me chercher un pieu.

Booble reprit ses esprits et rangea son flingue.

— Pourquoi un pieu ? Il y en a déjà un dans la piaule.

— Pas un lit, Shérif, un pieu. Un pieu de clôture, ceux que l'on utilise pour les enclos des bêtes.

—... Dac. La vache, ces histoires de vampire ça me retourne les sangs.

Le médecin légiste speeda le flic.

— Vite Shérif, un pieu ! Si elle se réveille, on est...

— J'y vais ! J'y vais ! Et n'en profitez pas ! Sinon, spécialiste ou pas, je vous fais sauter le caisson comme cette crapule de Blaireau.

Quelques minutes plus tard, le légiste et le shérif se tenaient au-dessus du corps de Kacy. Le médecin tenait fermement à deux mains le pieu taillé en pointe, à l'emplacement du cœur de la jeune maîtresse de Jess Tardy. Booble leva une massette qu'il avait trouvée dans la remise et demanda.

— C'est tout ? Pas de salamalec avec des gousses d'ail et un crucifix ?

Le médecin, concentré sur l'opération, esquissa un mouvement d'humeur.

— Tout ça c'est du folklore entretenu par l'industrie du cinéma. Frappez droit et fort, une seule fois Shérif. Si vous loupez son *corazon,* elle se réveillera et là...

— Arrêtez de me foutre la pression toubib ! Je suis le meilleur planteur de piquet de tout le Texas.

Et le shérif-adjoint Booble abattit la massette avec une maîtrise et une puissance insoupçonnable. Kacy écarquilla les yeux et poussa un cri démoniaque, avant qu'un torrent écarlate ne gicle de sa bouche et que le pieu traverse le sommier, se plantant dans le plancher. Le flic, couvert de sang, jura.

— Putain de bois ! Je l'ai pas loupée la salope.

Le légiste essuya le raisiné qui lui couvrait le visage.

— Ce n'est pas une salope mais une victime Shérif, ce qui n'est pas incompatible, je vous l'accorde. Mais dans le cas présent, elle a suffisamment souffert pour qu'on lui accorde le bénéfice du doute. Heureusement, dans son malheur, nous venons de la sauver. Maintenant il faut maquiller tout ça en une scène de baise qui a terminé en boucherie.

Le shérif-adjoint Booble prit ombrage.

— Oh, Toubib, vous êtes peut-être un spécialiste pour trucider les vampires, mais le flic c'est moi. Un meurtre a été commis dans mon secteur et je dois enquêter. Si on commence à maquiller les scènes de crime, comment voulez-vous que la police interpelle les coupables ?

Le médecin montra quelques signes d'impatience.

— Vous voulez vous faire inculper vous-même pour le meurtre d'un vampire ? C'est ça Shérif ?

Ce dernier semblait perdre pied. Le légiste reprit.

— Visiblement, au regard de vos réactions, vous avez dû être traumatisé plus jeune par des histoires de vampire. Je me trompe ?

Booble grimaça, comme si une crise d'hémorroïdes se réveillait brusquement.

— Je vous pose des questions sur votre vie privée toubib ? Alors qu'est-ce que vous suggérez ?

— Je propose que l'on place votre arme dans la main de la fille. Ainsi, on pourra penser qu'elle s'est défendue contre Blaireau qui lui plantait un pieu dans le cœur.

Le shérif-adjoint Booble, quelque peu déconcerté, dévisageait le médecin légiste.

— Vous proposez que la fille, après avoir reçu un pieu dans le cœur qui l'a clouée au sol, vide un chargeur sur son agresseur ?

— ... ? Non ! Elle serait censée avoir tiré juste avant.

— Donc, elle plombe son agresseur avec l'arme du flic qui va ensuite mener l'enquête sur son meurtre. Et Blaireau, avec six balles logées dans le buffet, lui enfonce ensuite le pieu dans le cœur.

Le légiste souffla, dépité. Booble, satisfait de sa démonstration, conclut.

— Vous feriez un très mauvais flic Toubib. On va faire plus simple, on laisse tout en l'état. J'ai été prévenu par un coup de fil anonyme que des coups de feu avaient été tirés à *l'As de pique* et nous venons de découvrir le massacre.

21

Elle s'immobilisa devant le miroir sans lui demander si elle était la plus belle, elle connaissait la réponse. On ne gagnait pas cinq années consécutives l'élection de Miss Dallas avec des fesses en gouttes d'huile. Mais c'était il y a longtemps et, aujourd'hui, ces ridules qui s'invitaient aux coins de ses yeux lui rappelaient que tout était provisoire. Ces dernières années le mauvais sort s'était acharné, sans épargner la moindre once, la moindre parcelle de son intégrité. Son père, le seul mec capable de la protéger était mort connement d'une pneumonie. Richard, son boy-friend, s'était tiré avec ses économies, le pick-up et tout son matériel de photo pour payer sa dope. La conséquence directe de ce fiasco sentimental et du braquage de son matos l'avait poussée à accepter ce reportage au pied levé. Et maintenant, elle se retrouvait avec le cadavre d'un marshal sur les bras, la mouise continuait. Elle fit glisser sa tunique et observa son corps dans ses moindres détails. Pourtant, il fut une période où son talent était reconnu. Cela remontait aux calendres grecques, les années soixante-dix, l'âge d'or, une époque révolue. Mais elle ne regretterait rien, consciente que dans son malheur, elle avait finalement eu beaucoup de chance. C'est pourquoi, malgré tous ses déboires, elle s'accrochait, c'était une battante. Et si l'image que lui renvoyait le miroir ne mentait pas, elle était encore très belle pour une femme qui venait d'atteindre le demi-siècle. Alors qu'elle soupesait sa poitrine généreuse, Ours Vigilant se glissa dans le tipi. Elle sursauta avant de se draper dans sa tunique. Une rage froide l'envahit.

— Tu ne peux pas t'annoncer avant d'entrer ? C'est vrai, c'est pas dans les coutumes des Apaches. On entre et on sort sans demander !

L'Indien s'immobilisa en serrant la mâchoire.

— Je ne savais pas que tu étais revenue. Je t'apporte des habits, je pense qu'ils t'iront. Ils appartenaient à l'une de mes filles, elle avait à peu près ta taille.

La photographe saisit la paire de jeans, ainsi que la chemise à carreaux. Le regard noir, elle dévisagea le Chiricahua en songeant : « L'une de tes filles... Putain de maquereau. »

L'Apache lui demanda.

— Qu'est-ce que tu faisais avec le shérif-adjoint Booble ? J'ai cru qu'il t'avait coffrée.

— Je suis sortie pour prendre l'air et il m'est tombé dessus. Quelqu'un l'avait prévenu... forcément. Il m'a demandé de tirer son portrait pour les affiches de l'élection au poste de marshal.

— Tu n'aurais pas dû sortir, maintenant tu es en danger. Tu penses qu'il te soupçonne ?

Persuadée que c'était l'Indien qui l'avait balancée, elle en était à présent moins sûre. Elle songea que dans le doute, elle n'avait rien à gagner à se mettre l'Apache à dos et lui donna le change.

— Impossible à dire, ce type est un grand malade. Parfois, il semble cohérent, voire intelligent et, quelques minutes après, c'est l'idiot du village.

— Le shérif-adjoint Booble est tout sauf un idiot. Il est malin et sournois. Il fait l'abruti pour endormir les gens et obtenir ce qu'il veut d'eux. Son modèle est le lieutenant Columbo, en plus vicieux.

La photographe haussa les épaules.

— Je persiste à penser que c'est un débile et sa tante Kromeski aurait largement sa place dans une foire aux freaks. Vicieux, il ne peut pas l'être plus que toi l'Apache. Il m'a parlé de tes activités.

L'Indien alluma une Pall Mal.

— Oui, je sais, le shérif-adjoint Booble véhicule de nombreuses contrevérités sur ma personne. Par exemple, il raconte à qui veut l'entendre que je suis un maquereau.

— Prouve-moi le contraire, l'Indien !

L'Apache resta de marbre.

— C'était il y a de nombreuses lunes. J'étais jeune, livré à moi-même, assommé par l'alcool et les drogues. J'ai eu largement le temps de me racheter.

La photographe fixait intensément Ours Vigilant.

— Te racheter ? En recueillant des femmes perdues et leur faire subir ce que tu m'as fait ? Que s'est-il passé sous ce tipi pendant les quatre jours où j'étais dans le coma ? Es-tu seulement capable de répondre à cette question, maquereau !

L'Apache tira une longue latte sur sa cigarette avant de l'écraser nerveusement sur le sol en terre battue.

— Tu parles comme une squaw au cul sale et à la langue fourchue. Je t'ai recueillie avant que les waps te dépècent. Tu allais crever.

— Je sais, tu m'as sauvé la vie, mais tu t'es payé sur la bête ! Alors, tu comprendras que je ne peux pas faire confiance à un violeur qui gagne sa pitance en mettant les filles sur le trottoir !

— Il n'y a pas de trottoirs à Polar. Il n'y a que de la terre rouge et des misérables qui se tuent à la tâche pour survivre sur les derniers arpents que les blancs ont concédés à nos ancêtres.

L'aventurière ferma les yeux.

— Ferme-la, tu me fais vomir. Booble, avec sa cervelle de piaf, vaut finalement mieux que toi.

Les yeux noirs du guerrier chiricahua s'allumèrent, deux charbons incandescents qui brillaient dans la pénombre du tipi. Sa voix profonde monta d'un octave, plus tranchante.

— Booble t'a fourvoyée. Le shérif Andrew Maxel Broodecker était son père !

L'amazone frissonna.

— Qu'est-ce que tu racontes ? Encore un mensonge, maudit Indien.

L'Apache s'approcha de la photographe, l'air farouche.

— Arrête de cracher ton venin, vipère ! Le marshal que tu as assassiné était le père de Booble. Voilà ce que je raconte.

Elle remua imperceptiblement la tête, se demandant comment le genre humain pouvait engendrer de tels monstres ? Le cadavre du shérif de Justiceburg à peine tiède, le fils voulait déjà son costard.

— Peut-être que maintenant tu comprends mieux la situation. Le shérif-adjoint Booble te soupçonne. Mais si ton arrestation lui assure son élection, tu as aussi buté son père qu'il haïssait. Tu l'as délivré d'un obstacle qu'il était incapable d'affronter. Rien que pour ça, il serait capable de t'accorder la liberté. Mais je connais le shérif-adjoint Booble et je pense qu'il a déjà planifié de te sacrifier après son élection.

Prise de vertige, elle se laissa tomber sur une banquette de Chrysler qui faisait fonction de canapé. Après un court moment, elle demanda :

— Et toi, Ours Vigilant, qu'est-ce que tu attends de moi ?

L'indien haussa doucement les épaules.

— Tu es libre. Jusqu'à l'élection du prochain shérif, ici tu es en sécurité. Je te conseille de te remplumer et de t'envoler le plus loin possible du Texas. Dans la réserve où je suis né, on retrouve chaque année des dizaines de squelettes blanchis par le soleil, des routards, des fugueuses, des types qui se sont trouvés au mauvais endroit au mauvais moment. Maintenant que le shérif Andrew Maxel Broodecker est mort, le nombre de meurtres inexpliqués va baisser dans la région. Mais dès que le nouveau marshal sera élu, la malédiction recommencera.

22

Abel avait rejoint Formica à la sortie de Justiceburg, dans une cafétéria qui jouxtait un motel glauque. Devant une bière, le manager expliqua à son copain que le groupe *Cholera Girls* avait décidé de se passer de ses services. Le pirate s'étonna.

— Elles arrêtent la zique ?

— Elles n'arrêtent pas, elles me virent.

— C'était ton dernier groupe. Qu'est-ce que tu vas faire ?

Abel alluma une *Camel.*

— J'ai gambergé une partie de la nuit et j'en ai conclu que c'était un mal pour un bien.

— Tu peux décoder, je mélange souvent le bien et le mal.

— Un signe du destin si tu veux, peut-être le moment d'organiser ma sortie. Tu sais ce fameux concert dont je t'ai parlé, terminer ma carrière en fanfare. Et pour ça, j'ai besoin de tes talents de hacker.

Le pirate regarda Abel l'air dubitatif.

— Comment tu veux t'y prendre si les *Choleras* t'ont lâché ? De toute façon, t'imaginais pas remplir un stade avec ce groupe de pom-pom-girls ?

— Il n'a jamais été question des *Choleras*. Je te l'ai dit au *Cactus mauve*, avant que tu rectifies le tueur à gages. Je vais m'occuper d'*Exotic Lizard.*

Formica soupira, incrédule.

— T'étais pas sérieux.

— Mica, je ne pouvais pas être plus sérieux. Tu m'as dit que si je me lançais, tu me suivais.

Le hacker, les yeux rougis par le manque de sommeil, observa son ami derrière ses lunettes fumées.

— C'est vrai, je te l'ai dit, mais j'étais raide défoncé. Alors c'est comme si je t'avais rien dit.

— Qu'est-ce que ça change ? Tu es toujours défoncé. Tu m'as donné ta parole, tu ne peux pas te défiler.

— Des paroles en l'air... C'est vrai, quoi, c'est complètement barge ton truc. Et puis, franchement, qu'est-ce que je gagne dans cette histoire ?

L'appât du gain n'avait jamais été la motivation première de Formica. C'était avant tout un joueur et Abel devait trouver les mots pour l'appâter.

— Tu peux gagner un bon pactole. C'est une époque bénie pour ce genre de plan. On nage dans le virtuel, le préfabriqué, les carrières en peau de zob. Tu as vu tous ces dinosaures des seventies qui reviennent ? Dans certaines formations, il n'y a même plus un seul membre du groupe originel. Je pense que c'est le moment ou jamais d'organiser le come back du plus grand groupe ayant jamais existé.

Moyennement convaincu, le hacker pinça les lèvres, le regard perdu du côté du désert. Puis, il se gratta le menton avant de sécher sa tequila accompagnée d'une pilule jaune et alluma un stick d'herbe.

— Admettons. Et où tu vas aller le pêcher ce groupe de malheur ?

Abel sourit. L'idée faisait doucement son chemin dans la tête du pirate.

— Tout l'enjeu est là. Il faut trouver cinq filles encore bien foutues. Elles sont censées jouer en bikini. J'ai lancé *Exotic Lizard* à l'époque des *Cramps*, ça donne une idée de leur âge.

— Et le répertoire, t'y as pensé ? Il faut un répertoire original. Comment on va faire ?

Abel ne cacha pas sa satisfaction. Formica commençait à mordre et il avait besoin des talents du pirate. Les sites et les blogs relayaient l'imposture depuis des années, mais à présent il allait falloir passer à la vitesse supérieure. Et son pote lui serait d'un précieux secours pour inonder la toile de fausses archives.

— Pour le répertoire, j'ai mon idée. Les kids, on ne va pas leur refiler du réchauffé. Mais avant, il faut trouver cinq musiciennes nées autour de 68. On mentira sur leur âge, entre 35 et 45 balais, même si elles ont 10 piges de plus sur leur état-civil. Qui ira vérifier ?

— OK ! Je me charge des faux papiers, lança Formica.

Abel soupira d'aise, restait à trouver les cinq musiciennes. Autant il s'était amusé toutes ces années à inventer une histoire à *Exotic Lizard*, maintenant il fallait présenter le groupe en chair et en os dans la vraie vie, celle jonchée d'emmerdes...

— Ton principal boulot sera de leur fabriquer un passé crédible. Attention aux looks. Le revival, c'est délicat, quand c'est foireux ça se repère tout de suite. Il va falloir que tu fasses des montages avec des images fin 70, début 80, qu'on reconnaisse chacune des musiciennes. Il faudra aussi leur inventer des bios accompagnées de photos mal cadrées avec des couleurs pisseuses, style *Polaroïd*. Ensuite, tu alimenteras la toile au compte-goutte, avant de monter en puissance, que les kids s'habituent. Mon job est de fabriquer physiquement un groupe qui n'existe pas. Et toi, de leur inventer une mémoire. Ensuite, l'étape la plus importante sera l'artistique.

Le hacker frappa brusquement la table avec le plat de sa main.

— Putain ! Abel ! Ça me botte ce projet.

— Oui, on va faire un carton, fit posément le manager.

— Ouais, c'est ça, on va se faire les chipolatas en or ! Qu'est-ce que je dis ? En platine ! Au fait, y a un truc dont on n'a pas parlé. Le concert, tu le vois où ?

— J'ai quelques pistes, mais avant il faut trouver les greluches.

23

Elle s'éveilla en sursaut, un moteur venait de caler devant le tipi. Elle se leva, s'habilla à la hâte le cœur battant et souleva doucement la lourde peau d'élan qui obstruait l'entrée. Elle reconnut la vieille *Thunderbird* d'Ours Vigilant. Dans le véhicule, aux côtés de l'Apache, se tenait un blanc. Le sang de l'aventurière ne fit qu'un tour. Elle saisit un long couteau de chasse qui pendait près de la glacière et attendit, accroupie, prête à bondir. Ours Vigilant descendit de la *Ford* et se dirigea vers le tipi. Elle recula, paniquée. Le Chiricahua se baissa pour pénétrer à l'intérieur de la tente traditionnelle et, ignorant le poignard que la photographe serrait dans son poing, lui lança.

— J'ai quelqu'un à te présenter.

Elle grimaça.

— Qu'est-ce que tu manigances encore le maquereau ? Tu crois que tu vas me vendre comme une chienne au premier porc qui rapplique ?

Ours Vigilant leva la main en signe d'apaisement.

— J'ai croisé ce visage pâle dans un saloon à Lubbock. Il te cherchait.

— Je ne connais pas ce type, je ne l'ai jamais vu. Personne ne sait que je suis ici. Pousse-toi. De toute façon, j'allais partir.

L'Indien, ostensiblement, resta planté devant l'entrée du tipi.

— Il est venu de loin pour te parler. Il dit qu'il a un message important de la part de son patron.

Elle attrapa son *Leica*.

— Quel patron ? Allez dégage, je dois y aller.

— Écoute au moins ce qu'il a à te dire, son patron aime ton travail.

Intriguée, la photographe s'immobilisa. Puis, de guerre lasse, elle suivit l'Indien. Alors qu'ils sortaient du tipi, le gringo descendit du véhicule. Il arborait un sourire factice, portait la même moustache qu'Erold Flynn, ainsi qu'un chapeau en feutre trop grand qui lui cachait le haut du visage. Il ne se présenta pas.

— Je viens de la part de Jess Tardy.

—... Connais pas, répondit-elle plus que jamais sur la défensive.

— Bien sûr que vous le connaissez. Jess Tardy, ancien gouverneur du Texas, producteur de séries télé, journaliste et propriétaire du magazine *Bahia de cochinos* pour lequel vous avez maintes fois travaillé.

La photographe fit mine d'ignorer le C.V. du magnat du pétrole qui écrivait des chroniques immondes et produisait des émissions poubelles. Elle songea à la dernière marotte du sieur en question, produire les pires groupes de Gangsta rap de la côte ouest ; des types sans la moindre conscience politique qui brandissaient des guns en hurlant leur haine de la société, exhibant des chaînes en or avec des maillons plus balaises que ceux qui enferraient leurs ancêtres dans les cales des négriers, palpant de l'autre main des culs de grognasses aussi intelligentes que des bidets.

— Ça fait une éternité que je n'ai pas ouvert ce torchon.

Le sourire de l'homme au chapeau ridicule baissa d'intensité.

— Rassurez-vous, je ne suis pas venu jusqu'ici pour vous proposer un abonnement, mais pour vous soumettre une proposition.

— Je ne suis pas à vendre.

— Il s'agit juste d'un job. Monsieur Tardy cherche un photographe qui n'a pas froid aux yeux, si possible une pointure.

— Et en quoi ça me concerne ? Je ne sais pas ce que vous a raconté cet Indien de malheur, je ne suis qu'une photographe amateur.

— Ne soyez pas si modeste. Si vous pensez qu'on vous a oubliée, pour beaucoup vous restez une référence et monsieur Tardy est votre plus grand fan.

Le compliment la laissa froide comme la banquise.

— Chaque fois que j'ai entendu parler de votre patron, il était mêlé à un scandale. Son univers est aux antipodes de mon travail. Jamais je ne bosserai pour lui et encore moins pour son torche-cul. Vous pouvez lui dire. Maintenant, je dois y aller.

Et elle s'éloigna vers la pompe à eau pour se rincer le visage.

— Pourtant, il fut une époque où vous avez collaboré sans aucun scrupule pour ce torche-cul.

La photographe se retourna, le visage dégoulinant d'eau.

— C'était avant que votre patron rachète la plus belle revue du genre, pour la transformer en un ramassis de ragots abjects avec des photos plus putassières les unes que les autres.

L'homme au chapeau rejoignit la chasseuse d'images.

— Je pense que vous prenez tout ça trop à cœur. Ça fait trente ans que je suis votre travail, c'est pour ça que monsieur Tardy m'a engagé. Même quand vous partez en reportage dans les contrées les plus reculées de la planète, je me débrouille pour me procurer vos photos. Je sais qu'actuellement vous préparez un livre sur les Indiens Chiricahuas qui vivent sur la frontière du Texas et de l'Oklahoma. Des photos chocs pour témoigner des ravages causés par le crack et l'alcool dans cette communauté. Je sais aussi que, depuis plus de 20 ans, vous militez pour la cause des « Native Americans », afin de dénoncer un génocide qui dure depuis plus d'un siècle dans l'indifférence générale. Je reprends là vos propos...

Loin d'être flattée, la photographe marqua sa surprise. Comment ce type avait-il eu vent de cette commande de portraits d'Indiens déglingués qui agonisaient sur la frontière ? Et, surtout, pourquoi un magazine qui assurait l'un des plus gros tirages des États-Unis s'intéressait-il à elle, justement aujourd'hui ?

— Comment savez-vous tout ça ?

L'homme afficha à nouveau son sourire factice, mais avec un peu plus de naturel.

— C'est moi qui ai commandé ce portfolio à cette éditrice de Houston en exigeant votre nom. Comme vous n'avez plus d'agent, elle vous a contacté via une association de défense des « Native Americans », qui vous a ensuite proposé le job.

La photographe avait du mal à croire à ce beau discours. Elle pensait plutôt que la présence de ce type avait un lien direct avec la mort du marshal Andrew Maxel Broodecker. Depuis que Tardy avait repris *Bahia de cochinos*, le magazine s'était fait une spécialité d'interviewer les serial killers et les meurtriers les plus célèbres.

— Qui vous a dit que je me trouvais là ?

L'homme alluma un havane.

— Vous n'êtes pas sans savoir que les journalistes ne livrent jamais leurs sources. J'arrive tout droit de Los Angeles. Ours Vigilant est venu me chercher à l'aéroport de Lubbock et m'a amené directement. J'ai fait ce voyage avec le seul but de vous rencontrer.

Elle se tourna alors vers l'Apache, le toisant avec un profond mépris.

— Chien galeux ! Tu m'as sauvée parce que tu passais là par hasard. Et tu prétends descendre du grand chef Cochise ? Que te reste-t-il des valeurs de ton peuple ? Traître ! Renégat !

Le type au chapeau tyrolien prit la défense de l'Indien.

— Ne l'accablez pas, Ours Vigilant n'a fait que son travail. Je me suis adressé à une compagnie de détectives privés de Lubbock, qui m'a appris que vous aviez été localisée à Polar. Avec quelques dollars, vous obtenez tous les renseignements que vous désirez. Comme je vous l'ai dit, je suis venu pour vous faire une proposition.

L'aventurière, de plus en plus nerveuse, ne savait plus quoi penser. Insidieusement, la paranoïa s'installait en elle. Et si le propriétaire du magazine le plus lu en Amérique s'était transformé en chasseur de prime, juste le temps d'un reportage pour ses lecteurs voyeurs. Au Texas, n'importe quel citoyen possédant un casier judiciaire vierge et un port d'arme en règle, pouvait se substituer à la police. Depuis *Easy Rider*, rien n'avait vraiment changé au pays des cow-boys.

— Vous n'arriverez pas à me faire croire que vous êtes venu de Los Angeles pour me proposer du boulot.

— Et pourtant. Laissez-moi juste vous exposer ce que monsieur Tardy attend de vous.

— J'écoute. C'est quoi le deal ?

Elle avait posé la question, juste pour en avoir le cœur net et en finir une bonne fois pour toutes avec ce journaleux qui en connaissait trop sur sa carrière, à son goût.

— Si on entrait dans le tipi pour en parler tranquillement ? fit le type au galurin totalement inadapté à la région.

Elle passa derrière Ours Vigilant qui attisa les quelques braises rougeoyantes du foyer pour faire du café. Le gringo se laissa tomber lourdement sur la banquette de la Chrysler. Elle resta debout, les bras croisés. Le type, mandaté par Tardy, ne tourna pas plus longtemps autour du pot.

— Voilà, en fait, je suis chargé de récolter un maximum d'informations pour l'écriture d'un livre sur la saga du groupe de rock *Les Maîtres Nageurs*. Et par extension, sur cette affaire qui avait défrayé la chronique à l'époque, la disparition du corps de leur guitariste Patchwork.

L'homme marqua un silence, le temps que la photographe imprime et digère ce qu'elle venait d'entendre. Estomaquée, elle s'exclama.

—... ?! Mais qu'est-ce que c'est que ce délire ? De quoi on parle ? Il était question d'un reportage sur les Indiens de la frontière qui crèvent à cause du crack ! Vous n'êtes pas venu de Los Angeles pour déterrer une histoire qui s'est passée il y a un quart de siècle et qui ne présente pas le moindre intérêt.

— Je comprends votre surprise, fit l'homme au chapeau, mais ne vous méprenez pas, tout est lié. Comment voulez-vous que Jess Tardy continue à financer des reportages à perte, tels que celui que vous effectuez actuellement, s'il ne rentre pas de temps à autre dans ses frais ?

L'aventurière, interdite, remua la tête.

— Je m'attendais à tout, sauf à ça. Mais qui peut s'intéresser à ce fait-divers ? C'est tellement vieux, classé, oublié, minable, inutile ! *Les Maîtres Nageurs*... mais tout le monde s'en fout !

L'homme sembla soudainement agacé, comme si sa patience avait atteint ses limites.

— Faux ! Si tout le monde s'en foutait, pourquoi d'après vous un type tel que moi se lancerait-il dans l'écriture d'un ouvrage sur ce groupe ?

L'homme au galurin se mordit la lèvre. Trop tard, il venait de vendre la mèche. Il se leva de la banquette de la Chrysler, balança son chapeau et arracha sa moustache postiche. L'aventurière observa un peu mieux l'émissaire de Tardy. Elle connaissait ce visage pour l'avoir vu à la télé et dans les journaux people à maintes reprises. Ses yeux prirent l'éclat de ceux d'une vipère avant de mordre. Elle siffla entre ses dents.

—... Tardy ! Rien ne m'aura été épargné.

24

Formica, les yeux injectés de sang venait de passer deux jours et trois nuits devant son écran à scanner, caviarder des photos, bombarder la toile de films et de documents falsifiés sur le groupe imaginaire *Exotic Lizard*. Pour tenir le coup, il s'était concocté un cocktail détonant à base de pilules multicolores, composé principalement d'amphétamines, de coupe-faim et de somnifères. À la recherche de ses propres limites, il avait mis un point d'honneur à faire un boulot exemplaire. Repiquer des données numériques, les transformer avec un rendu argentique, pour finalement obtenir de faux montages analogiques requérait une technique certaine, de la patience et un indéniable savoir-faire. Le délai très court qui lui était imparti, conjugué à la difficulté de l'exercice, avait suffisamment excité le hacker pour qu'il s'y colle avec passion, obtenant un résultat proche de la perfection. Après avoir inondé les blogs, les sites spécialisés et les réseaux sociaux de bios pipos et de scopitones bidons, Formica avait terminé sa mission en adressant à toutes les rédactions concernées par le rock un communiqué de presse annonçant prochainement un concert d'*Exotic Lizard* dans l'État du Texas. À l'aube du troisième jour, alors qu'il dormait sur son clavier, le pirate fut réveillé par un coup de gong. Il se redressa et observa l'écran. Un courriel venait d'arriver sur sa messagerie *Fessebouc*. Il saisit la bouteille de whisky et sécha le fond avant d'ouvrir le message. Ce dernier avait été posté via la messagerie de Kacy. De son frigo de la morgue d'Abilene, celle de Justiceburg affichait complet, la dinde aux marrons continuait à communiquer. Le pirate lut le message, retenant l'essentiel dans sa tête embrumée, avant d'éteindre son écran et quitter la chambre qu'il occupait au *Flamingo Star*, un hôtel borgne où il avait pris ses nouveaux quartiers. Alors qu'il traversait le hall décoré à la mode mexicaine, la propriétaire de l'établissement, une femme à la peau tirée, avec un œil de verre et les cheveux peroxydés enroulés autour d'une pléiade de bigoudis verts fluo, lui lança.

— Tu n'oublies pas quelque chose beau gosse ?

Le hacker hésita à se retourner. Cette planque était aux petits oignons, mais la patronne avait des exigences. Elle insista.

— Ta semaine d'avance. Chaque jour tu remets, mais moi j'ai des comptes à rendre, fit la blonde décolorée.

Formica observa la matrone qui ressemblait à Mae West entre sa période *Lady Lou* et celle post mortem. Il renifla en se remontant les cacahouètes.

— Tu préfères quoi Jean Harlow ? En liquide ou en nature ?

La proprio du *Flamingo Star* ne badinait pas.

— Nature et j'espère que t'es pas à sec, je veux que tu mettes le paquet. À minuit pile dans ma piaule, c'est la 13.

— C'est comme si c'était fait, lui répondit le pirate.

— J'espère bien que ça sera plus long que ça mon lapin. Et n'oublie pas, je t'ai à l'œil.

Formica gara le *Dodge* jaune devant l'église des évangélistes retournés et passa le seuil de l'institution désaffectée. C'était ici que, très jeune, des années durant, il avait communié en se faisant régulièrement retourner par l'un des prédicateurs les plus influents du comté. Jusqu'au jour où il fut assez costaud pour retourner à son tour le prédicateur et lui décharger dans le cul les douze bastos que contenait le flingue qu'il venait d'emprunter au bedeau. Le légiste eut du mal à s'y retrouver avec ce client et ses treize trous de balle, avant de conclure à un suicide. Pour faire bon poids, bonne mesure, le bedeau fut pendu haut et court et l'on ferma le bordel en minimisant les pratiques du prédicateur qui, de l'avis de tous les notables de la ville, avaient forgé leur caractère à défaut de transformer leur cul en chou-fleur. Ainsi, le nom de l'église des évangélistes retournés marqua longtemps l'esprit de nombreux habitants du comté, comme une madeleine de Proust au goût de chou-fleur... Formica traversa l'allée poussiéreuse et descendit les escaliers qui menaient à la crypte. Un homme assis sur une tombe l'attendait. Il portait un masque de catcheur mexicain et fumait une cigarette mentholée. Le pirate s'approcha du sarcophage. Tout comme dans le premier film de Mario Bava, *le masque du démon*, une fenêtre en verre épais permettait de voir le visage embaumé du locataire du cercueil. Ce n'était pas la trombine de Barbara Steele qui souriait dans la lucarne, mais la sale gueule du prédicateur. Le catcheur se leva en soupirant bruyamment.

— Je craignais que tu ne reçoives pas mon message. Le mal commence à se répandre et tu es notre dernière sentinelle dans tout l'État du Texas.

Et il sortit une liasse de dollars usagés qu'il jeta sur la vitre qui protégeait le visage cireux du retourneur.

— Pourquoi on ne voit que sa tête ? demanda Formica.

L'homme masqué écrasa le mégot de sa *Dunhill* à bout doré sur la dalle.

— Avec ce que tu lui as mis dans le cul à l'époque, le reste n'était pas présentable.

Puis, il prit congé en escaladant les marches avec la souplesse d'un catcheur mexicain. Formica attendit qu'il ait disparu pour ramasser les billets. Son regard s'arrêta un long moment sur le visage du prédicateur retourneur empaillé. Soudain, il se raidit, il lui semblait avoir vu le prédicateur bouger un cil. Une sourde angoisse envahit le pirate. Et s'il avait trucidé un saint ? Un saint qui enculait son prochain, mais un saint quand même. Il se reprit. Le manque de sommeil lié aux drogues commençait à lui jouer des tours. Il remonta à la surface sans se retourner sur un passé qui lui faisait encore mal au cul.

25

Jess Tardy demanda une autre tasse de café à Ours Vigilant. L'Indien s'exécuta, alors que la photographe essayait de ne pas perdre le contrôle. À l'écart, le cerveau en ébullition, elle se remémorait le gigantesque puzzle qui s'étalait sur un quart de siècle, ne pouvant s'empêcher d'imaginer avec effroi les pièces manquantes qui correspondaient au no man's land entre la mort du marshal Andrew Maxel Broodecker et la chaise électrique. Diminuée et terrorisée, elle préféra renoncer à ce macabre inventaire. La priorité à présent se résumait, ni plus, ni moins, à sortir indemne de ce guêpier.

— Je ne comprends pas. Pourquoi un livre sur un groupe inconnu ? Qu'est-ce que vous allez apporter de plus à cette histoire ? Tout a été écrit sur la disparition de Patchwork. Abel Roc, le chanteur du groupe, a même payé un cher tribut en faisant deux ans de bagne, alors qu'il a été prouvé qu'il était innocent. L'affaire a été jugée, le dossier est clos. Un bouquin sur cette affaire, c'est un bide assuré. Quant à ma photo, parce que j'imagine que si vous êtes venu jusqu'ici, c'est pour me demander de l'utiliser pour la couverture, les droits ne m'appartiennent plus. Vous voyez Tardy, on ne gagne pas à tous les coups, cette fois-ci vous aurez fait chou blanc sur toute la ligne.

Le producteur reposa son car en aluminium empli de café brûlant sur une pierre plate.

— Je n'escomptais pas utiliser votre photo pour la couverture de mon livre Candie Brown.

L'aventurière, en entendant prononcer son nom, ne put s'empêcher de frémir. Le producteur reprit.

— Il est vrai qu'aucune autre photo ne peut être plus emblématique pour présenter cet ouvrage, mais aujourd'hui elle n'aurait plus le même impact. Trop vue, trop connue, ce serait contre-productif. De plus, je n'aurais pas fait le déplacement pour ce genre de détail, les droits m'appartiennent. J'ai acheté le négatif chez *Christie's*, il y a une dizaine d'années, à un prix raisonnable. Il faut dire que j'ai l'idée d'écrire ce livre depuis des lustres. Cette acquisition est un bon placement, finalement. D'ailleurs, je trouve votre travail très déprécié aux États-Unis. Vous auriez eu beaucoup plus d'avenir en Europe.

Candie bouillait en son for intérieur. Une envie folle de gifler le producteur la tenaillait, mais quelque chose d'insidieux l'obligeait à calmer ses pulsions. Elle sentait ce type dangereux et, de toute évidence, il n'était pas venu jusqu'ici pour rien. Seule sous cette tente avec ces deux hommes, elle n'avait aucune chance. Elle prit donc les devants, manière de masquer sa peur.

— Qu'est-ce que vous voulez de moi au juste Tardy ?

Le producteur cacha sa satisfaction derrière sa main en frottant la barbe rêche de son menton.

— Je souhaiterais que vous fassiez la photo de couverture de mon livre.

— Mais pourquoi moi ? Vous pouvez vous payer tous les plus grands photographes de la planète.

— Sans doute, mais ils ne seraient jamais autant concernés que vous. J'ai aussi une idée très précise de la mise en scène.

Candie soupira, dépitée.

— C'est impossible. Je ne travaille jamais sur commande.

— Parfois, on n'a pas le choix, les règles changent, il faut savoir s'adapter au marché. Votre prix sera le mien. Mais vous devrez suivre mes instructions.

— Vous ne m'avez pas compris Tardy. Vous pensez que le fric règle tout. Mais le talent du photographe ne suffit pas. Si votre composition est à chier, la photo sera mauvaise.

Le producteur, blessé dans son orgueil, ne le montra pas trop.

— La composition ne sera pas à chier, elle a été largement éprouvée. Vous serez la mieux placée pour en convenir.

—... Je ne comprends pas.

— C'est très simple. Ce que je vous demande, Candie Brown, c'est de reprendre exactement le même cliché qu'il y a vingt-cinq ans, au même endroit, avec les mêmes protagonistes.

Un rictus de mépris déforma le visage fatigué de Candie.

— Vous croyez vraiment que tout s'achète ? La mémoire de ceux qu'on a aimé, des vivants comme celle des morts ? Ça fait vingt ans que je suis venue me perdre dans ce désert, pour oublier. Et ce n'est pas un producteur minable, spécialisé dans la presse de caniveaux, qui sur un coup de tête s'improvise écrivain, qui me fera changer de cap. Votre photo, vous savez où vous pouvez vous la mettre Tardy ? Je n'ai définitivement plus rien à faire ici.

Alors que l'aventurière se dirigeait vers la sortie du tipi, le pétrolier ravalait sa rage en serrant les poings. Le statut de producteur minable qui s'improvise écrivain lui restait en travers de la gorge. On pouvait lui reprocher ses émissions débiles, ses scénarios guimauves et la putasserie de ses articles, cela ne le touchait en rien. Comme tout producteur ayant les pieds sur terre, seule l'audience comptait à ses yeux. Mais que l'on remette en cause ses velléités d'écrivain, ça, il ne pouvait le supporter. À cet instant, Jess Tardy était profondément blessé, d'où la violence de sa réaction.

— Vous n'avez pas le choix, Candie Brown ! Sinon, c'est la chaise électrique !

La photographe, qui s'apprêtait à sortir, se tourna sur Ours Vigilant.

— Saloperie d'Indien. Je bénis la mémoire du général Custer.

Et elle se précipita comme une furie sur la cafetière posée sur le feu de bois et envoya son contenu à toute volée à la tête du Chiricahua. Ce dernier, avec une souplesse de puma, esquiva le café brûlant qui éclaboussa la terre sèche. Jess Tardy reprit.

— Personne n'est programmé pour terminer sur la chaise électrique Candie Brown. J'ose espérer que nous n'en arriverons pas là. Je te demande simplement de refaire une photo. Tu seras rémunérée en conséquence.

L'aventurière nota le tutoiement. Ce détail signifiait que cette ordure de producteur pensait déjà qu'elle lui appartenait. Des images de chaise électrique dans le film *La ligne verte* défilaient dans sa tête. Tremblante, elle tentait de dominer ses nerfs. Elle lâcha :

— Il faudrait déjà retrouver Abel et surtout qu'il accepte. Vous espérez quoi ? Un miracle ? Que Patchwork apparaisse sur le négatif ? C'est ça ?

Les traits du visage du producteur se détendirent, il assistait à la capitulation de la photographe. Il ralluma son barreau de chaise.

— Tu as tout compris Candie Brow. Pour Abel, ce n'est pas un problème, j'ai un travail pour lui. Il n'est pas encore dans la confidence, mais il ne se défilera pas, il a besoin d'argent.

L'aventurière remua la tête en signe de dénégation.

— Abel, travailler pour vous ? Vous rêvez ou quoi ? Jamais il n'acceptera.

— Si, il est aux abois. Attention, un job à sa portée. Pour la photo de la couverture du bouquin, il faudra évidemment que tu poses exactement dans la même tenue que sur le cliché original.

Écœurée, la militante pour les droits des Indiens, fixa le producteur.

— Espèce de grand malade. Si j'étais dans cette tenue, ce n'était pas calculé. Jamais je ne recommencerai.

— Calculé ou pas, sur ta photo culte, tu as le culte à l'air.

Satisfait de son jeu de mot pourri, Tardy marqua un temps. La photographe explosa alors.

— Salopard ! Écrivain raté ! Tu crois vraiment que je vais poser à poil pour ton livre de merde ! Jamais ! Plutôt crever ! Va te faire foutre Tardy !

Ce dernier se braqua pour de bon, il tremblait de tous ses membres. Si l'enjeu avait été de moindre importance, nul doute qu'il aurait séché la furie sur place. Il exulta.

— Oh que si, tu vas poser à poil ! Tu n'as pas le choix Candie Brown ! Ton cul a participé au succès interplanétaire de cette photo. Et sur le contrat, que tu vas signer maintenant, une clause précise que tous les acteurs porteront la même tenue que sur la photo originale.

Sur ce, Tardy fouilla dans sa serviette en cuir. Candie, anéantie, la tête bourdonnante, se laissa tomber sur la banquette de la Chrysler. Avec cet odieux chantage à la chaise électrique, il la tenait. La haine chevillée au corps, elle tenta pourtant de jouer le numéro de l'incorruptible, juste pour voir si l'ancien gouverneur avait autre chose que de la merde dans le ventre. Elle se releva, les jambes comme du coton, toisant le pétrolier.

— Un contrat ? Tu me prends pour qui Tardy ? Tu arrives ici avec ton cigare qui pue, tu me parles d'un fait-divers enterré depuis vingt-cinq ans pour inspirer à un nègre une histoire que tu n'auras plus qu'à signer. Et en prime, tu crois que je vais poser pour toi le cul à l'air, juste en claquant des doigts ? Je préfère encore affronter la justice du Texas, que bosser pour un tordu qui croit aux fantômes. Tu me fais gerber Tardy.

Le producteur, les nerfs en pelote, lança à Ours Vigilant.

— Va me chercher la mallette dans la voiture.

Le Chiricahua s'exécuta tandis que Candie Brown tentait à son tour de sortir du tipi. Le producteur la repoussa violemment.

— Laisse-moi passer fumier !

— Reste tranquille et attend de voir. Tu ne te rends absolument pas compte des retombées financières et médiatiques. Ça va être phénoménal, sans compter ta carrière qui va être relancée.

— Je me fous de ma carrière, enfoiré !

Puis, Tardy ouvrit la mallette en aluminium que venait de lui remettre Ours Vigilant et en sortit un DVD que l'Apache posa dans le compartiment du lecteur.

— Regarde ça et boucle-la !

L'écran de la vieille télévision s'emplit de neige et les premières images s'incrustèrent dans les rétines de la photographe. Son cœur faillit exploser. On voyait distinctement Ours Vigilant en train de baiser une femme aux pieds bandés. Candie ne trouva pas la force de crier, mais elle entendit distinctement les menaces de Tardy.

— Maintenant, tu vas signer ce putain de contrat. Sinon, je balance ce film sur Internet et tu redeviendras très vite une célébrité. Avec ton statut de future condamnée à mort, on peut s'attendre à une audience inégalée. Imagine les milliers de branleurs qui vont se secouer la nouille devant ton joli petit cul.

26

La *Mercury* du shérif Booble était garée devant *Le Flamingo Star* l'hôtel le plus pourri de Justiceburg après *L'As de pique*. Le médecin légiste souleva le drap afin que le flic puisse se rincer l'œil. La matrone avait une énorme gousse d'ail plantée dans l'oignon.

— Déjà, nous n'avons pas à faire à un soupeur, fit remarquer Booble.

— Je n'ai pas le cœur à plaisanter Shérif, répondit le légiste.

— Pourquoi vous voyez là un signe ?

— C'est le moins que l'on puisse dire. Si ça ce n'est pas une signature, je rends mon tablier.

— Gardez-le encore un moment, on ne l'a pas encore cuisinée. Déjà on connaît son identité, c'est la taulière.

— Lataulière ? Curieux nom, c'est français ?

Booble fronça les sourcils.

— Vous vous foutez de ma gueule Toubib ? Ne me dites pas que vous ne la reconnaissez pas.

— Désolé Shérif, je ne connaissais pas cette personne de son vivant, pas plus après sa mort, sinon son anatomie dévastée.

Le flic grimaça, les yeux fixés sur la gousse d'ail.

— Vous n'allez jamais au cinéma ? Voyons, c'est Mae West ! Ça faisait une cinquantaine d'années qu'elle tenait cet hôtel borgne, depuis qu'elle s'était retirée des studios. Ça défilait chez elle, un vrai pèlerinage.

— Mae West ? L'actrice ? Mais c'est vieux comme Hérode ce cinoche. Désolé, mais je ne m'intéresse qu'au cinéma américain indépendant des années 70, ainsi qu'au néo-réalisme italien.

Le shérif-adjoint Booble haussa les épaules.

— Des trucs pour les intellos communistes et les vieux hippies contestataires qui gueulaient contre la guerre du Vietnam, pendant que nos boys dansaient sous le napalm.

Le médecin légiste ouvrit sa serviette en croûte de cuir de mouton et sortit ses ustensiles sans répondre à la provocation.

— J'ai touché juste, on dirait, reprit le flic.

— Vous n'avez rien touché et arrêtez de vous faire passer pour plus réactionnaire que vous n'êtes Shérif. Et, surtout, parlez de choses que vous connaissez. Les boys dansaient au-dessus du napalm. Ce sont les bridés qui se faisaient arroser. J'ai été au Vietnam...

Booble émit un bruit bizarre. Impossible de définir si cela provenait de sa bouche ou de son sphincter. Avec des yeux de fou, il se précipita sur le légiste et lui tomba dans les bras, le secouant comme un prunier.

— Putain, Toubib ! Vous ne pouvez pas savoir comme vous remontez dans mon estime.

— Pourquoi ? Je partais de si bas ?

Le légiste se sentit un chouïa mal à l'aise. Le flic l'avait coupé au moment où il allait lui expliquer qu'il avait été au Vietnam, un voyage gagné l'année précédente à la tombola annuelle des médecins légistes. Que là-bas, il était tombé amoureux d'une charmante eurasienne moitié niaquouée, moitié ricaine, fruit du viol d'un GI. Et que cette dernière lui avait fait apprécier son pays comme personne, contre un bon paquet de dollars cela allait sans dire, mais que la qualité de ses massages valait à eux seuls toutes les guerres du monde. Booble arrêta enfin de le secouer.

— Bon, on se la retourne doc ?

Les deux hommes s'exécutèrent et s'immobilisèrent horrifiés.

— Pute vierge, fit le shérif-adjoint Booble.

Le dos de Mae West, de ses épaules jusqu'à la vieille raie de son cul, n'était plus qu'un parchemin scarifié et brûlé représentant des signes cabalistiques mêlés à des hiéroglyphes et quelques chiffres arabes. Ceci expliquait l'expression d'effroi figée sur le visage de la morte.

— Elle a dû souffrir le martyre, reprit Booble qui avait toujours eu une certaine tendresse pour Mae West.

— Ce n'est pas un masque de souffrance mais de terreur. Elle n'a pas été attachée comme l'autre victime, aucune marque à ses chevilles et ses poignets. Je pense qu'elle a été travaillée après sa mort clinique.

— Bordel de merde ! Nous avons à faire à un putain de serial killer !

— Ne faites pas à nouveau l'autruche Shérif. Vous savez tout comme moi que nous n'avons pas à faire à un désaxé, mais au mal personnifié.

Après avoir chaussé une paire de lunettes grossissantes et fixé sur sa tête une lampe frontale de spéléologue, le légiste commença un examen minutieux du chantier. Bien qu'il convînt que découvrir deux traces de canine dans ce steak tartare équivalait à chercher une aiguille dans une botte d'anguille, un grain de beauté sur le cul de Cassius Clay, ou un faux cil dans un tablier portugais, mais il s'attela à la tâche avec la plus grande minutie. C'est pourtant Booble qui trouva les minuscules blessures. Plus fétichiste des pieds que Tarantino en personne, il hurla presque.

— Doc, regardez !

Le flic désignait sous l'une des plantes de pied de la star déchue, deux morsures identiques en forme de poinçon, à une mâchoire d'intervalle, avec autour de chaque blessure du sang coagulé. Après une courte observation, le médecin félicita Booble.

— Bon travail Shérif. Vous savez ce qu'il nous reste à faire ?

Cette fois-ci, les chasseurs de vampires étaient équipés. Ils retournèrent le corps de Mae West. Le légiste sortit d'un sac en cuir de plombier un court pieu en acier chromé et une massette en fer forgé qu'il tendit à Booble. Le flic posa la pointe du pieu au centre de la cage thoracique de l'actrice et leva le lourd marteau.

— Vous n'avez droit qu'à un seul coup Shérif, vous vous rappelez ?

— Ne commencez pas à me mettre la pression, toubib. Je connais mon job !

Et un geyser de sang, accompagné d'un cri horrible, recouvrit le papier fleuri de la chambre N° 13 du *Flamingo Star*, hôtel borgne de seconde zone de Justiceburg, ville de perdition par excellence. Mae West roula des yeux comme un billard électrique en poussant des râles démoniaques, son corps secoué de soubresauts. Puis, des serpents de toutes tailles sortirent de sa bouche, rampant sur ses seins en forme de gant de toilette et son ventre flasque, avant de s'engouffrer entre ses vieilles cuisses dans le nid originel.

— Putain de bois ! Je suis en enfer ! hurlait le shérif-adjoint Booble.

Le légiste, à quatre pattes, qui venait d'introduire dans une fiole l'un des reptiles tombé sur le sol, lui répondit.

— Du sang froid Marshal ! Au lieu de raconter des conneries, aidez-moi plutôt à reboucher ce bocal.

— ... ?! Mais ça va pas la tête ! Relâchez tout de suite ce serpent toubib ! Vous savez ce que ça représente symboliquement ?

— Une simple pièce à conviction Marshal. Maintenant, si vous faites allusion au serpent que cette idiote d'Eve aurait mieux fait de s'enfiler au lieu de croquer la pomme d'Adam, avec le risque d'être soupçonnée de vampirisme, je m'en tape comme de ma première infirmière ! Je sais surtout ce que représente ce serpent pour la science.

— Je vous ordonne de relâcher ce reptile toubib !

— Calmez-vous Booble, ce n'est qu'un mocassin. Je dois juste m'assurer qu'il n'est pas porteur de...

Le légiste n'eut pas le loisir de terminer sa phrase, ni de refermer sa fiole. Le flic venait d'appuyer sur la détente de son flingue. Le bocal explosa entre les mains du médecin, libérant le serpent indemne qui rampa vers le lit avant de s'engouffrer à la vitesse de l'éclair dans le sexe de Mae West. Au même moment, l'œil de verre de l'actrice se détacha et rebondit sur le plancher avant de rouler vers le marshal. Ce dernier, paniqué, vida une partie de son chargeur dans l'œil de verre qui éclata en mille morceaux, réservant la dernière balle pour le légiste qui en avait trop vu.

27

Abel frappa à la porte de la suite. Claire ouvrit. Son corps parfait était engoncé dans une robe-fourreau couleur gris perle. Surpris par la présence de la régulière de Tardy, le rocker s'excusa d'arriver les mains vides.

— On a les moyens de ses ambitions, répondit froidement la maîtresse du producteur.

— Kacy n'est pas là ?

—... Non... fit-elle, réprimant un hoquet avant de détourner le regard.

— Ça ne va pas ?

Claire hésita.

— Elle ne viendra pas.

— Ok, je me suis trompé de porte. Vous lui donnerez tout de même le bonjour, fit le rebelle en se tournant vers la cage d'escalier.

— Ne partez pas ! Je m'excuse, je suis trop bouleversée. Kacy vient d'être assassinée.

Abel se tourna, abasourdi. Claire pleurait à chaudes larmes.

—... Entrez. Je vous en prie, faites-moi plaisir. S'il vous plaît, Jess vous attend.

Sonné par ce qu'il venait d'apprendre, Abel suivit malgré tout la maîtresse de maison dans le long couloir. Tardy le reçut à bras ouverts.

— Abel, ça me fait plaisir. Tu prendras bien une coupe de champagne ?

Au regard des circonstances, ce dernier jugea les transports du producteur totalement déplacés.

— Non, je viens d'apprendre pour Kacy... Je vais vous laisser.

Tardy écarta les mains.

— Comment ça ? Il n'en est pas question. Cela a été un terrible choc, j'en conviens. L'enquête est en court. Pour autant, la vie doit continuer. Assieds-toi.

Choqué par l'attitude du producteur, Abel hésitait à tourner les talons quand ses yeux croisèrent ceux de Claire. Des larmes muettes continuaient à border ses iris. Le même regard que celui de Kacy, quand elle lui avait demandé de rester.

—... D'accord. Mais je crois que je vais prendre quelque chose de plus corsé que le champagne.

— Tes désirs sont des ordres. *Jack Daniel's* ?

Et Abel se retrouva enfoncé dans le fauteuil Club, avec les jambes de la mère de Kacy comme seule ligne d'horizon. La chaîne high-tech distillait *Blue Valentine* de Tom Waits. Après quelques verres, Tardy proposa de passer à table. Trois couverts avaient été dressés dans un coin du salon. Un serveur noir en veste blanche, membre du personnel de l'hôtel, assurait le service. À peine attablé, l'ancien gouverneur du Texas reprit la discussion là où elle s'était arrêtée lors de la première visite d'Abel.

— L'autre jour, tu disais t'occuper d'un groupe de punk girls, c'est ça ?

Abel pesta intérieurement. Il aurait apprécié de bouffer son homard peinard, avant d'être assailli de questions à la noix qui le ramenaient à une époque qu'il conchiait. S'il était venu, c'était pour le cul de Kacy. Mais Kacy avait été assassinée et, à sa place, il y avait Claire, sa mère, une femme tout aussi désirable, plus mûre, plus belle.

— Oui, *Cholera Girls*, Un panaché glam rock et punk.

— Et ce groupe est composé uniquement de filles ?

Abel termina de mastiquer sa première bouchée, lécha ses doigts souillés de sauce *Bishof* et but un gorgeon de vin blanc.

— Oui, c'est ça, que des gonzesses.

— Et elles sont bien gaulées ?

Qu'est-ce que ça pouvait bien foutre qu'elles soient gaulées ou pas ? On parlait musique ou bétail ? Il répondit agacé.

— C'est pas le propos. Tout ce qu'on leur demande, c'est qu'elles assurent musicalement, non ?

Le producteur répondit sans détour.

— Je ne suis pas d'accord. Je pense justement que tout le propos est là. Qu'elles sachent jouer, c'est le minimum que l'on est en droit d'attendre de musiciennes que l'on paye pour les voir jouer sur scène. Mais tu penses sincèrement qu'elles auraient le même succès si elles étaient des thons ?

Le manager était partiellement d'accord avec le producteur. Le public de *Cholera Girls* était principalement composé de bourrins qui venaient pour picoler et mater les culs des musiciennes. Mais jamais il ne l'aurait admis devant un mec comme Tardy. Dans les micro-enceintes disséminées aux quatre coins de la pièce, Willy DeVille chantait : *Hey* ! *Joe*, le morceau de Billy Roberts, popularisé par Jimi Hendrix. L'ancien chanteur des *Maîtres Nageurs* avala gloutonnement plusieurs bouchées de homard et termina d'un trait son verre de vin, se demandant où le producteur voulait en venir avec toutes ces questions qui tournaient toujours autour du même sujet. S'il pensait que quelques *Jack Daniel's*, une bouteille de *Sauternes château d'Yquem* et deux pinces de homard lui donnaient le droit de disséquer sa vie, il se foutait le doigt dans l'œil jusqu'au fion. Un disque de Steve Earle déboula sur la platine. Tardy était très malin, la voix chaude de l'artiste natif de Virginie calma instantanément la nervosité d'Abel.

— Tu fais tourner d'autres groupes, à par elles ?

— Je m'occupe de deux formations à plein temps. Deux groupes de filles : *Cholera Girls* et *Exotic Lizard*.

Rien n'était prémédité de sa part, il avait juste lâché le nom du deuxième groupe pour tester le magnat de la presse. Jess Tardy s'immobilisa avant de poser sa fourchette sur la nappe immaculée. Les traits de son visage avaient brusquement changé, affichant une expression indéfinissable.

— Tu as dit… *Exotic Lizard* ? murmura-t-il.

— Ouais. Pourquoi ?

— Tu veux dire ce groupe dont on entend parler depuis des décennies et que personne n'a jamais vu ?

Abel constatait une fois de plus que Tardy n'était décidément pas un type ordinaire. En matière de rock et de culture underground, il en connaissait un sacré rayon pour un producteur de pétrole et de séries pourries.

— C'est ça, *Exotic Lizard*.

Le pétrolier l'observa sans un mot pendant une bonne minute avec des yeux morts. Abel avait la désagréable impression d'être mis à nu. Claire, sentant quelque chose d'anormal dans l'attitude de son amant, avait reposé son verre de vodka. Jamais elle n'avait vu ce dernier dans cet état. Encore et toujours l'effet *Exotic Lizard*, songea le manager. Puis, Tardy remua la tête et finit par lâcher.

— Ce n'est pas possible. On ne parle sûrement pas du même groupe.

— Ah oui ? Et quel intérêt j'aurais à raconter des craques ? Seuls quelques initiés particulièrement rencardés connaissent ce groupe, lâcha l'ex-chanteur excédé.

Tardy dévisagea de nouveau ce loser qu'il avait convié à sa table essentiellement parce qu'il avait une idée très précise derrière la tête. Une idée qui n'avait aucun lien avec cette nouvelle donne.

— Tu serais vraiment le manager d'*Exotic Lizard* ? Toi, Abel Roc ? Si c'est vrai... ce qui à mes yeux est peu probable, alors tu vas pouvoir me dire où elles sont et où je peux les rencontrer. Vas-y ! Raconte, Monsieur je sais tout. On t'écoute !

Le ton du producteur était cassant et inquisiteur. Claire, inquiète, serrait son verre de vodka.

— Jess... calme-toi.

Tardy jeta à sa maîtresse un regard de tueur.

— Toi, la pute, tu fermes ta gueule !

Puis, se tournant vers Abel, il hurla presque.

— Alors, parle !

Le manager, perplexe, comprit alors que sa chance de rebondir résidait peut-être en ces lieux. Si le producteur de navets demandait des détails sur *Exotic Lizard* avec autant d'insistance et d'agressivité, c'est qu'il devait penser à un plan bisness. Et vu le pedigree du lascar, ce plan devait rimer avec dollars. Abel décida donc, non pas de donner au magnat les détails qu'il attendait, mais de les lui vendre. D'abord, comme tout bon dealer, il lui en offrit quelques-uns gratos, pour l'appâter.

— Tout le monde pense qu'elles sont australiennes, mais elles sont européennes et américaines. Leur show tient du spectacle burlesque et du concert rock. Mais ce sont des musiciennes avant d'être des effeuilleuses.

Une grande part de leur succès réside dans leur look, cheveux peroxydés, seins prédominants, piercings et tatouages. Elles entretiennent ce côté pin-up rétro kitch à la mode, mais ce sont des précurseuses. Pour te faire une idée de leur touche, ça rappelle les premiers films de Russ Meyer, genre : *The immoral west* ou *L'île des désirs*, enrobés d'une couche de guitares avec un gros son, à la Creedence Clearwater Revival. Musicalement, je les catalogue Psychobilly.

Captivé, Jess Tardy buvait les paroles d'Abel, le marchand de rêves.

—... Je les veux ! Où se produisent-elles ?

Amusé par la réaction puérile du producteur, propre aux types blindés de pognon, persuadés que tout peut s'acheter, Abel continua à broder.

— Actuellement, elles écument les clubs en Australie. Ce genre de groupe, pour survivre, est toujours sur les routes.

— Tu veux dire qu'elles sont chez les kangourous ?

Le manager au chômage s'amusa de la déception de Tardy.

— Oui, *Exodic Lizard* a toujours cartonné là-bas. Elles fonctionnent bien avec les publics primaires, machos tatoués buveurs de bière.

— Tu es en train de me décrire le public texan, là.

— Tu ne crois pas si bien dire. Par contre, en Europe, c'est un peu plus compliqué pour elles. À part l'ancien bloc de l'Est, la Suède et les casques à pointes qui, eux, sont clients.

Le regard du producteur devint fiévreux. Dans la tête du biznessman ça commençait à fumer.

— Et tu dis qu'elles jouent à poil sur scène ?

— Je n'ai jamais dit ça. Elles jouent en bikini à strass avec des pompons ventouses sur les seins, dans la tradition du burlesque. Il n'y a que dans le final, quand le public est sympa, où parfois elles terminent le cul à l'air. Mais leur concert est soft, c'est visuel, énergique, mais jamais sale. Ce sont avant tout des musiciennes.

Tardy exulta.

— C'est génial ! Littéralement génial. Je les veux bordel de merde ! Où elles jouent en ce moment ?

— Je te l'ai dit, en Australie.

— OK, en Australie, mais où ? Dans quelle ville ?

Pris au dépourvu, Abel improvisa.

— Elles viennent de terminer une série de clubs à Melbourne et ont entamé une tournée dans le bush.

— Le bush ? Quoi, chez les aborigènes ?

— Oui. Dans le bush, il y a des villes de plaisir avec des cafés-concerts, des saloons, qui sont prêts à payer cher pour voir ce genre de spectacle. *Exotic Lizard* reste un groupe underground, elles aiment jouer dans les endroits improbables, là où on ne les attend pas.

Le producteur de séries pourraves fixait à présent le menteur patenté avec un sourire carnassier.

— Tu as des difficultés financières en ce moment Abel ?

La question sonnait plus comme une affirmation. Dans les deux cas, elle était déplacée. En d'autres temps, le manager aurait demandé au producteur qu'il s'occupe de son cul avant ses finances. Mais Abel était dans la pire des dèches et, l'alcool aidant, il répondit avec une brutale sincérité.

— Pourquoi crois-tu que je me suis installé dans ce bled de merde ?

Jess Tardy détestait que l'on dénigre Justiceburg et le Texas en général, mais aucun signe de désapprobation ne transforma le masque qu'il s'était choisi.

— Abel, je ne vais pas tourner autour du pot, j'ai une proposition à te faire. Je crois avoir cerné que tu n'étais pas le genre d'homme à faire l'aumône, c'est pourquoi il faut que tu entendes cette proposition le plus sérieusement du monde. Comme je te l'ai expliqué la dernière fois, je m'absente régulièrement pour mes affaires. Et, par voie de conséquence, j'ai de plus en plus de problèmes pour faire garder ma chatte.

Le manager fronça les sourcils.

— Tu es en train de parler de Salsa ?

À peine Abel eut-il prononcé le nom du félidé que ce dernier surgit et sauta sur ses genoux. Tardy s'engouffra dans la brèche.

— Tu vois, je n'invente rien, elle t'a littéralement adopté. C'est rare, très rare, c'est la première fois qu'elle s'amourache d'un inconnu en si peu de temps. Elle ne supporte plus l'avion. Les cachets contre le mal de l'air lui retournent l'estomac, ensuite elle met deux jours pour se remettre. Ça me brise le cœur, mais je dois me rendre à l'évidence, elle ne peut plus m'accompagner dans mes périples. C'est pourquoi j'ai pris la décision qu'à partir de maintenant elle resterait dans l'une de mes deux résidences principales. Los Angeles paraissait la meilleure solution, mais finalement ce n'est pas possible. Salsa t'a pris en affection, c'est pour cette raison que je te fais cette proposition. Tu habites l'hôtel, j'ai pensé que tu pourrais t'occuper d'elle pendant mes déplacements. Tu serais rémunéré 2000 dollars par mois... Qu'est-ce que tu en penses ?

Estomaqué, Abel reposa Salsa sur le parquet.

— J'ai du mal à comprendre. Je pensais que Kacy était sur place et...

— Kacy est morte !

Tardy avait rappelé ce constat avec un rictus de cruauté, mélange de hargne et de colère, laissant planer un temps mort afin que chacun imprime une bonne fois pour toutes cette nouvelle réalité, avant de reprendre :

— De toute façon, elles se détestaient. Madame Concorde, la gouvernante, passe chaque jour pour les courses et l'entretien. Mais elle n'y entend rien en chats et Salsa l'ignore. Pour son équilibre, un chat a besoin d'une présence chaleureuse. C'est pourquoi, j'ai pensé à toi. Tu n'aurais strictement rien à faire concernant l'aspect domestique, uniquement lui tenir compagnie. Madame Concorde s'occupe de tout, elle remplit le frigo et la gamelle et nettoie la litière. Alors ? Qu'est-ce que tu en dis ?

Abel, bien que dans une merde noire, s'interrogeait.

— J'ai du mal à saisir. Je suis là provisoirement, je ne vais pas loger ad vitam aeternam dans un quatre étoiles. Pourquoi tu filerais tes clefs à un étranger ? On ne se connaît pas.

Tardy affichait un sourire énigmatique. Il alluma une cigarette.

— Moi, je prétends te connaître et, surtout, je te fais confiance. Mon instinct et celui de Salsa suffisent. Mais que ce soit bien clair, je te propose cet emploi parce que, d'abord, je peux me le permettre financièrement, mais que j'ai aussi besoin d'un employé pour assurer cette tâche. Je ne te fais pas la charité Abel, il me faut réellement quelqu'un pour ce job et j'aimerais autant que ce soit toi.

Le manager ruminait. Pouvait-il se payer le luxe de refuser alors qu'il lui restait en poche à peine de quoi se payer une pizza ? À une époque pas si lointaine, il se serait déjà barré en signifiant au producteur qu'il n'était pas un clochard, non sans avoir omis de pisser sur le tapis pour marquer sa désapprobation, ainsi que son territoire, comme font les chats de gouttière et les chats noirs. Mais avec l'usure du temps et les accidents de la vie, même les rebelles les plus réfractaires finissaient par se laisser acheter.

28

Formica sirotait un bourbon au comptoir du *Cactus mauve*. Le serveur mexicain murmura au pirate.

— Vous croyez que c'est prudent de vous être installé ici ?

Formica releva d'une pichenette son *Stetson*, qu'il avait troqué contre sa casquette de base-ball aux armes des Texas Longhorn Athletics.

— Le marshal Andrew Maxel Broodecker est mort. Pourquoi voudrais-tu que je continue à me cacher ?

— Parce que le nouveau marshal est tout aussi coriace et plus vicieux.

Tout en jactant, le Chicano saisit une tapette et écrasa une mouche à merde sur le comptoir. Au même moment, le shérif Booble entra dans le tripot. Une chape de plomb s'installa. Le flic traversa la salle et vint s'accouder au comptoir auprès de Formica. Il commanda un sirop d'orgeat avec une larme de pastis, le tout mélangé avec de l'eau plate et des glaçons, une boisson médicinale recommandée par sa tante Kromeski contre le vague à l'âme. Le marshal demanda au pirate.

— Nouveau dans la région ?

— Plutôt un retour aux sources, répondit l'*outlaw* qui avait été en classe avec Booble.

— Chasseur de prime, tueur à gages ? continua le flic qui aimait jouer aux cons.

— Joueur de poker.

— Pourquoi cette arme, alors ?

— Pour intimider les tricheurs et exécuter ceux qui n'auraient pas été intimidés.

— Les jeux sont interdits à Justiceburg et il est totalement proscrit d'y faire justice soi-même.

— Joueur de poker en ligne, Marshal.

— Tu intimides les tricheurs avec ton *gun* derrière ton écran ? Tes arguments doivent être très persuasifs, étranger. C'est toi qui as buté le marshal Andrew Maxel Broodecker ?

Formica afficha un sourire difficile à déchiffrer.

— J'aurais aimé, c'était un putain de tricheur, mais quelqu'un m'a doublé. Je dois confesser qu'à l'annonce de sa mort, j'ai ressenti un immense plaisir.

Booble hocha la tête et cracha sa chique dans le récipient en laiton posé à ses pieds. Le crachoir fit un tour complet sur lui-même avant de se stabiliser. Le flic venait de cracher un plombage déficient.

— Tu n'as rien à confesser, je ne suis pas curé, cependant c'est une attitude louable. La majorité des administrés de Justiceburg se réjouit de la mort du marshal Andrew Maxel Broodecker, ce fieffé enculeur de mouches. Mais je ne suis pas sûr qu'ils aient gagné au change.

— Vous pensez qu'il s'était farci celle-ci ? demanda le pirate en désignant la mouche verte éclatée sur le zinc par le serveur chicano.

Il n'y avait aucune ironie de la part du hacker, juste une association d'idées. C'est ainsi que le flic le comprit, c'est pourquoi il ne prit pas ombrage. Le shérif reposa son verre vide sur le comptoir et s'éloigna vers la sortie en lançant à la cantonade.

— C'est une femelle qui a butté le marshal Andrew Maxel Broodecker ! Et d'après ses empreintes, ce n'est pas une mouche.

Le barman, son torchon sur l'épaule, apostropha l'homme de loi.

— Et votre mauresque Shérif !

Le flic poussa la porte.

— Trop sucrée, c'est pour ça que les musulmanes ont des bourrelets. Tu la mets sur mon compte avec un bourbon pour le joueur de poker.

— Vous n'avez pas de compte au *Cactus mauve*, Shérif ! répondit le chicano un tantinet excédé.

Booble s'immobilisa et fronça les sourcils sans même se retourner.

— Curieux, dans mes souvenirs, il me semblait que j'avais une grosse ardoise au *Cactus rose*. J'imagine qu'on l'a effacée quand l'enseigne a changé.

— Fils de pute ! marmonna le barman.

— N'insulte jamais un fils de pute en ma présence, murmura Formica.

— Mais ce fils de... cet enfoiré n'a jamais payé ses consommations, que le cactus soit rose ou mauve.

— Cela fait de lui un mauvais payeur, mais en aucun cas un fils de pute. Et n'oublie pas de me servir le bourbon qu'il m'a offert.

29

Emprunte à un profond désespoir, Candie Brown regardait la route plonger à l'horizon dans un soleil rouge de fin du monde. Elle venait de passer les nuits les plus blanches de sa vie et s'en voulait à mort d'avoir cédé et signé ce contrat qui la liait définitivement au malheur. Mais avait-elle eut le choix ? Qui était prêt à affronter un procès dans l'État du Texas pour le meurtre d'un shérif ? Et qui accepterait que son image soit livrée sur Internet, comme un vulgaire morceau de viande lancé à une meute de chiens en rut, souillée par des millions de regards libidineux ? Candie se tourna vers le marshal Booble.

— C'était si important que ça pour vous cette étoile de shérif ?

Le flic serrait le volant de la Mercury en mâchant un morceau de poisson séché.

— Je veux être shérif depuis ma première érection, Tina Turner. Mais j'ai toujours tenu le canon de mon flingue du mauvais côté du destin. Quand j'étais gamin, mon père, pour me punir d'arracher les queues des lézards ou de m'accoupler avec l'âne, m'enfermait dans un placard rempli de punaises de matelas, avec juste de l'eau croupie et du pain sec. Ça pouvait durer des semaines.

— Il vous mettait au cachot ? Son propre fils. Ne me dites pas qu'en plus il abusait de vous ?

Candie Brown se mordit la lèvre jusqu'au sang, regrettant amèrement sa question. Comment pouvait-elle être aussi inconséquente ? Sortir ce genre d'horreur à un psychopathe, c'était comme offrir un briquet tempête à un pétomane. Mais elle avait des excuses, elle vivait depuis plusieurs jours un véritable calvaire, l'usure de ses nerfs l'amenait à relâcher sa garde. Le marshal cracha à travers l'ouverture de sa vitre baissée une boulette de poisson mâchée jusqu'à la trame, avant de mordre un morceau de chique qu'il coinça entre deux molaires.

— Ce que mon père m'a fait subir quand j'étais gosse, je ne le souhaiterais pas à mon pire ennemi, hormis Adolf, Pol Pot, pine d'Hochet et quelques autres enculés de la terre. Mais ce n'est pas une bite dans le cul qui fait le plus mal, Tina Turner, c'est de savoir que c'est celle de votre géniteur qui vous ravage les intestins. Il y a des chemins détournés qui font que l'on ne retrouve plus jamais sa route, ni la distance adaptée avec la réalité...

À présent, la photographe se mordait la phalange, regrettant mille fois d'avoir orienté la conversation vers la rondelle du shérif Booble. Elle lâcha sans réfléchir.

— J'imagine...

— Tu n'imagines rien, Tina Turner. Quand j'y repense moi-même, je n'arrive pas à l'imaginer, j'ai juste envie de dépecer le monde entier. Mon père aussi avait toujours des envies de meurtres. C'est pour ça qu'il est devenu marshal, pour assouvir ses envies sans avoir à rendre de comptes à la justice. Il était la justice. À son retour de Corée, l'armée n'a pas voulu le garder. C'était pourtant l'un de ses meilleurs éléments dans le cadre d'une guerre, un tueur-né. Pour trucider les niakoués dans la nuit à l'arme blanche, il n'y avait pas meilleur que mon père. Mais dans la vie active, il était juste un citoyen dangereux, définitivement dangereux, un monstre. Ses pulsions meurtrières étaient trop fortes pour vivre en société. C'est pour ça, quand il a voulu rempiler, ils ont préféré le renvoyer dans ses foyers. Ma mère m'a dit un jour que mon père avait été lui-même abusé par mon grand-père, alors qu'il n'était pas plus haut que trois pommes. Les psychiatres prétendent que l'on reproduit ce que l'on a subi soi-même. Ils m'ont expliqué ça pendant l'un de mes séjours à l'hôpital psychiatrique d'Houston. Si c'est vrai, il faudrait flinguer tous les mômes qui se sont fait enculer par leur vieux, façon d'endiguer l'hémorragie.

— Je ne veux pas en entendre plus Shérif Booble, votre vie privée ne me regarde pas.

— Je sais, ma vie privée n'a jamais intéressé personne. Quand j'étais morveux, que je serrais les fesses et les dents, tout le monde fermait les yeux, la maîtresse à l'école, ma daronne à la ferme. Mais je ne peux pas en vouloir à ma mère, elle n'imaginait pas le mal de chien que ça fait de se la prendre dans le cul, vu que le vieux ne la touchée qu'une fois, juste avant qu'elle tombe en cloque. C'est à cette époque que j'ai compris que le monde était aveugle et qu'il n'y avait que deux façons de s'en sortir. La première, en portant des lunettes noires pour demander la charité. La seconde en chaussant des lunettes de soleil et ramasser le maximum de blé. J'ai choisi la seconde parce que ça correspondait plus à mon tempérament. Beaucoup m'avaient promis l'enfer, comme le vieux Carter qui tenait l'épicerie à côté de l'église méthodiste. Ce vieux salopard, avec ses sermons, tenait le bisness des hosties. Et quoi qu'on dise, l'hostie c'est pas rien, c'est quand même le corps du Christ. Et Carter, il les vendait au kilo, pépère, à côté des épices. Le petit Jésus découpé en rondelles et vendu au détail, si c'est pas tordu, faudra qu'on m'explique. Enfin, dès le départ, j'ai été mis à l'écart et j'ai continué à arracher les queues des lézards et à enculer les ânes. J'étais seul au monde Tina Turner, seul, jusqu'à ce que tante Kromeski me prenne sous son aile. Il y faisait noir et ça sentait la charogne, mais je me sentais en sécurité. Quand un merdeux gueulait que j'étais toujours dans les jupes de ma tante, je lui défonçais les dents à coups de caillasses. Tante Kromeski disait que j'étais son petit monstre, que je lui faisais du bien et qu'il n'y avait pas de mal à ça, parce que pendant ce temps-là, je ne faisais pas de mal aux autres.

Candie Brown avait la bouche sèche comme du buvard. Elle essayait de trouver le meilleur angle pour sortir de ce cauchemar, un sujet léger à partager avec le psychopathe, le temps d'éloigner pendant quelques minutes sa peur.

— Shérif Booble, pourriez-vous répéter cette phrase sans vous tromper ? Tina Turner à la bouche sèche, archi-sèche, sous son chèche.

Le marshal haussa les sourcils.

— Tina Turner, tu me prends pour un con ou un mongolien ?

— Ni l'un, ni l'autre, Shérif Booble. C'est juste un exercice de diction pour les enfants traumatisés.

— Alors tu crois, comme les toubibs, que tous ceux qui se sont pris le chibre de leur vieux dans le fion sont traumatisés ?

— Je ne crois rien, Shérif...

Booble cracha un long jet jaune absorbé aussi vite par le sable du désert et se concentra.

— OK, je vais essayer.

— Tina Turner alabouchèche, achichèche, sous sa chaise !

— Sous son chèche, murmura la photographe.

— Son chèche, c'est quoi cette merde ? demanda le flic en écho.

Un panneau de signalisation indiquait la direction de l'aéroport d'Odessa. Candie articula mécaniquement.

— Tina Turner a la bouche sèche, archi-sèche, sous son chèche.

Le marshal s'appliqua.

— Tina Turner a la bouche... de ma mère, quand cette salope suçait le shérif-adjoint Bob Stanton derrière la haie d'acacias au fond du jardin.

Candie Brown frissonna. Le regard et le ton du marshal avaient changé, il y avait en lui quelque chose de diabolique. Surtout depuis qu'il avait posé sa main sur la cuisse de la photographe. Tétanisée, littéralement liquéfiée, Candie Brown n'osait tenter le moindre geste, ni prononcer le moindre mot. Le shérif Booble, les yeux fixés sur la route, sa main chaude glissant subrepticement à l'intérieur de la cuisse de Candie, continuait sa litanie.

— Mais un matin, alors que ma mère venait de traire le shérif-adjoint Stanton, Justiceburg s'est réveillée sous un nuage de sauterelles. En une journée, les criquets avaient dévoré la presque totalité des récoltes. Un peu plus tard, envoyée par le ciel, la grêle a achevé les derniers pieds de maïs et la pluie noyé le coton. Pour terminer, une sécheresse comme jamais a pompé le sang de la terre jusqu'à la dernière goutte de la dernière source. Les herbages ont jauni et les troupeaux ont été décimés. Des hauts plateaux jusqu'à la plaine, les carcasses des animaux se tordaient les quatre pieds en l'air, leurs tripes déchiquetées par les coyotes et les waps. La plus grosse famine que le pays ait connue s'installa et, dans le même temps, la peste du cul commença ses ravages. C'est à ce moment que la population de Justiceburg s'est regroupée devant notre maison, sale, hirsute, la peur au ventre. Et tous ces bouseux de scander : « À mort ! À mort le shérif ! ».

Candie scrutait la nuit, cherchant désespérément la prochaine pancarte annonçant l'aéroport d'Odessa. Elle envisageait de sauter de la voiture en marche, quitte à se casser le cou, à l'instant même où le shérif Booble retira sa main de sa cuisse. Jamais elle n'avait ressenti le danger aussi près, aussi palpable, avec une telle intensité. Elle voulait parler, emplir l'espace, afin d'endiguer le débit nauséabond du flic, mais elle n'avait plus de salive, sa langue était comme une pierre ponce.

— Tina Turner a la bouche sèche, archi-sèche, au-dessus de ma saucisse sèche ! lança brusquement le marshal, content de sa blague, avant de continuer son histoire. Devant la maison, les ploucs gueulaient de plus en plus fort : « À mort ! À mort le shérif ! » Alors, mon vieux est sorti en caleçon sur la véranda, avec son fusil sous le bras. Ils ont reculé, certains avaient de la merde au fond de leur pantalon tellement ils avaient les foies. Puis, les notables se sont avancés. Ils ont dit à mon père qu'il devait arrêter séance tenante tous ces fléaux qui leur tombaient sur le coin de la gueule, qu'il avait été élu pour les protéger et que maintenant ils voulaient des actes. Mon père a répondu qu'il ne pouvait rien faire contre la colère des éléments, que c'était la colère de Dieu. Mais les culs merdeux ne voulaient rien savoir. Ce qu'ils demandaient, c'était le retour à l'ordre. Ils s'en foutaient des moyens utilisés pour l'obtenir. Ils ont dit à mon père qu'ils lui donnaient carte blanche, mais qu'il fallait délivrer Justiceburg du mal, s'il voulait continuer à porter son étoile. Et ça, c'était la seule chose que le vieux ne voulait pas entendre. C'était comme une lame chauffée à blanc qu'on lui aurait posée sur les testicules. Son étoile de shérif, c'était sa vie. Alors, il a compris ce qui lui restait à faire et il leur a demandé : — Vous êtes prêts à tous les sacrifices ? Et les ploucs ont répondu oui, en hurlant comme des sauvages. Il faut être né ici pour comprendre le sens du mot sauvage. Le Texas s'est construit dans la plus grande sauvagerie.

À la sortie d'un virage, un immense panneau annonçait l'aéroport d'Odessa. Candie, la main crispée sur l'accoudoir, consulta sa montre. Le marshal Booble continuait son monologue.

— La mort appelle la mort, Tina Turner. Mon vieux était un légaliste. Il avait été élu par ces bouseux et, tout comme eux, il voyait bien que Dieu en avait rien à branler de leur sort. Alors, il a ordonné aux culs merdeux de rentrer chez eux en leur promettant qu'il allait ramener l'ordre dans le comté. Et il est parti dans la nuit consulter tante Kromeski, sa sœur. Il avait besoin d'y voir clair, de demander aux oracles comment il allait se sortir de cette merde. Et les cartes ont parlé, en lui disant ce qu'il savait déjà. L'infamie et la dépravation se répandaient dans le pays, impunies, tout comme sous son propre toit... Pour arrêter ce mal qui saignait le comté, il n'y avait qu'une façon d'agir, il n'avait plus le choix.

Le shérif Booble grilla l'extrémité d'une *Marlboro* à l'aide de l'allume-cigare, s'offrant ainsi une pause. La Mercury longeait à présent la zone industrielle d'Odessa. Les entrepôts, protégés par de hautes barrières de sécurité, ressemblaient à des prisons à ciel ouvert. Au loin, on apercevait des avions en rotation, qui offraient un étrange ballet sur le tarmac de l’aéroport. La voix altérée par une colère intérieure, le marshal reprit le fil de son récit.

— Rien n’était plus beau que les yeux bleus de ma mère et sa bouche rouge dessinée au pinceau, quand elle se penchait au-dessus de mon lit pour m’embrasser et que je faisais semblant de dormir. J’avais 12 ans, Tina Turner, quand cette garce a arrêté de sucer le goulot de Stanton !

Le flic, les yeux hallucinés, en prononçant le nom de l’amant de sa mère, ponctua en frappant son volant avec le poing. Candie Brown, proche de l’apoplexie, constatait qu’Ours Vigilant ne lui avait pas menti. Derrière l’intelligence de façade du shérif Booble se cachait la démence du malin, avec une âme plus noire que les ténèbres. Soudain, le marshal braqua le volant et lança la *Mercury* sur un chemin accidenté, roulant à tombeau ouvert, rebondissant dans les ornières. La photographe, terrorisée, balbutia.

— Shérif… qu’est-ce que vous faites ? Pourquoi vous quittez la route ?

Pour toute réponse, le véhicule se perdit dans le noir et éteignit ses phares.

30

Formica alluma son PC. Un nouveau message de Kacy l'attendait sur sa messagerie *Fessebouc.*

— Salut, tête d'anchois, j'ai rajouté une photo sur mon album Mae West.

Circonspect, le pirate se rendit sur le profil de la petite caille. L'avatar de la défunte avait changé. La tête d'un catcheur mexicain, qui portait le même masque que son contact de la crypte, avait remplacé la dinde aux marrons. Il cliqua sur l'album en question et fit défiler les photos de Mae West montrant l'actrice au sommet de sa gloire. Il s'arrêta sur un cliché qui ressemblait à un vieux parchemin. Le hacker, qui n'était pas né de la dernière pluie, nota que ce n'était pas un parchemin mais un dos de femme scarifié pris en gros plan. La légende indiquait : *Dernière photo historique de la star*. Le pirate déchiffra non sans mal les signes cabalistiques, ainsi que les hiéroglyphes inscrits entre les omoplates de Mae West. Il imprima la photo et plia la feuille en quatre avant de la glisser dans l'une des poches arrière de son jean qui baillait du cul. Puis, il sortit du *Cactus mauve*, où il avait élu domicile, et grimpa dans son pick-up. Au moment où il démarrait, il remarqua dans son rétro une *Packard* noire, garée devant la société pétrolière *Banzine & Co*, qui déboîta en même temps. L'antique véhicule le colla ostensiblement à la roue. Formica n'arrivait pas à distinguer le conducteur derrière le pare-brise crasseux et fendu, criblé d'impacts de balles. Il prit la direction de Polar, le bled où vivait Ours Vigilant, son ami d'enfance, un Indien Chirikawa chasseur de mocassins, un peu maquereau, un peu sorcier, qui savait lire les anciens parchemins. Après avoir rejoint la route 84, Formica roula quelques milles jusqu'à un panneau tordu transformé en passoire indiquant la direction de Polar. Le pick-up quitta l'asphalte et grimpa la piste défoncée qui menait jusqu'au seul et unique trou du fion du Texas. La *Packard* le suivit à une distance raisonnable. Pendant le trajet, le pirate imagina plusieurs façons de se débarrasser du cafard qui le collait au cul. Mais, finalement, il avait décidé de régler ça à Polar en compagnie d'Ours Vigilant. Quand il entra dans le village le ciel était plombé, rien n'avait bougé depuis sa dernière visite. Le hacker se gara devant le tipi de son ami et descendit du *Dodge*. La *Packard* s'immobilisa devant l'enseigne du barbier qui se balançait au bout de ses chaînes en couinant. Formica écarta la peau d'élan et entra dans le tipi. Ce dernier était désert. Il alluma une cigarette à l'aide d'une braise incandescente et s'apprêtait à sortir, quand une ombre bondit de derrière le coffre en bois, le plaquant sur le sol. Une main puissante empoigna ses cheveux, lui tirant la tête en arrière. Et alors que la lame d'un couteau de chasse allait le scalper vivant, le pirate réussit à couiner.

— Oups... Ours...Viiii gi... lant... C'est moi...

La poigne de fer relâcha sa prise.

— Formica ? Maudit cul de blaireau qui pue sa race ! J'étais à un cheveu de te transformer en moumoute de skinhead. Tu pouvais pas t'annoncer ?

— Si t'avais une sonnette, ce serait plus pratique.

— Y a jamais eu d'électricité à Polar. J'ai bien essayé d'accrocher un serpent à sonnette, mais il mordait les clients.

Puis, finalement, les deux amis s'étreignirent en s'envoyant de grosses bourrades dans le dos.

— Content de te revoir vieux pirate. Qu'est-ce que tu viens traîner ton cul blanc dans la région ? Ce sont tes potes dans la caisse pourrie ?

Formica écarta la peau d'élan, le regard braqué sur la *Packard.*

— Non, des morbacs qui ne me lâchent pas depuis que j'ai quitté Justiceburg. J'ai pensé qu'on pourrait les boxer ensemble, comme au bon vieux temps.

— T'es en train de me dire que tu les as amenés jusqu'ici, juste pour les dérouiller ?

— Je venais pour autre chose et ils m'ont collé aux basques.

— Tu penses qu'ils ont un lien avec autre chose ?

— J'en sais foutre rien. J'ai tellement d'ennemis que je ne saurais te dire. Le pare-brise de la *Packard* est si sale que je n'ai pas pu voir leurs gueules. J'ai même pas réussi à déterminer combien ils étaient.

Ours Vigilant s'assit en tailleur devant le foyer et saisit le calumet de la paix. Il emplit le fourneau de la pipe avec un mélange de tabac et d'armoise, l'herbe sacrée qui aide à communiquer avec le grand esprit, avant de décréter.

— D'abord réfléchir à une stratégie, ne pas foncer comme Ours Sauvage sans cervelle.

— C'était pas Ours sans couilles qu'il s'appelait ?

— Non, Ours sans couille est toujours vivant, s'il en avait il serait mort depuis longtemps. Ours Sauvage sans cervelle se l'est fait exploser l'hiver dernier par feu le marshal Andrew Maxel Broodecker. Même si son nom de baptême le prédestinait à cette fin tragique, ça fait mal aux dents.

— Tu veux sans doute dire mal à la tête.

— Il n'avait pas de tête. Je vais partir en éclaireur pour jauger la situation.

Formica tira plusieurs bouffées sur le calumet.

— Eux, je pense qu'ils nous ont déjà jaugés. Deux trous du cul qui fument le calumet de la paix avant de partir en guerre.

— C'est quoi l'autre chose qui t'amenait ici ?

Le pirate sortit la copie du parchemin et la tendit à son copain indien. Ours Vigilant scruta la feuille froissée pendant trois longues minutes et se leva brusquement.

— Putain de bois mort ! C'est le dos de Mae West...

— Comment tu sais ça ?

— Quand je la grimpais en levrette, pour ne pas éjaculer trop vite, il m'arrivait de lire des passages.

— Et ça veut dire quoi ?

— Ça veut dire que tu détournes ton attention sur des trucs pénibles pour pas lâcher la purée trop vite.

— Je faisais référence au parchemin.

L'Apache décrocha son fusil, un deux coups *Browning* à canons superposés, ainsi que son arc et son carquois.

— Ça veut dire du sang, toujours plus de sang et des larmes, comme le prédisait le gros Churchill. On y va.

Et l'Apache sortit du tipi en adoptant une curieuse démarche. Formica le suivit son flingue à la main.

— T'es obligé de marcher comme un canard ?

— C'est la Duckwalk un pas de danse inventé par Chuck Berry. Tu sais que ce putain de rocker planquait des caméras dans les chiottes de son club pour mater les culs des filles ?

— Tu fréquentais Mae West ?

— J'ai vu tous ses films quand j'étais môme. Sur le tard, je suis devenu son homme médecine, elle aimait bien mon thermomètre.

L'Apache s'accroupit derrière un abreuvoir. Face à eux, la *Packard* n'avait pas bougé, les quatre portières grandes ouvertes.

— Où ils sont passés ces têtes de rat ?

— J'ai mon idée. On va les prendre à revers, lança le Chiricahua.

Et ils longèrent quelques baraques en bois avant de contourner la chapelle. Brusquement une musique, que ne connaissait que trop Formica, s'éleva à l'intérieur du petit bâtiment. Son cœur se mit à cogner.

— ... Des vampires.

— Quoi ?

— Des vampires. Les passagers de la *Packard*, ce sont des vampires.

L'Indien, qui n'était pas à une croyance près, pouvait entendre beaucoup de conneries, mais il n'aimait pas trop qu'on le prenne pour une bille, surtout venant d'un ami.

— Qu'est-ce que tu me chantes le pirate ? Les vampires se lèvent à minuit et se couchent dans leur cercueil avant le lever du soleil, sinon ils partent en fumée.

— Oui, mais ceux-là, ce sont des mutants, des iconoclastes, des nihilistes, ils se foutent complètement des codes. Ils se baladent à toute heure du jour et de la nuit et n'ont aucun signe distinctif, sinon celui de crever avec un pieu enfoncé dans le cœur. C'est le seul élément du rituel qui n'a pas changé. Leur horloge biologique est complètement déréglée, le protocole n'a plus aucune importance, les crucifix leur servent de portemanteaux et l'ail ils se le carrent dans l'oignon.

L'Apache regarda son fusil, quelque peu désarmé.

— Alors la chevrotine, ça va pas le faire ? C'est comme si je fourrais du gros sel dans les miches d'une morue.

— Ou du sable dans les portugaises. T'as tout compris. Même les balles de gros calibre, ils les digèrent comme des suppositoires. Pour être efficaces, il faut qu'elles soient en titane avec des têtes explosives, comme celles-ci. Et bien viser le cœur.

Ours Vigilant fixait les projectiles en fer blanc que Formica exhibait au creux de sa main.

— C'est ta nouvelle passion ? Fini le poker ?

— C'est mon job. Beaucoup de chasseurs de vampires sont des hackers. On nous recrute sur la toile. Les vampires piègent leurs futures proies en batifolant sur les réseaux sociaux.

— Et c'est quoi l'intérêt de chasser du vampire ? Plutôt que... l'esturgeon par exemple ?

— Ça rapporte beaucoup plus.

— Tu es en train de me dire que les œufs de vampire sont plus chers que le caviar ?

— Tu devrais le savoir, c'est toi le chamane.

— Tes patrons, ils engagent des extras ?

— Faut faire ses preuves.

Cela sembla être une raison suffisante pour qu'Ours Vigilant s'associe à la traque.

— Au fait, ça fonctionne avec un arc ?

— L'arbalète est plus efficace.

— Je suis meilleur à l'arc qu'au fusil, fit l'Apache avant de porter son index à sa bouche et le pointer vers le ciel.

— Je peux savoir pourquoi tu me fais un doigt ?

— Je calcule la vitesse du vent. Allez, on y va.

Et les deux hommes pénétrèrent à l'intérieur de la chapelle dans laquelle raisonnait *la Sonate pour un massacre*.

31

La *Mercury* s'immobilisa dans un cimetière de voiture. Candie Brown, glacée, murmura.

— Qu'est-ce qu'on fait là, Shérif ? Vous savez que j'ai un avion à prendre.

Booble coupa le contact et cala sa nuque contre le repose-tête.

— Qu'est-ce qu'on fait là ? La réponse est dans la question. Je me la pose depuis ma première érection et je n'ai pas plus de réponse depuis ma première élection. Qu'est-ce qu'on fait là ? J'aurais préféré ne jamais t'amener ici Tina Turner, toi, comme toutes les autres... Mais est-ce qu'on m'a laissé le choix ? J'ai longtemps pensé que c'était une fatalité, mais je me trompais. On est toujours responsables de ses actes, même si l'on ne comprend pas toujours le pourquoi du comment. C'est inscrit quelque part, il suffit de se donner la peine de chercher. Les hommes sont des autruches, ils se voilent la face comme des moukères pour ne pas regarder leurs démons en face. Certains sont tellement lâches qu'ils présentent leur cul au ciel pour donner le change, je trouve ça terriblement inconvenant. Descends, je vais te montrer quelque chose.

Candie cherchait les mots, mais ils lui manquaient. Suivant les situations, les mots peuvent être stériles, ils s'évaporent comme l'éther. Ses pensées se télescopaient. Comment raisonner un individu qui se présentait lui-même comme un monstre ? Il voulait lui montrer quelque chose, mais quoi ? Elle n'osait pas imaginer. Surtout ne pas contrarier un type qui ne dissociait pas une ligne de mire d'une ligne de vie. Elle descendit lentement de la *Mercury*. Ses yeux s'habituaient à l'obscurité. Des carcasses de voitures de différentes époques étaient empilées les unes sur les autres le long d'immenses allées, comme des œuvres monumentales. Il y avait là tous les modèles sortis des chaînes de Détroit, des années 50 jusqu'à l'aube des années 70. Candie, malgré son angoisse, ne put s'empêcher de marquer sa surprise, emprunte à une réelle fascination.

— La vache...

Booble se retourna.

— Quoi, la vache ?

— C'est beau...

— Tu aimes ?

L'esthétisme des modèles des véhicules de cette époque avait toujours passionné la photographe. Si le moment n'avait pas été aussi dramatique, elle serait déjà en train de mitrailler cette concentration d'épaves. Mais sa priorité du moment n'était pas d'exprimer son art, mais de tout tenter pour ne pas terminer dans ce cimetière. Elle nota cependant le changement d'expression du marshal. Le flic semblait avoir un rapport particulier avec ce lieu. Elle chercha une réplique qui soit en accord avec une situation où un type, qui portait un flingue en guise de sexe, l'emmenait dans une casse de vieilles bagnoles en lui demandant si elle aimait l'endroit où il s'apprêtait à l'étrangler, la violer, avant de la découper en morceaux.

— C'est un musée à ciel ouvert. J'aime beaucoup les modèles de cette époque. Ce lieu est magique.

Des feux de Bengale s'allumèrent à la place des petits yeux porcins du shérif Booble, éclairant de mille feux le cimetière de voitures.

— Alors tu ne vas pas être déçue Tina Turner. Je vais te montrer la plus belle.

Terrorisée, la photographe suivit son bourreau. La silhouette du marshal se découpait à la faveur d'une lune pleine qui perçait sous les nuages gris, roses. Sa démarche lourde et chaloupée avait quelque chose d'animal, de dangereux. Candie songea furtivement qu'elle aurait pu immortaliser ses derniers instants en shootant le théâtre de sa mort. Il n'y avait rien d'obscène de sa part. Elle avait voué sa vie à la photographie, sacrifié était sans doute le mot le plus juste. À l'image de certains grands reporters de guerre, elle s'était jouée des conventions et avait souvent flirté avec la mort pour ramener la photo qui ferait la différence. Mais conjurant le mauvais sort, elle avait laissé sciemment le *Leica* dans la *Mercury*. Dans les situations les plus critiques, elle était toujours revenue vers son appareil-photo, il la protégeait. Booble semblait avoir relâché le trop-plein de tension qui le remplissait, elle en profita.

— Shérif... J'ai peur de louper mon avion.

— Nous loupons quantités de choses Tina Turner, des opportunités qui jamais ne se représenteront. La majorité des individus loupent leur existence, alors un avion... Cela ne va prendre que quelques secondes.

Quelques secondes... Candie se tourna trop brusquement vers les allées tapissées d'épaves formant un immense labyrinthe. Courir pour ne pas mourir. La voix du marshal s'éleva alors dans la nuit.

— Ce serait une terrible erreur Tina Turner. Tu ne pourrais alors t'en prendre qu'à toi-même d'avoir loupé ton avion.

Le cœur de la photographe explosa. Les jambes coupées, elle s'appuya contre la carrosserie froissée d'une *Lincoln Continental 1942*. Le shérif Booble alluma son *Zippo* et promena la flamme du briquet tempête devant lui.

— Regarde, la voilà.

Candie, le cœur au bord des lèvres, s'approcha comme hypnotisée vers l'autel du sacrifice, une limousine rose décapotable longue comme une piste d'atterrissage. Le flic posa la main sur l'un des feux arrière en forme d'obus.

— C'est une authentique *Cadillac Eldorado 1959*. Elle pèse 5200 livres et consomme 14 milles au gallon. Radio à lampes, poste de télévision, réfrigérateur à glaçons, vaporisateur et sièges électriques avec commande à distance, le plus confortable nid d'amour du Texas.

La photographe, qui n'arrivait plus à raisonner, s'entendit demander.

— Elle est à vous, Shérif ?

— À moi seul, Tina Turner. On ne partage pas un tel butin.

— Elle est splendide.

Candie réalisa qu'elle avait une voix de fantôme.

— Je voulais que tu la voies avant de partir.

La photographe déglutit.

— Tu veux faire un tour Tina Turner ?

— Shérif... Votre voiture est une merveille, mais...

— Tu as de la chance, j'ai rechargé la batterie hier. Tu veux essayer le confort des banquettes ? C'est rare quand je propose, d'habitude j'impose.

Le sang de l'aventurière se transforma en jus de navet. La sueur collait sa chemise dans le dos.

— Shérif Booble, j'ai vraiment peur... d'être en retard.

— Je connais la peur Tina Turner, c'est une odeur qui m'est familière. Mais le retard n'a rien à y voir.

On ne se chie pas dessus de peur de louper son avion. On se chie dessus, quand on est dans un avion en perdition, juste avant qu'il ne s'écrase. Oui, là on peut parler de peur.

Candie n'avait aucun avis sur le sujet, c'était juste devenu trop dur à supporter.

— ... Je ne sais pas Shérif. Là, il me semble que c'est moi qui suis en perdition.

Et elle explosa en sanglots, s'écroulant sur les genoux, la tête entre les mains.

— Relève-toi, Candie Brown !

À cet instant, la photographe n'attendait absolument plus rien de la vie. Elle aurait pu faire abstraction de la présence du psychopathe et de ce qu'il pouvait lui demander. Mais le flic venait de l'appeler Candie Brown. Il connaissait donc sa vraie identité, sans doute depuis le début. Le tueur l'avait amenée ici pour l'exécuter et, avant, il voulait qu'elle sache qu'elle ne l'avait à aucun moment dupé. Pourtant, Candie crut détecter dans l'intonation de Booble un infime accent d'espoir. Les jambes flageolantes, elle s'obligea à se relever.

— Tu sais pourquoi je voulais te montrer cette Cadillac ?

Candie essuya les larmes qui coulaient sur ses joues avec le dos de sa main.

— Non... Je ne sais pas Shérif.

— Parce que c'est dans cette poubelle que j'ai été conçu.

—... ?

— Oui, tu vois, c'est sur cette banquette que mon enculé de père a envoyé le foutre qui a engrossé ma mère. Pour moi, c'est un lieu de pèlerinage où je règle mes comptes avec la vie...

Dans un silence assourdissant provoqué par ses propos, le flic reprit.

— Bon, on ne va pas s'éterniser ici. Sinon, pour le coup, tu risquerais de le louper ton avion. Je tenais juste à te montrer cet endroit et ne me demande pas pourquoi, je crois connaître la réponse et je ne veux pas y penser.

La *Mercury* s'immobilisa en tête de la station de taxis, juste devant la porte du hall principal de l'aéroport d'Odessa. La photographe attrapa son *Leica* sur le tableau de bord et, alors qu'elle s'apprêtait à sortir, Booble lui saisit le poignet. Candie sursauta, les tripes nouées. Il se pencha vers elle. L'aventurière distingua alors dans les pupilles dilatées du flic les mêmes têtes-de-mort qui dansaient dans les yeux d'Albert Finney dans le film *Au-dessous du volcan.* Il lui tendit une enveloppe.

— C'est de la part de Tardy. Tu ne vas pas à Los Angeles, il rentre demain à Justiceburg. Une chambre est réservée à ton nom au *Best Western* de l'aéroport. Dans cette enveloppe, tu as de quoi t'habiller décemment, te restaurer et prendre un taxi.

Booble lui tenait toujours le poignet. D'une voix métallique, il reprit.

— Candie Brown... Je tenais à te dire... Ta photo... Je pense qu'elle a grandement contribué à mon élection. Et puis... je voulais aussi te remercier d'avoir buté le marshal Andrew Maxel Broodecker, mon père, ce fieffé enculeur de cadavres. Le même qui a strangulé ma mère un soir d'orage sur la banquette arrière de la *Cadillac Eldorado.*

32

La nuit enveloppait Polar, une nuit anthracite. Les passagers de la *Packard* n'avaient toujours pas pointé leurs crocs. Ours Vigilant faisait les cent pas devant l'hôtel, le seul qui existât à Polar, celui de la minuscule chapelle. Non pas pour prier, les croyances des culs-blancs ne touchaient pas les culs-rouges. Il extirpa une flèche de son carquois, adressant un clin d'œil à la statue en plâtre de saint Sébastien, martyr romain masochiste qui avait un faible pour Cupidon. Derrière l'Indien, Formica, colt au poing, suivait des yeux les vols des chauves-souris. Brusquement, le pirate se tourna vers un retable. Il lui semblait avoir reconnu les mêmes inscriptions que sur le parchemin. Au centre du triptyque, une scène hallucinante représentait le diable et Mae West, nus comme au premier jour. La star tenait à pleines mains le chibre du diable, qui riait comme un bossu. Formica interpella son copain.

— Ours Vigilant, qu'est-ce que t'as mis dans le calumet ?

Pour toute réponse, le guerrier chiricahua se dressa vif comme l'éclair, tendit la corde de son arc de guerre et, l'œil acéré, visa en direction du pirate. Ce dernier frémit, il venait de sentir une présence dans son dos. Un claquement sec comme un coup de trique envahit l'espace, suivi d'un sifflement et d'un infime courant d'air qui lui chatouilla l'oreille. Une forme humaine s'écroula à ses pieds, une flèche figée en plein cœur. Dans les trois secondes qui suivirent le corps de la goule se consuma, laissant en suspend un nuage de cendre et de soufre. L'odeur était irrespirable. Les deux amis se précipitèrent à l'extérieur de la chapelle. L'unique rue de Polar était vide, crûment éclairée par la lune pleine. Quelques tumbleweeds, poussés par un vent sec et froid qui venait de la montagne, roulaient dans la poussière. Formica inspira fort en ouvrant ses narines.

— Je les sens, ils ne sont pas loin.

Les nerfs à vif, il serrait la crosse de son vieux Colt, le même qui avait dézingué Coyote vingt-cinq ans auparavant. Soudain, une silhouette tomba du ciel sur Ours, moins vigilant qu'à l'ordinaire. Surpris, l'Apache lâcha son arc. Les deux hommes s'étreignirent. Le vampire avait sauté du haut du clocher et s'accrochait comme un morbac à sa victime. Ses canines acérées étaient plantées dans la veine jugulaire du Chiricahua et il pompait tel un damné le raisiné qui sortait à gros bouillons. Impuissant face à la force surnaturelle du prédateur, l'Indien hurlait.

— Formica ! Explose cette saloperie !

Le pirate tournait autour des deux combattants.

— Ça bouge trop ! J'arrive pas à viser son cœur !

— On s'en branle, cette ordure n'a pas de cœur ! Tire-lui dans les genoux, la tête, les roustons ! Mais vire-moi cette grosse merde !

Formica s'exécuta. Méthodiquement, il explosa les tibias, les mandibules ainsi que la cervelle du vampire. Ce dernier, sanguinolent, la tête à moitié arrachée, lâcha enfin prise et se leva. Désarticulé, il avançait lentement vers le pirate qui releva son arme. La balle en titane plongea dans la cage thoracique du monstre avant d'anéantir son *corazon*. Tout comme son congénère, le vampire partit en poussière sans un cri. Au même moment, les portières de la *Packard* claquèrent. La vieille bagnole fit demi-tour et s'éloigna sur la piste. Il n'y avait pas de conducteur derrière le volant. Formica tourna la tête vers Ours Vigilant. Celui-ci s'était relevé, les yeux vides et cernés. Sa peau était devenue grise et une odeur infecte commençait à envahir l'atmosphère.

— Je vais t'amener chez le doc à Justiceburg, mon frère.

L'Apache leva la main, paume ouverte, comme s'il saluait le soleil.

— Hugh ! Tu m'amènes nulle part. Tu vises mon cœur et tu m'envoies rejoindre le grand esprit. Voilà ce que tu fais Cow-boy.

Formica, en tant que chasseur de goule, savait que c'était la seule marche à suivre. Ours Vigilant avait été mordu par un vampire et, inexorablement, il allait subir une mutation qui le transformerait à très court terme en vampire. Mais là, c'était différent, il s'agissait de buter son ami d'enfance, son pote, son frangin de misère. Il lui fallait trouver le courage, avoir les burnes et, comme tout un chacun, il ne les trouvait pas forcément à leur place chaque matin. Finalement, il décida de déléguer le boulot au destin, une autre espèce de sorcier moins exigeant. Devant son hésitation, l'Apache reprit.

— Je ne sais pas ce que tu manigances le pirate, mais ça sent moins bon que les effluves pestilentiels qui émanent de mon corps en décomposition. Tu vas me tirer vite fait de cette impasse qui pue en m'envoyant cette putain de dragée dans le cœur et tout de suite. Ne te pose pas de question Cow-boy. Tire dans le mille !

Formica visait le cœur de son ami, mais son index bloquait sur la queue de la détente.

— Désolé Ours Vigilant. Face à cette situation, je suis désarmé.

— Désarmé mon cul ! Tu vas ramasser mon arc, bander la corde tressée à l'aide des viscères d'un courageux ragondin et me planter une flèche là où les démons de Satan ne pourront plus s'abreuver. Allez ! Des couilles, camarade !

Le pirate regardait son copain, totalement désemparé.

— Mais t'es complètement malade, j'ai jamais tiré à l'arc, je suis un vrai branque. Je vais quand même pas me faire la main sur toi.

L'Apache, qui sentait son corps lui échapper, joua sa dernière carte, celle de l'amitié, la vraie, celle qui se forge, inconsciente, dans les replis de la vie.

— Oui, je suis malade Formica, malade à en crever. Et si tu es vraiment mon pote, tu ne supporteras pas de me laisser flotter dans les limbes en compagnie de ces saloperies de suceurs de sang. Tu es mon seul espoir Mica, mon dernier ami. Décoche cette putain de flèche, délivre-moi s'il te plaît.

Mais le pirate ne bougea pas. Comme tout orphelin, Formica était dans l'impossibilité de tuer un copain, même si c'était pour son bien. Ours Vigilant, le regard plein d'incompréhension, douta alors sérieusement du sens à donner au mot amitié. Mais il était un peu tard pour se pencher sur la question. Au même moment, un cri retentit. Formica se tourna et vit le shérif Booble qui fonçait comme un taureau sauvage sur Ours Vigilant, tenant devant lui un piquet de clôture taillé en pointe. Avec une force démoniaque, le flic percuta l'Apache et lui planta le pieu dans le cœur. L'Indien n'esquiva pas. Un sourire de délivrance se dessina sur ses lèvres. Il eut juste le temps de dire.

— Merci Shérif ! Vous êtes un type bien. Formica, tu es la plus grosse fiotte que la terre ait engendrée !

Quand je serai là-haut, je te chierai sur la tête chaque jour à la même heure !

— À quelle heure ?! demanda le traître par réflexe, soulagé de ne pas s'être fadé la salle besogne.

Le Chiricahua ne répondit pas. Il était parti en fumée rejoindre ses ancêtres et le grand esprit des guerriers burnés. Booble, épuisé, lâcha le pieu ensanglanté et se tourna vers le pirate.

— Formica, tu es en état d'arrestation.

Le hacker observa l'étoile qui brillait sous la lune froide sur le plastron du marshal.

— On me reproche quoi Shérif ? D'avoir triché au poker ?

— D'avoir tué Coyote, répondit le flic de sa voix métallique.

— Je m'aperçois que la mémoire vous est revenue. Tout le monde, un jour ou l'autre, tue le père, Shérif.

— Ramène ta fraise, que je te passe les pinces.

— Ou peut-être que vous me reprochez d'avoir flingué un vampire ? lança Formica sur un air de rien qui voulait dire beaucoup.

Les yeux porcins de Booble fixèrent le pirate d'une étrange manière.

— Les vampires n'existent pas.

Formica tendit le bras et visa calmement le cœur du flic.

— Ça reste à prouver Shérif.

Ce dernier ricana.

— Je te savais joueur, mais pas idiot à ce point-là. Ton barillet est vide crétin.

Le hacker ne désarma pas.

— Mon jeu favori est la roulette russe. Vous voulez jouer avec moi Shérif ?

Formica ne laissa pas la moindre chance au marshal Booble. Il le savait plus rapide, mais la rapidité ne compte guère quand les règles sont bafouées et leur sens détourné. Le duel était inégal. Seules l'astuce et la roublardise d'un grand joueur pouvaient venir à bout du mal incarné. Coup de poker, bluff ? Formica aurait bien été en mal de répondre. La dernière balle en titane du pirate explosa le cœur du flic psychopathe qui, contrairement aux vampires, ne se barra pas en fumée, mais roula comme un gros goret sur le côté. Olé !

33

Le taxi déposa Candie Brown devant *Le Casabianca*. Son *Leica* en bandoulière pour tout bagage, l'aventurière se dirigea vers l'accueil. L'employée, une grosse noire tirée à quatre épingles, la regarda avec suspicion.

— Désolée, mais ici c'est un hôtel de grand standing.

La photographe fixa le badge de la réceptionniste sur lequel clignotait le prénom de Ramona.

— Je suggère que vous changiez d'abord de prénom Ramona, avant d'imaginer m'initier au grand standing, lâcha Candie, un chouïa chatouilleuse après son douloureux séjour dans le désert.

La remarque ne sembla pas amadouer Ramona.

— Vous ne pouvez pas séjourner dans notre hôtel en vous présentant ainsi. Notre clientèle est triée sur le volet et je pense qu'elle n'apprécierait pas cette tenue.

Ramona faisait allusion au costume d'Indienne refourgué par Ours Vigilant. Candie, encore en état de choc, n'avait pas imaginé une seconde s'acheter de nouvelles fringues avec l'argent de l'immonde Tardy. Elle afficha un vilain rictus.

— On ne vous demande pas de penser Ramona. Annoncez-moi à votre patron, j'ai rendez-vous avec Jess Tardy.

—... ? Alors, là, ça m'étonnerait ma petite dame. Monsieur Tardy est absent depuis un mois, répondit l'employée zélée en prenant un peu trop de hauteur.

Agacée par l'attitude de l'hôtesse, Candie insista.

— Ce n'est pas possible, il m'a confirmé qu'il serait là aujourd'hui.

— Si je vous dis que Monsieur Tardy n'est pas rentré, c'est qu'il n'est pas rentré. Seule sa femme et son collaborateur monsieur Roc sont là.

Candie prit la nouvelle comme un crochet au foie.

—... ? Vous avez dit Roc ? Quel est le prénom de ce monsieur Roc ?

— Je ne suis pas habilitée à répondre aux inconnus qui s'habillent à la mode indienne et qui fouinent dans la vie privée des clients de l'hôtel. Maintenant, je vais vous demander de sortir, sinon je serai dans l'obligation de faire appel à l'agent de sécurité.

Joignant les actes à la parole, Ramona décrocha le combiné du téléphone.

— Repose ce putain de téléphone Ramona ! Et écoute-moi bien. Je viens de me taper un périple dont tu n'as pas idée pour arriver jusqu'ici. Comme tu dois le savoir, cet hôtel appartient à monsieur Tardy. Et il se trouve que je suis une grande amie de monsieur Tardy. Alors, tu me donnes le prénom de ce type qui s'appelle Roc et tu préviens le patron que je suis arrivée. Sinon, je te promets que tu perds ton job séance tenante. Capiche ?!

Ramona se tâtait, mais pas dans le sens qui faisait du bien. La greluche qu'elle avait tout d'abord prise pour une clocharde pouvait réellement être l'une des morues du boss et, si c'était le cas, il fallait qu'elle rectifie vite fait son tir, au risque de vraiment perdre son job. Mais cela pouvait très bien être du pipo et s'il y avait du grabuge, elle risquait tout autant sa place. Boulot merdique, songea-t-elle en tortillant son badge nerveusement. Tant et si bien qu'elle se prit une décharge de 27 volts dans les doigts, avant de bégayer.

— Ab... Ab... Elle !

— Tu peux être un peu plus précise Ramona ? Je n'ai rien compris, c'est du morse ?

—... C'est le prénom de Monsieur Roc.

— Quoi ? Abdel ? Ce couillon se serait converti ?

— Non, j'ai dit Abel. Mais comme ce badge est alimenté par un circuit électrique à basse tension, je viens de me prendre une praline. Ce qui explique ma réponse saccadée.

Candie crut que son cœur allait imploser. Cela faisait plus de vingt ans qu'elle n'avait plus la moindre nouvelle du seul homme qu'elle ait jamais aimé. Et c'était dans le contexte le plus délicat de son existence qu'il revenait à la surface. Elle respira un grand coup.

— Te plains pas trop Ramona, moi c'est pas de la basse tension que je risque de me prendre. Avec le genre de chaise qu'ils veulent me glisser sous les fesses, plus besoin de permanente.

Ramona frissonna. Elle devait imaginer une chaise équipée d'un énorme gadget électrique sur lequel on s'empalait. Elle murmura en grimaçant.

— Aaahhh, mais ça doit faire très mal.

La photographe se dirigea vers l'ascenseur.

— T'as trop d'imagination Ramona. Quel étage ?

— Le dernier. C'est l'unique porte. J'annonce qui ? Il me faut un nom.

— Candie Brown.

—... Candie Brown ? Pas celle de la photo ?

— Tout juste Ramona.

—... Merde, je suis désolée.

Dans la cabine qui s'élevait vers le nid de crotale, Candie avait toujours du mal à croire qu'Abel puisse travailler pour une ordure telle que Tardy. Cela lui paraissait en total décalage avec le garçon qu'elle avait connu. Elle ferma les yeux, essayant de faire le vide.

Dans quelques secondes elle allait se retrouver face à l'homme de sa vie et elle n'y était absolument pas préparée. Elle songea à faire demi-tour, mais c'était impossible elle était coincée. Devant la porte de la suite de Tardy, elle attendit une longue minute avant de sonner. Claire ouvrit, un long fume-cigarette coincé entre ses doigts fins. De l'autre main, elle retenait les pans de son peignoir en soie au niveau de sa poitrine. Ses cheveux étaient mouillés, ainsi que son sexe bouclé qui louchait par l'entrebâillement du peignoir.

— Je n'ai pas bien compris les propos de la fille à l'accueil, c'était confus. Vous êtes qui au juste ?

— Candie Brown. J'ai rendez-vous avec Jess Tardy.

Claire marqua sa surprise.

— Candie Brown... la photographe ?

L'aventurière hocha la tête. Elle était toujours étonnée d'avoir marqué ainsi les esprits, ceux d'une génération, mais pas que.

— Félicitations, j'aime beaucoup votre travail. Je m'appelle Claire, je suis la principale collaboratrice de Jess. En effet, il m'avait mise au courant de votre venue, sans autre précision. Entrez, je vous prie.

Candie traduisit le rôle de principale collaboratrice comme il se devait et pénétra dans l'immense hall. Elle posa son *Leica* sur une commode chinoise laquée magnifiquement ouvragée, afin de se débarrasser de sa veste en daim. Claire l'observait en soufflant des volutes mentholées en direction du plafond. Du menton, elle désigna l'appareil-photo.

— Vous ne vous en séparez jamais ?

— Non. Sans lui je me sens toute nue.

Les deux femmes échangèrent un sourire complice, mais Candie se reprit. Claire était magnifique, semblait sympathique de prime abord, mais la photographe ne devait pas perdre de vue que cette femme était la pute numéro un de Tardy. Ne jamais relâcher sa garde, elle était sur un terrain miné. D'un geste élégant, la maîtresse de maison passa sa main dans ses cheveux invitant Candie à la suivre.

— Venez, nous serons mieux dans le salon. Servez-vous un verre le temps que je me sèche les cheveux et que j'enfile quelque chose de plus convenable.

La photographe saisit le *Leica* et suivit la plantureuse brune dans le couloir. Troublée, elle ne pouvait détacher ses yeux de la silhouette de Claire, qui prenait un malin plaisir à accentuer son déhanchement naturel. Cette dernière bifurqua dans l'une des salles de bains.

— C'est en face. Pour moi, ce sera une vodka bien tassée.

Candie ne s'étonna pas de la brusque familiarité de la jolie brune à son endroit, le naturel revenait très vite quand la confiance s'installait. Elle passa derrière le bar et se servit une bonne dose de whisky qu'elle nappa de glaçons, faisant de même pour la vodka de son hôtesse. Elle but une longue rasade en admirant l'agencement de la suite. Tardy était le roi des salopards, doublé d'un tordu de la pire espèce, mais force était de constater qu'il avait autant de goût pour le choix de sa maîtresse que pour la décoration de son intérieur. Brusquement, une boule de feu bondit sur le comptoir. Surprise, Candie recula. Salsa s'étira, observant la nouvelle venue, avant de tendre son cou en reniflant. La photographe caressa l'animal, qui se mit à ronronner, et se dirigea vers la chaîne hi-fi high-tech. Elle posa sur la platine un CD de Roy Orbison. L'appartement présentait un tel contraste avec les régions sauvages que l'aventurière avait traversées ces dernières années qu'elle se demanda si elle n'était pas encore en train de délirer sous la peau de bison puante d'Ours Vigilant. Elle ouvrit l'une des portes-fenêtres et regarda en direction du *Cactus mauve*. Elle se rappela avoir été dans cet établissement autrefois en compagnie d'Abel. Mais dans ses souvenirs, le bar s'appelait *Le Cactus rose*. Un quart de siècle qu'elle n'avait pas remis les pieds à Justiceburg, un long exil loin des terres familiales. Elle sentit alors une présence derrière elle et se tourna plus vivement qu'elle ne l'aurait voulu. Claire, son verre de vodka à la main, lui souriait. Elle portait un simple tee-shirt bleu azur qui lui arrivait à la lisière du nombril, ainsi qu'une culotte en coton à la blancheur immaculée. Cet accoutrement puéril donnait dix ans de moins à la brune piquante. Candie, troublée, chercha la bonne attitude, ce qui sembla amuser la maîtresse de Tardy qui tendit son verre.

— On trinque ?

Les glaçons tintinnabulèrent alors que la voix chaude de Roy Orbison entamait *Candy Man*. Le chanteur à la voix de velours était soutenu par un harmonica omniprésent, ainsi que des chœurs féminins craquants à souhait. Candie but la moitié de son verre d'un trait, elle en avait terriblement besoin. Puis, emportée par la voix du seul crooner pouvant rivaliser sur le terrain du King, elle se mit à se dandiner, vidant méthodiquement le reste de son whisky. L'alcool lui réchauffait les sangs et les sens. Elle se sentait bien. Cela faisait une éternité qu'elle ne s'était pas sentie aussi détachée de tout. Les paupières fermées, elle dansait à présent sur *Oh pretty woman* et commença à vraiment remuer son valseur sur *Twinkle*, enregistré en studio dans une ambiance de club reconstitué avec une guitare aigrelette qui se frayait un chemin entre les figurants qui frappaient des mains et poussaient des coups de sifflet intempestifs. La photographe sentit des doigts légers lui effleurer la joue. La fille en culotte de coton lui tendait un autre verre de whisky, la seule mixture qui la faisait décoller agréablement. Candie se demanda ce que Claire faisait avec une ordure comme Tardy, jugeant aussi vite sa question complètement idiote. Certaines femmes étaient formatées pour ce genre de rôle. Et puis elle se fichait éperdument que Claire baise avec ce salaud. À cet instant précis, elle se foutait de tout. Elle avait décidé de faire un break. Il n'y avait plus que la musique de Roy et le whisky. C'est alors que *Cryin*, le slow de son premier baiser surgit des enceintes japonaises avec la force d'un venin. Un frisson parcourut la photographe du bas de son épine dorsale jusqu'aux pointes dures de ses seins. Pendant quelques secondes le temps se figea et son premier baiser s'imprima avec fougue dans un entrelacs de langue et de salive poivrée. C'était en 1972, pendant les jeux Olympiques de Munich, les jeux de l'horreur. Elle dansait avec Abel sur *Cryin'* au *Cactus rose*. Candie ouvrit brusquement les yeux. Claire venait de poser ses mains sur ses hanches. Elle remarqua les pépites qui dansaient dans les iris de la sculpturale brune. Elle lui demanda.

— Tardy va venir ?

Claire, lascive, se laissait porter par la musique, entraînant Candie.

— Je ne sais pas. C'est un homme imprévisible et secret.

— Tu sais pourquoi je suis là ?

— Oui, pour la couverture de son livre.

— Alors, tu es forcément au courant du chantage qu'il exerce sur moi ?

—... Oui. Ta partie de baise filmée avec l'Indien.

La sincérité de Claire ébranla Candie.

— Alors tu connais Abel ?

Le slow prenait des allures d'interrogatoire.

— Oui, il s'est installé ici un moment pour s'occuper de la chatte de Jess. Mais, il est parti.

Candie ne sut comment interpréter cette phrase à double sens. Il n'y avait aucun sarcasme, ni la moindre pointe d'humour dans les propos de Claire. Elle relatait juste les faits.

— C'est Tardy qui t'a demandé de me séduire ?

Claire fit un pas en arrière, comme agacée.

— Non. Pourquoi, ça te déplaît ?

Candie s'approcha de Claire et dégagea une mèche de cheveux de l'une de ses oreilles magnifiquement ourlées.

— Pourquoi tu fais ce boulot ?

Comme toute réponse, la maîtresse de Tardy accentua la pression contre la poitrine de l'aventurière. Candie termina son verre, elle était ivre.

— Tu es belle Claire. J'aimerais te prendre en photo.

— Tu pourras faire toutes les photos que tu veux. Après...

Et Claire écrasa sa bouche contre celle de Candie, comme on écrase une fraise dans du sucre. Puis, dardant sa langue, elle saisit la main de la photographe et la plongea dans sa culotte en coton, la frottant contre son sexe épilé et mouillé. Déboussolée, l'aventurière se laissa entraîner avant de perdre pied. Claire jouit rapidement avec de grands jets entre les doigts de Candie. Surprise et envahie par un sentiment de honte, cette dernière se décolla de la femme fontaine avant de se retourner. Jess Tardy, en robe de chambre de soie moirée *Sulka*, observait les deux femmes. Il tenait Salsa dans ses bras caressant doucement sa chatte.

34

Le pick-up croisa une moissonneuse-batteuse avant de passer lentement devant le vieux temple qui venait d'être fraîchement repeint en blanc. La place au monument aux morts confédérés était déserte, quelques bouquets fanés se balançaient sur les grilles.

— C'est là !

Formica immobilisa le *Dodge* devant une petite maison en bois gris. Dans la cour, une épave de *Mustang Shelby 1970,* terminait consciencieusement de rouiller.

— Alors c'est ici que t'as poussé ? lâcha laconiquement le pirate.

Abel n'arrivait pas à détacher les yeux de la pauvre bâtisse.

— On va dire ça comme ça.

— Maintenant qu'on est arrivés, tu vas peut-être me dire ce qu'on fout là ?

Abel n'arrivait pas à descendre du véhicule. Il avait longtemps hésité avant de se décider.

— Je t'en ai parlé. C'est au sujet du répertoire *d'Exotic Lizard.* Ça fait un moment que cette idée me trotte dans la tête. Elles pourraient reprendre des secondes faces de 45 tours, enregistrés dans les années 60, 70. Uniquement des morceaux inconnus de groupes obscurs qui n'ont jamais dépassé en notoriété le coin de leur rue. Tu vois le concept ?

Formica voyait très bien et ne pouvait qu'adhérer, mais il se demandait pourquoi son copain avait eu besoin de l'amener jusqu'ici pour lui exposer son projet.

— C'est pas con... Y a juste un truc que je pige pas. Pourquoi tu voudrais que ces foutues galettes, qui n'ont pas marché à l'époque, fonctionnent aujourd'hui ?

Abel, qui cultivait la culture underground au plus près de l'épiderme, développa son idée.

— Ce n'est pas parce que ces rondelles ne se sont pas vendues à leur sortie que les morceaux étaient mauvais. À l'époque, il y avait un gros problème de production et la diffusion était exsangue. Enregistrées dans des cuisines les bandes étaient pourries, le son étriqué. Et puis, ces groupes n'avaient ni soutien, ni logistique pour se faire connaître. Ils ne passaient jamais en radio et se produisaient rarement en concert. Internet n'existait pas pour relayer. Le premier intérêt de reprendre des faces B est purement économique. Ces morceaux, pour la plupart, n'ont jamais été déposés, ni protégés, les droits peuvent donc être contournés. Tu pilles sans rien demander à personne.

Le pirate acquiesça en hochant la tête. Cette démarche correspondait à 100% à sa philosophie de l'existence.

— Le second intérêt est pratique, on n'a pas vraiment le choix. Je me suis donné six mois pour mettre un groupe en place avec un répertoire original. T'imagines qu'on ne va pas dénicher un combo de nanas capable de composer un set perso qui dépote en si peu de temps. J'ai intitulé ça, le concept de la seconde chance des faces B. Si les gonzesses jouent correct, ça peut le faire. Là où il faudra bosser, c'est sur les arrangements.

— Ok, mais ça restera des putains de reprises.

— Ça, il n'y aura que nous deux pour le savoir. Parce que si on se défonce sur la production et les arrangements, ces faces B seront méconnaissables. Alors, qu'est-ce que t'en penses ?

— J'en pense que c'est du piratage caractérisé maquillé en création artistique, du Warhol phonique quoi. Ça me plaît. Je parie que tu as déjà listé les groupes que tu veux torpiller.

— Comment t'as deviné ?

— Tu sous-estimes ma capacité à anticiper les grands événements.

— Ça, c'est pas de toi.

— Pas plus que tes faces B, mon pote. Je me doutais bien que tu ne m'embarquais pas dans ce trou à rat pour regarder pousser le maïs. Tu m'as toujours dit que tu détestais cette région. J'imagine que ta fameuse collection de 45 tours se trouve ici.

— T'images bien. Quand je pense que j'ai jamais remis les pieds dans cette baraque depuis l'enterrement de Patchwork.

Formica comprit à cet instant qu'Abel aurait été incapable de revenir dans ce bled seul.

— Tes vieux vivent toujours là ?

L'ancien chanteur des *Maîtres Nageurs* fit non de la tête. Il ne parlait jamais de sa famille. Son enfance était floue et il avait détesté son adolescence. Un pan de sa vie qu'il s'évertuait encore aujourd'hui à oublier.

— Mon père est mort et ma mère vit chez sa sœur à la Nouvelle-Orléans. Elle vient juste l'été pour fleurir les tombes.

— Ton vieux était fermier ?

Abel regarda de nouveau la maison, tandis que le pirate roulait un énorme pétard. Comme il ne se sentait pas encore tout à fait prêt pour passer la porte, il consentit à répondre à son ami.

— Mon père bossait dans une usine du coin, qui fabriquait des cuvettes de toilettes et des bidets.

Formica faillit s'étrangler en allumant son joint.

— C'est des conneries.

Abel remua la tête en signe de dénégation.

— Pour pas continuer à travailler comme un nègre dans les champs des autres, il a réussi à se faire embaucher pour fabriquer des trônes. Quand j'étais môme et qu'on me demandait ce que faisait mon vieux, je répondais ce que j'entendais à la maison, qu'il fabriquait des trônes. Les merdeux pensaient que c'étaient des fauteuils pour les rois et les princesses, alors qu'il fabriquait des chiottes à la chaîne. Une vie de merde...

Puis, Abel descendit du véhicule et poussa la lourde grille. Il glissa sa main sous une latte disjointe de la façade en bois de la vieille bâtisse et en sortit une clef qu'il introduisit dans la serrure. La porte couina sur ses gonds. Enfin, il ouvrit les volets et les fenêtres, pour faire respirer la maison, et resta planté immobile au milieu du séjour. Sur le perroquet, la canadienne de son père, avec son col en fourrure mitée, pendait difforme à sa place. Elle n'avait pas bougé depuis l'accident. Rien n'avait bougé et plus rien ne bougerait désormais dans cette vie qui s'apparentait à une succession d'accidents. Il s'approcha de l'antique cuisinière à bois, croisant le regard de Formica qui attendait, respectant son silence. Abel se sentait de plus en plus oppressé et ne songeait qu'à une chose, fuir le plus loin possible de cet endroit. Il lâcha pour lui-même.

— On ne devrait jamais se retourner.

Formica, afin de détendre l'atmosphère, saisit une photo sur le buffet et demanda :

— C'est qui cette poule ?

Le manager regarda le cadre.

— Dolorès, la sœur de Patchwork, la bru que s'était choisie ma mère. Mais ça ne s'est pas passé comme elle le souhaitait. Enfin, un quart de siècle plus tard c'est toujours elle qui trône sur le bahut.

Formica ne décrochait pas de la photo.

— Elle était canon. Et ton père, il est mort de quoi ?

Le hacker avait posé la question comme s'il demandait à Abel ce qu'il voulait comme pizza. Il ne lui en voulait pas, il pouvait tout entendre, ce ne serait jamais aussi moche que ce qu'il avait vécu ici. Il répondit, non sans une certaine morgue.

— Overdose. Il s'est pris une palette de bidets sur la gueule. Ça faisait trop d'un coup, il n'a pas supporté.

À cet instant, un bruant ortolan se posa sur le rebord de la fenêtre en poussant de petits cris. Abel observa l'oiseau.

— Quand j'étais gosse, je les alignais avec ma carabine à plomb. Ensuite, je les vendais aux restaurateurs d'Abilene. Je n'ai jamais su si je le faisais pour le fric ou pour le plaisir de les descendre. C'est de la merde en bocal l'enfance, une sale maladie que tu traînes toute ta vie.

Soudain, Formica décida de s'agiter. Il venait de saisir qu'il n'était bon pour personne de moisir ici.

— Tes disques, ils sont où ?

— Dans la chambre du fond. Ramène le pick-up, je les descends.

Une heure plus tard, Abel referma la grille qui régulait le cimetière de sa mémoire. Mais cette fois-ci, il savait que c'était la dernière fois. Il ne reviendrait pas, uniquement pour l'enterrement de sa mère...

Le pick-up traversa en sens inverse le bourg qui se réveillait à peine. Abel posa sa main sur le bras de son copain.

— Arrête-toi !

Le Dodge s'immobilisa devant une maison de style colonial, avec son balcon-terrasse en coursive, qui surplombait un petit parc laissé à l'abandon. Là, encore, le temps s'était figé. Abel remarqua la grosse caisse rouge pailletée, posée en bordure de l'allée. Elle avait perdu de son éclat d'origine et servait à présent de jardinière.

— C'est à qui cette baraque ?

— Celle de Patchwork.

Le hacker observa un peu mieux la bâtisse, tout aussi fasciné que devant la photo de Dolorès.

— Pute vierge... Alors, c'est là que tout a commencé.

— Ouais... On répétait dans la grange et je sautais Dolorès à l'étage.

Formica se pencha.

— Regarde, y a quelqu'un qui sort. On dirait une gonzesse avec un gosse. Tu la connais ?

Abel observait la silhouette. Il frissonna et son palpitant se mit à cogner.

—... Merde... C'est Dolorès.

— Tu veux dire, la meuf de la photo ? Celle, avec qui ta mère aurait voulu que tu convoles ?

— C'est ça, celle que tu trouvais micheton sur la photo. Bon, allez, on décanille.

— Attends, laisse-la passer, ça m'intéresse.

— Hein ? Qu'est-ce qui t'intéresse ? Ça va ta tête ! Je t'ai dit qu'on se barrait. Allez, démarre !

— J'aimerais juste la voir de plus près, quelques secondes.

Le manager du plus grand groupe fantôme du monde ferma les yeux, réalisant à quel point la fumette pouvait rendre con. Il se posa la question, qu'il s'était déjà maintes fois posée, comment pouvait-il être pote avec un mec comme Formica. Il connaissait pourtant la réponse. Quand il était dans la merde la plus noire, le pirate avait toujours été le seul à répondre présent. C'est pourquoi il prit sur lui.

— S'il te plaît Mica, maintenant on se barre.

La femme poussa la grille du parc. Elle tenait par la main un petit garçon de 5 ans avec un cartable rouge sur le dos. Le gamin ne quittait pas des yeux le pick-up jaune stationné de l'autre côté de la rue.

— Allez, c'est bon, putain on s'arrache, je t'ai dit.

Mais Abel avait prononcé ces mots sans conviction. Lui aussi n'arrivait pas à détourner le regard de la scène qui se jouait devant eux.

— Merde, elle vient vers nous, lâcha Formica.

Pétrifié, Abel grinça entre ses dents.

— Et voilà. Démarre. Démarre, bordel de merde. On se casse !

Mais le pirate n'en fit rien. La femme traversait la rue en direction du véhicule. Abel ouvrit la boîte à gants et fit semblant de fouiller à l'intérieur. Mais il ne trouva rien qui puisse lui donner une contenance. Elle était vide, aussi vide que son cœur était sec. Il se redressa lentement et dévisagea Dolorès. Cette dernière demanda :

— Vous cherchez quelque chose, messieurs ?

Formica improvisa :

— Ben... En fait, pour tout vous dire, on est un peu paumés. On cherchait le chemin... du cimetière... Mais... finalement c'est OK.

La physionomie de Dolorès changea alors du tout au tout, comme si le mot cimetière venait de réveiller en elle de vieux démons tapis dans sa chair, planqués loin derrière les oripeaux du temps et du chagrin. Ses yeux, à présent, fixaient Abel intensément, deux silex gris, durs et froids. Une tension effroyable s'installait dans le périmètre du véhicule. D'une voix blanche, terrible, elle asséna :

— Il aura mis le temps pour le trouver ce chemin... Maintenant que vous y êtes, vous pourrez dire à votre ami que j'ai toujours sa guitare. Et que son fils... Deavid... a longtemps joué avec, avant... de prendre le chemin du cimetière lui aussi, pour définitivement s'y reposer. Vous lui direz aussi que j'espère qu'il a réalisé tous ses rêves. Parce que si ce n'était pas le cas... Alors, tout ça n'aurait été qu'un immense gâchis, une farce immonde, un désastre. Vous lui direz bien tout ça, n'est-ce pas ?

Le gamin, le nez en l'air, demanda à Dolorès.

— Mamie, moi aussi je pourrai jouer avec la guitare à papa ?

Dolorès ne répondit pas. Elle serra la main de l'enfant et l'entraîna loin de la zone de turbulence. Le gamin se retourna plusieurs fois vers le Dodge en piaillant.

— Mamie ! Arrête, tu me fais mal ! Mamie, pourquoi tu pleures ? Si, tu pleures ! Ils sont méchants les messieurs dans le camion jaune ?

Un silence de mort planait dans l'habitacle du *Dodge*. L'estomac troué, Abel regardait les silhouettes de Dolorès et du gosse s'éloigner. Formica sortit son paquet de *Camel* et lui tendit une sèche.

— Je suis vraiment désolé mon pote. Je savais pas tout ça.

Abel, anéanti, lui répondit d'une voix brisée.

—... Moi non plus...

Et comme les vivants survivent aux morts, au-delà de toutes les plus grandes tragédies, le portable d'Abel sonna. Devant son inertie, Formica lui suggéra de répondre.

— N'oublie pas qu'on monte le concert du siècle, un coup de fil peut avoir son importance.

Le manager murmura dans l'appareil d'une voix aphone.

— J'écoute...

Son visage blafard se décomposa un peu plus. Le pirate, qui l'observait, s'attendait à une nouvelle catastrophe. Abel articula avec difficulté.

—... Non... c'est impossible. Arrêtez. Je n'y crois pas...

Il paraissait tellement bouleversé que Formica imagina le pire. Le fils d'Abel, son petit-fils, la grand-mère Dolorès, venaient tous d'être fauchés par un train de marchandise dont les freins avaient lâché. Mais ça ne tenait pas. Le fils avait déjà pris ses marques au cimetière et l'on devinait encore au loin, sur la route, Dolorès et le cartable rouge du gamin. Abel, accroché comme un noyé à son portable, passait par toutes les formes d'expression, du rire aux larmes, de la divine surprise à la béatitude la plus idiote. Il balbutiait.

— C'est dingue, complètement dingue... C'est pas possible. Bien sûr, comme tu veux... Ce que tu voudras... D'accord, on fait comme ça... Oui... D'accord. Oui, à bientôt, à très bientôt... Moi aussi...

Abel fixait son téléphone posé au creux de sa main, comme une amulette magique, une statuette de sel, dont dépendait l'avenir de son existence. Il n'arrivait pas à appuyer sur le rouge, comme si le fait de laisser la ligne ouverte empêchait de briser le fil ténu qui le reliait à...

— C'était au moins Dieu ? demanda Formica.

D'une voix proche de la rupture, Abel répondit.

— Dieu n'existe pas.

— C'est ce que je pense aussi. Alors, c'était Satan.

— Non, le mal existe assurément, mais ce n'était pas le mal, juste un fantôme.

— Je ne crois pas aux fantômes.

— J'espère juste que ce n'était pas un canular.

— Attends, à voir ta tronche, laisse-moi deviner. Pour que ça te mette ainsi les couilles à l'envers... Non... Ne me dit pas que c'était... Patchwork ?

Devant le silence du manager, le joueur de poker s'enflamma.

— Putain ! C'est pas vrai. Ce fils de pute de punk est revenu parmi les vivants ? Mais pourquoi maintenant ? J'ai compris. L'enfoiré ! Pour nous piquer l'idée du concert. C'est ça ! Mais je le laisserai pas faire cette petite pédale de gratteux de mes deux. Je vais te le renvoyer chez les noyés, ce crevard à trois balles ! Une dans le fion, une dans l'œil et la troisième... dans l'autre œil ! Saloperie d'opportuniste !

Abel, perdu dans ses pensées, revint enfin à la surface. Il regarda bizarrement Formica.

— Patchwork ? Mais de quoi tu parles ? C'était Candie... Candie Brown, l'amour de ma vie ! Elle n'est pas morte, comme je l'ai cru pendant un quart de siècle.

35

Le train s'arrêta à Tocoloco, une gare oubliée entre Paris et Reno. Candie fut la seule à descendre pour fouler le quai désert. La chaleur était accablante, un ciel rose était suspendu au-dessus de milliers d'hectares de maïs. Sur la façade du bâtiment une inscription à la peinture blanche annonçait de façon péremptoire que le chef de gare était cocu. Un taxi stationnait sur le parking, une antique *Simca Beaulieu*, le seul spécimen que devaient compter les États-Unis d'Amérique, une bagnole venue d'ailleurs à l'image du cabriolet *403 Peugeot* du lieutenant Columbo. Candie s'approcha de la guimbarde qui brillait de tous ses chromes.

— Bonjour. Vous êtes un vrai taxi ?

Le chauffeur, petit et malingre, adossé à sa caisse, toisa la photographe par en dessous.

— Et toi, une vraie conne ?

Candie fit rapidement le tour de la situation, il n'y avait pas trente mille solutions. Soit, elle envoyait son genou dans les joyeuses du vieux croûton, ce qu'elle aurait déjà fait si elle avait choisi cette option. Soit elle prenait sur elle, vu que le train était déjà loin et qu'il n'y avait plus que ce tacot pour la rapatrier loin de ces terres inhospitalières qui n'apparaissaient nulle part sur les cartes.

— OK, ma question était idiote. C'est curieux, ce coin perdu avec votre antiquité, ça me fait penser au film *Prime Cut*.

Le nabot, qui n'allait pas au cinéma, observait l'aventurière comme une espèce rare échappée d'un cirque.

— Bon, tu grimpes la greluche ? J'ai pas la journée.

— Vous m'attendiez ?

— Un type a payé ta course au prix fort, sinon je serais jamais venu dans ce bled de merde. Plus personne se pointe ici depuis le massacre.

— Quel massacre ?

— Le chef de gare. Y a une trentaine d'années, un dimanche, il a invité pour un barbecue tous les mecs qui avaient niqué sa femme, c'étaient tous des copains. Quand ils ont fini de bouffer, il leur a demandé de s'aligner pour prendre une photo souvenir. Et là, il a débâché son fusil-mitrailleur et les a tous descendus. Ensuite, il a sauté sa femme avant de lui faire sauter le caisson et puis il a tapé une bonne sieste. Les jurés lui ont trouvé des circonstances atténuantes. Comme c'était un vétéran du Vietnam, décoré de la *Silver Star*, qu'avait pressé pas mal de citrons, il s'est pris que dix ans avec une remise de peine de cinq piges. Fallait pas faire chier le chef de gare. J'suis sûr que pour venir te paumer jusqu'ici, c'est un plan cul.

Candie piqua un fard. Plus surprise que choquée, elle répliqua.

— Qu'est-ce que ça peut vous foutre, vieux salopard !

— Bonne réponse. J'aime les truies qui ont du caractère. Pas de bagages, c'est bien ce que je pensais, un plan cul. Allez, assez jacassé, en voiture.

Candie, perturbée, observait les alentours, cherchant désespérément une autre solution qui, bien sûr, ne se présenta pas. La perspective de voyager avec ce malade l'ulcérait littéralement, mais elle n'avait vraiment pas le choix.

— Putain ! Tu montes ou je te plante là.

La photographe ne se le fit pas répéter deux fois et s'engouffra à l'arrière de la *Beaulieu* équipée d'un moteur V8 à soupapes latérales. La chignole démarra sèchement. Après trois quarts d'heure de trajet à travers des étendues céréalières qui n'en finissaient pas, le taxi s'arrêta enfin devant un immense hangar surplombé par de hauts réservoirs.

— Terminus ! lança le grincheux qui n'avait pas desserré ses ratiches pourries pendant toute la course.

Candie observa le hangar et ses alentours.

— On est où, là ? Ce n'est même pas une ville. Comment vais-je faire pour rentrer ? Ramenez-moi vers la civilisation, je paierai ma course.

— C'est la halle aux grains, elle est désaffectée. Le type qu'a payé ton voyage m'a dit de te jeter là, alors je te jette là. Allez, gicle !

La photographe comprit qu'il ne servirait à rien d'insister. Perplexe, elle descendit du tacot et se dirigea lentement vers le bâtiment. Elle sentit le regard pesant du nabot sur sa chute de reins. Elle se retourna.

— Qu'est-ce que tu mates, le cocu ?

Le visage de l'ancien chef de gare se décomposa.

—... Hein ? Salope ! Espèce de... petite salope !

Et la *Beaulieu* démarra dans un nuage de benzine en direction de la gare de Tocoloco, le bled oublié des cartes. Candie s'immobilisa devant le hangar. Plusieurs semi-remorques stationnaient, des véhicules élévateurs *Manitou* et autres utilitaires. Un nuage chargé de poussières de céréale stagnait en suspend dans l'atmosphère. À l'intérieur du hangar des bruits sourds ponctués d'éclats de voix trahissaient la présence d'un vaste chantier. Candie entra dans le corps principal du bâtiment aux volumes impressionnants. Sa surprise fut à la mesure du travail entrepris. La halle ressemblait à un plateau de cinéma. L'immense salle de concert, avec sa décoration rococo, rappelait les cabarets de la vieille Europe au siècle dernier. Le bar, en phase d'assemblage, était aussi long qu'une piscine olympique. Véritable ruche, les ouvriers s'affairaient sans se ménager. L'équipe de déco peignait des fresques sur d'immenses panneaux, tandis que des éclairagistes équipés de cordes de rappel jouaient les funambules pour fixer leurs gamelles sur l'imposante charpente métallique. Au milieu du chantier, Jess Tardy, dans un costume beurre frais, arpentait la salle en lançant ses directives aux différents régisseurs. Assise à l'écart sur un flight case, Claire, en minijupe imprimée panthère, vidait consciencieusement un verre de vodka. Candie se dirigea droit sur le producteur. Les choses avaient été très vite. Cinq mois à peine s'étaient écoulés depuis leur première rencontre à Polar. Tardy, l'œil électrique, l'interpella.

— Alors l'aventurière ? Qu'est-ce que t'en dis ? J'ai suivi tes plans à la lettre. J'espère que ça conviendra à cet emmerdeur d'Abel, parce que l'ardoise commence à être salée.

La photographe lui répondit sur un ton cassant.

— Arrête de geindre Tardy. Rien que sur la billetterie, tu vas multiplier ta mise par dix. Et je ne compte pas le DVD et tous les droits dérivés.

Claire les rejoignit en vacillant sur ses escarpins.

— Tu ne crois pas que c'est un peu normal, chérie ? C'est tout de même Jess qui avance la trésorerie.

Candie fusilla du regard la maîtresse de l'ancien gouverneur du Texas.

— On t'a rien demandé Claire. Contente-toi de faire ce que tu fais le mieux...

Elle se mordit la lèvre aussitôt, regrettant ses mots. Elle refusait de tomber dans ce jeu malsain dans lequel

Tardy incitait ses collaborateurs à entrer. Et puis, elle ne détestait pas assez Claire pour vouloir la blesser. Cette dernière se cabra.

— Ça veut dire quoi cocotte ? Tu penses que tu vaux mieux que moi ?

— Laisse tomber Claire, ce n'est pas après toi que j'en ai.

Tardy s'empressa d'ajouter son grain de sel.

— Vous n'allez pas vous chamailler, les filles. Je croyais que vous étiez de très bonnes copines.

Candie avait du mal à canaliser la haine qu'elle ressentait pour cet homme sans foi, ni loi.

— Tardy, j'apprécierais, à l'avenir, que tu t'adresses à moi autrement que si j'étais l'une de tes poufiasses. Si tu es venu me chercher dans le désert, c'est pour un job que je suis la seule à pouvoir fournir. Alors, je te demande de respecter autant ma personne que mon travail.

Le producteur, le visage empourpré, se tourna vers Claire.

— Va me chercher la sacoche.

Sa maîtresse s'éloigna, titubant sur ses hauts talons comme un échassier blessé. Tardy reprit à l'encontre de Candie.

— Ton copain a eu une idée fantastique avec ce groupe virtuel. Je sais qu'il l'a mauvaise, mais la meilleure idée du monde, sans moyens, reste une idée morte. Il fallait une logistique sans faille pour concrétiser cette supercherie géniale. Il ne veut rien entendre, alors tant pis pour sa gueule. La machine est lancée et ce n'est pas ce loser qui m'empêchera d'aller jusqu'au bout. Ton job est de le persuader de collaborer, lui rappeler que la salle, la logistique, la com et tout le toutim sont à ma charge. À l'arrivée, il n'aura plus qu'à empocher son chèque. Tout ça, sans bouger son cul, contre une simple signature au bas d'un contrat.

La photographe afficha un rictus de dégoût.

— Sans bouger son cul ?! Comment oses-tu, salopard ! Tu sais mieux que personne que c'est Abel qui t'a amené cette affaire sur un plateau, du concept jusqu'à la réalisation. Ce que tu as fait est la seule chose que tu saches faire, payer les factures ! Et c'est lui le loser ? Alors que tu n'as pas une once d'imagination Tardy. Et parlons-en de ce contrat, avec cette clause merdique !

Le producteur, blessé dans son orgueil, explosa en la menaçant du doigt.

— Je te conseille de fermer ta grande gueule Candie Brown. N'oublie pas que tu es en sursis, que je tiens ta misérable petite existence entre mes mains et qu'il suffit...

Il se reprit, conscient que son comportement était contre-productif. Haletant, il demanda nerveusement.

— Et putain, qu'a-t-elle de si merdique cette clause ? Elle stipule juste qu'Abel Rok accepte de participer au remake de ta photo culte. Et alors, où est le problème ? Je ne lui demande pas d'enculer un âne ! C'est tout de même bien rémunéré pour se faire juste tirer le portrait.

— Tu es à vomir Tardy.

Le producteur ne releva pas. Cela ne servait à rien de perdre plus d'énergie dans ces joutes stériles. Il fit un signe à sa maîtresse. Claire s'approcha avec une serviette en cuir dont elle sortit un document en trois exemplaires. Tardy tendit les contrats à la photographe.

— Il te reste plus qu'une semaine pour le convaincre, pas un jour de plus. Si tu te plantes, je te balance pour le meurtre du marshal Andrew Maxel Broodecker.

Et en prime, tes galipettes avec l'Indien circuleront sur le web. À ce propos, j'ai appris que ton copain l'Apache s'était fait descendre par le shérif Booble. Ce qui donne une sacrée plus-value à votre film de cul.

Candie déglutit. Devant de telles ignominies, elle était désarmée. Sonnée, elle ne lui opposa que son humanité et ses yeux pour pleurer.

36

Le motel se détachait en ombre chinoise en bordure d'un champ de maïs. Abel immobilisa le *Dodge* jaune devant l'accueil. Tout semblait désert, seule une *Mini Cooper* noire mate était garée sur le parking. Il poussa la porte du cabanon. Cela faisait quatre mois maintenant que Candie s'était manifestée au téléphone. Depuis, plus rien. Le manager avait pris son mal en patience, avant de décider que c'était une très, très, mauvaise blague et que s'il chopait l'instigateur de cette fausse nouvelle, il lui casserait les dents méthodiquement une par une. Comment avait-il pu se laisser abuser ? Personne n'était mieux placé que lui, au moment où Candie s'était effondrée dans la rivière, une balle entre les deux seins... Elle était morte, à quoi servait-il de s'accrocher à l'impossible ? Et puis, ce coup de fil dans la nuit, ce timbre de voix unique, cet espoir insensé. Elle lui avait demandé de la rejoindre au *Town House Motel* qui surplombait l'ancienne halle aux grains où était prévu le concert d'*Exotic Lizard*. Le motel semblait à l'abandon, il n'y avait personne derrière le comptoir et le tableau était vide. Seule une clef pendait. Abel la décrocha et se dirigea vers le bungalow correspondant. La porte était ouverte, la télé marchait sans le son. Plongée dans la pénombre, la chambre était restée dans son jus des années soixante. Le soleil tapait derrière les rideaux tirés orange. Sur le lit, une femme aux cheveux blonds cendrés était adossée au mur. Vêtue d'un ensemble en daim, elle fixait Abel derrière ses lunettes de soleil. L'ancien chanteur sentit une pointe sèche s'enfoncer dans son thorax. Il s'approcha doucement, appréhendant l'instant où le fantôme se dévoilerait autre que celle qu'il était venu retrouver. Ils se regardaient, hésitants. Vingt-cinq ans de silence, l'équilibre était fragile. Un mot à côté, une mauvaise interprétation et tout pouvait partir en fumée. Candie alluma une cigarette. Elle avait une envie folle de se coller à Abel, de le serrer dans ses bras, mais l'émotion l'en empêchait. La solitude du désert l'avait endurcie, inhibant le moindre désir d'épanchement. Pour Abel, c'était différent, il ne croyait pas encore totalement à ce qu'il voyait. Il attendait une explication et elle était la seule en mesure de la lui fournir. Il sentit qu'elle n'arriverait pas à faire le premier pas. Il l'avait connue plus entreprenante, mais c'était il y a longtemps. Ses yeux se posèrent sur le *Leïca*, sur la table de nuit.

— La photo, toujours.

— Je n'ai jamais arrêté. C'est ce qui m'a sauvé.

Sa voix chevrotait. Agacée par sa piètre prestation, elle retira ses lunettes fumées. Ses yeux brillaient, une tension extrême circulait dans ses muscles et ses veines.

— Qu'est-ce qui s'est passé Candie ? Où tu étais pendant toutes ces années ? Pourquoi tu ne m'as jamais contacté ?

Trop de questions, mais comment faire autrement ? La photographe essaya de gagner du temps.

— Je t'expliquerai.

Abel faillit exploser. Un quart de siècle sans faire son deuil et il devait encore attendre. Il ferma les yeux.

— Candie, tu es morte il y a vingt-cinq ans. Je veux savoir. J'ai le droit de savoir.

Et puis, une mauvaise pensée lui traversa l'esprit.

— Ne me dis pas que tu es revenue pour le concert d'*Exotic Lizard*.

—... C’est plus compliqué que ça.

La mauvaise pensée faisait son chemin. Plus compliqué que ça, cela entendait qu’il y avait un lien. Abel serra les dents.

— Tu crois que je peux me contenter de ça ? Tu es revenue pour avoir l’exclusivité des photos du concert ?!

Elle rechaussa ses lunettes.

— Ne crie pas, s’il te plaît.

Et elle s’enfonça dans un mutisme qui finit de plomber l’atmosphère. Abel regrettait d’être venu. Candie écrasa son mégot dans un cendrier en plastique vert pistache, marqué par d’innombrables brûlures jaunâtres, avant de lâcher :

— C’est Tardy qui est venu me chercher dans le désert.

— Le désert ? On te disait morte. Je t’ai vue morte dans une rivière.

— Je le pensais aussi. Quand je me suis réveillée, j’étais dans une chambre... une clinique privée... J’étais entubée. J’ai cru dormir des années.

— Et ensuite ?

— J’ai besoin de temps Abel.

Il ne supportait plus d’attendre, mais il consentit à laisser le passé remonter au rythme que Candie entendait. Elle se redressa doucement et s’assit en bordure du lit, les yeux fixés au sol. Elle voulut se lever mais sentit que ses jambes allaient se dérober. Abel la rejoignit et posa sa main sur la cuisse gainée de daim. Candie associa ce geste à celui du shérif Booble dans la vieille *Mercury*. Elle se contracta. Abel retira sa main.

— Non ! Reviens.

Il reposa sa main sur le daim. Au bord des larmes, elle murmura.

— C'est tellement dur.

— Maintenant, tu dois me dire Candie, m'expliquer. Tu comprends ?

La photographe relâcha quelque peu les muscles de ses cuisses et respira fort, comme si elle manquait d'air.

— Oui, je vais tout te raconter.

Et elle relata son histoire, sans omettre le moindre détail, depuis son exécution dans la rivière jusqu'à son réveil dans une clinique clandestine. Le personnel qui portait des masques de catcheur mexicain. Les transfusions de sang régulières, les trafics d'organes... Puis, l'incroyable succès de la photo qui lui sauva la vie, lui rendant la liberté. Ensuite, les longues années d'errance et de reportages photo sous différents pseudonymes, jusqu'à l'agression du marshal Andrew Maxel Broodecker. Pour finir, le chantage à la chaise électrique de Jess Tardy.

— Mais pourquoi ne pas avoir dénoncé ce trafic ? Tu en avais le pouvoir, tu étais célèbre.

— La peur. J'étais rongée par la peur.

Et Candie s'effondra dans les bras d'Abel, laissant pisser ses larmes pleines de sable qu'elle retenait depuis Polar.

37

L'enseigne représentait une *Chevrolet Bel-Air* 1954. Malgré la peinture écaillée, on pouvait encore lire : *Auto Vintage – Vente et Location pour films et mariages*. Candie cala le moteur de la Mini et, souriante, regarda Abel. Ils venaient de passer deux jours au *Town House Motel* à faire semblant de rattraper ce qui était définitivement perdu. Ils traversèrent le parc automobile à ciel ouvert où une centaine de véhicules de toutes marques rouillaient aux quatre vents. Abel poussa la porte du bureau en contreplaqué. Derrière le comptoir, un homme sans âge, avachi dans un fauteuil en skaï, lisait un journal de sport automobile. Sans lever le nez, il lança.

— Si c'est pour l'*Impalla*, elle est pas là.

Humour désuet, plaisir de jouer avec les mots, Abel ne se posa pas longtemps la question. Il observait le bureau qui sentait l'huile de moteur et l'oubli. Les cloisons étaient couvertes de photos prises sur différents rallyes. Une étagère supportait quelques coupes poussiéreuses.

— On vient pour le corbillard.

L'homme délaissa son canard.

— C'est vous qui avez téléphoné hier ?

Abel acquiesça du chef. Le tôlier se leva et décrocha un trousseau suspendu à un clou. Un crucifix pendait à l'anneau du porte-clefs. Puis, il poussa la porte qui communiquait avec l'atelier. Il boitait.

— C'est bien une *Oldsmobile*, on est d'accord ? fit Abel.

— Sûr que c'est une *Oldsmobile* et surtout un vrai corbillard, pas un camping-car. Si c'est pour un voyage de noces, c'est le panard.

L'atelier de mécanique semblait ne plus tourner depuis des années. Le sol huileux était jonché d'outils abandonnés et la fosse à vidange remplie de canettes de bière vides. Sur le pont, une *Dodge Viper*, le capot ouvert, attendait désespérément qu'on la redescende sur le plancher des vaches. Candie, les sens en éveil, observait en faisant attention de ne pas tacher son pantalon en daim. Abel demanda.

— Vous êtes encore en activité ?

— Ouais, mais je le prends cool depuis que le mécano s'est barré avec ma femme. Je l'ai jamais remplacé.

— Le mécano ou votre femme ?

Le vendeur de bagnoles anciennes ne releva pas. Il poussa un lourd portail monté sur rail qui donnait sur une cour jonchée de pièces de moteurs. Au milieu de quelques épaves désossées trônait un long break noir partiellement couvert. Le garagiste débâcha le véhicule.

— Voilà la bête. Mais faut le voir lustré, la peinture est d'origine, pas un pète. Ils savaient faire à l'époque.

À la vue de l'*Oldsmobile*, le cœur d'Abel se serra. Candie ressentit la même émotion. Le corbillard venait de les projeter vingt-cinq ans en arrière, un saut violent sans assurance de retour.

— C'est fou... murmura la photographe.

Elle sortit un *Kleenex* et essuya la poussière sur la lunette arrière. Les mains en œillères, elle observa l'intérieur du véhicule. Abel se tourna vers le vendeur.

— Ça fait combien de temps qu'il n'a pas roulé ?

— Oh là ! Son dernier voyage doit remonter à l'enterrement d'Elvis.

Abel ne put s'empêcher de sourire.

— Hé, j'ai pas dit qu'il avait transporté la dépouille du King. Sinon, ça fait longtemps que je l'aurai vendu à un milliardaire japonais. Mais ce qui est sûr, c'est que je l'ai récupéré l'année où Elvis a arrêté de faire du gras.

— Vous êtes en train de me dire qu'il n'a pas roulé depuis 1977 ?

— Tu rigoles. Y a un an, je m'en servais encore pour aller chercher des pièces. Je fais tourner le moteur régulièrement. Il est super pratique comme utilitaire mais il faisait peur aux clients, alors j'ai arrêté de l'utiliser. J'ai l'impression de l'avoir toujours connu ce corbeau, ça fait tellement longtemps qu'il est là. La vérité, si je m'en suis pas débarrassé, c'est parce que je suis un peu superstitieux.

— Vous l'avez récupéré où ?

— Vous êtes venu pour louer mon corbillard, ou pour jouer aux gendarmes et aux voleurs ?

Candie prit le relais.

— C'est juste de la curiosité. Ne vous inquiétez pas, on va le prendre. Seulement, c'est pour un film, une reconstitution historique, et l'accessoiriste est très pointilleux sur les détails et les époques. C'est pour ça qu'on vous pose toutes ces questions.

Le garagiste se gratta la tête.

— L'année où je l'ai acheté, c'est facile, elle est sur la carte grise. C'était une compagnie de pompes funèbres qui changeait ses modèles, ils consommaient trop. Mais... attendez... un film, vous dites ? Y a un truc qui me revient. Ouais, c'est ça, je crois que la dernière fois où il a servi, c'était pour l'enterrement d'un acteur...

Non, pas un acteur… un musicien ! Ouais c'est ça, un type qui faisait du Rock'n'roll. C'est pour ça que j'ai pensé à Elvis. À l'époque ça avait fait du chambard, ils en avaient même parlé à la télé. Je me rappelle maintenant, son corps avait été volé pendant son enterrement. Une histoire de règlement de comptes entre gangs, un truc comme ça. Si ça vous intéresse pour votre film, j'ai même gardé le cercueil. Il était dedans quand j'ai récupéré le corbillard, y a encore des scellés dessus. J'ai jamais osé l'ouvrir, toujours cette satanée superstition.

Candie alluma une cigarette pour masquer son trouble. Abel frissonna, avant de lancer sur un ton qu'il aurait voulu plus naturel.

— Pourquoi pas ? Ça fera plus réaliste. Le moteur tourne ou l'on doit prévoir un plateau pour l'embarquer ?

— Tu parles qu'il tourne, un V8 en ligne, une vraie horloge. Ce tacot, il peut encore faire trois fois le tour du monde. Son moulin est increvable, juste un peu gourmand, il fait du 30 gallons au cent. Je vais vérifier les niveaux et les durites. Et puis je passerai un coup de jet, histoire qu'il soit plus présentable. Laissez-moi deux heures, le temps que je le prépare. Mais d'abord, on va passer au bureau pour la paperasse. Je vous préviens, je veux pas de chèque et je suis pas équipé pour les cartes de crédit. Ici, on règle tout en cash, ça évite les mauvaises surprises.

Et le trio traversa à nouveau l'atelier dans l'autre sens. Une odeur de benzine et d'huile de vidange usagée flattait les narines. Le garagiste passa derrière son comptoir et remplit un formulaire.

— Voilà le contrat de location, les clefs et la carte grise. Vous me laissez 3 000 balles en espèces pour le dépôt de garantie.

Candie se raidit.

— Garantie pour qui ? J'ai pas envie de m'asseoir sur 3 000 dollars. Je ne suis même pas sûre que vous n'aurez pas plié votre affaire quand on ramènera votre tacot. Je vous donne 2 000 en chèque et 500 en liquide.

— Hein ?! T'as vu ça jouer où la laitue ? Dans ta cuisine équipée, c'est peut-être toi qui porte la culotte, mais dans ma cambuse c'est moi qui dicte les règles. Et dans ma turne, les filles ne portent pas de culotte ! Ha ! Qu'est-ce t'en dis ?

— J'en dis que tes règles n'ont pas empêché ton mécano de se faire la belle avec ta femme. Si tu ne veux pas perdre tes derniers clients, change de règles. C'est à prendre ou à laisser, fit Abel.

Le garagiste, furax, jaugea le couple. Puis, prenant conscience qu'il n'avait absolument pas le choix, il pesta.

— Ben merde, vous êtes durs en affaire. Bon, ça marche. Vous me payez que la location, le chèque de caution je m'en tape. Par contre, je prends un bonus de 500 pour le cercueil. Normalement, j'ai pas le droit de louer ce genre d'accessoire. Surtout que là c'est une pièce à conviction. Elle est encore sous scellés, je risque gros. Et ça, c'est pas négociable. Je veux 1000 balles tout de suite en cash.

— OK, fit Abel, mais avant on veut voir le cercueil.

Le garagiste les entraîna dans une remise. Un cercueil au vernis craquelé était posé à même le sol.

— Il a juste un peu pris l'eau, mais il est encore bien conservé.

Candie et Abel s'approchèrent, fascinés. Le doute n'était pas permis, c'était bien le cercueil de Patchwork avec ses poignées en argent et ses cachets de cire. Les jambes comme du coton, Candie préleva 500 $ de l'enveloppe que Jess Tardy lui avait allouée pour ses frais et les tendit au garagiste.

— Vous aurez les 500 dollars qui restent quand la voiture sera prête. On repasse dans deux heures.

38

L'*Oldsmobile* glissait sur l'autoroute comme un gros cafard. Le manager d'*Exotic Lizard* et l'ex-photographe vedette n'avaient pas échangé un mot depuis qu'ils avaient quitté *Auto Vintage*. Une atmosphère particulière régnait dans le corbillard, comme si l'on venait de recoller le film de leur existence après une interruption d'une vingtaine d'années. Abel conduisait pied au plancher, jetant des regards inquiets dans le rétroviseur. La tension montait imperceptiblement à chaque kilomètre parcouru. Il murmura presque.

— Une *Lamborghini* nous colle au cul depuis qu'on est sur l'autoroute.

Candie se retourna.

— Tu peux aller plus vite ?

— Je suis à fond. De toute façon, on ne peut pas rivaliser avec ce genre de bolide. Ils sont combien ?

— Deux, il me semble... Mais...

Elle s'arrêta, un trémolo dans la voix.

— Mais ?

— Ils portent des masques de catcheur mexicain.

— Alors, je vais devoir improviser.

Et Abel accompagna sa phrase d'un méchant coup de volant sur sa droite. L'*Oldsmobile*, qui se trouvait sur la voie centrale, coupa la route d'un semi-remorque. Surpris, ce dernier actionna sa sirène de brume. Le corbillard continua sa trajectoire en mordant le terre-plein, évitant de justesse le rail de sécurité. Plusieurs voitures freinèrent en catastrophe. L'*Oldsmobile* s'engagea sur la bretelle de sortie, projetant des mottes de terre.

En contrebas, la *Lamborghini* freina sèchement sur la bande d'arrêt d'urgence avant de s'immobiliser. Candie, tétanisée, s'emporta.

— Mais ça va pas ?! T'es pas un peu dingue ! Tu as failli nous tuer ! On aurait pu être pulvérisés. Sans parler du corbillard... Si tu l'abîmes, comment je fais pour la photo ? Tu sais pourtant ce que je risque si je ne lui fais pas cette saloperie de photo !

Abel se mêla au trafic, répondant avec une certaine distance.

— Tu n'es pas la seule Candie, les risques sont partagés.

— Excuse-moi... Je suis à cran et je ne pense qu'à moi. Toi aussi il te tient ?

— Non, mais je pense que ma mort l'arrangerait. Depuis que Formica a annoncé sur le net un concert éminent d'*Exotic Lizard,* les emmerdes n'arrêtent pas.

— Des intimidations ?

— Le local de répétition du groupe a été saccagé, une partie du matos de sonorisation que j'ai loué est bloqué en douane et l'équipe de road prévue pour le concert vient de me lâcher. Forcément, avec un ticket moyen à 500 $, les droits TV, le DVD et le vinyle collector, ça attise les convoitises.

— Tu penses que Tardy irait jusqu'à t'éliminer ?

— Je tiens la corde et il ne lâchera rien. Au départ, nous étions tous les deux sur le coup. Je devais m'occuper de l'artistique et lui de la production. Mais dès le début cet enfoiré m'a roulé dans la farine. Maintenant *qu'Exotic Lizard* existe physiquement, il s'accroche à ce concert comme un morbaque. Il a investi des milliers de dollars dans cette affaire, la transformation de la halle à grains, la logistique, la com. Je suis le seul obstacle.

Candie regardait la route défiler. Abel n'en rajoutait pas. Qui, mieux qu'elle, savait de quoi était capable Tardy, afin d'arriver à ses fins. Pour autant, elle continuait de s'interroger sur les véritables motivations de l'homme d'affaires.

— Je ne comprends pas ce qu'il cherche vraiment. Il a du fric à ne savoir qu'en faire. Ce que pourrait lui rapporter ce concert est peu de chose par rapport à son pétrole, sa chaîne de télé et toutes ses activités de production. J'étais persuadée que le plus important pour lui c'était son bouquin. Et dans ce cas, ta présence sur la photo de la couverture s'impose. S'il t'élimine, ça ne fonctionne plus.

Abel, qui regrettait de plus en plus d'avoir accepté cette séance photo, ne se posait pas ce genre de question.

— Ce mec navigue à vue, il fonctionne au feeling. Je pense qu'il a mis de côté son projet de bouquin pour mieux se concentrer sur le concert.

— Et d'après toi, les filles d'*Exotic Lizard* seront à la hauteur de l'événement ?

— Je crois. Avec Formica, on a réussi un exploit en débauchant ces cinq nanas ; grâce aux dollars alignés par Tardy, je te l'accorde. Elles jouaient toutes dans les formations les plus novatrices du circuit. Mais devant les liasses de biftons, elles n'ont pas tergiversé longtemps avant de plaquer leurs groupes respectifs. Ces filles ont réellement du talent et, malgré leurs quarante-cinq balais, possèdent les formes requises pour retourner un public masculin.

Candie ne releva pas. Son combat féministe lui avait joué suffisamment de tours dans le passé. La priorité du moment était de sauver son cul.

— Et le concert est programmé pour quand ?

Elle avait posé la question presque avec candeur. Abel mentit sans sourciller.

— Ce soir.

—... ?! Ce soir ? C'est pas vrai... Et ça se passe où ? Puisque tu as refusé l'ancienne halle aux grains, un lieu que je trouve extra, par ailleurs.

La réaction de la photographe pouvait être sujette à diverses interprétations. Mais Abel refusa de se demander jusqu'où allait l'implication de Candie avec Tardy. Il n'aurait pas supporté la vérité.

— Formica passera l'info au dernier moment sur la toile, comme pour les raves à la grande époque. Le public est au parfum, il attend juste qu'on le rencarde. Mais il faut savoir qu'il n'y aura aucune trace officielle de ce concert, les photos et les films seront interdits. La consigne sera affichée à l'entrée et ceux qui passeront outre se feront confisquer leur matos par *Altamont*, un gang de graisseux d'Odessa que j'ai engagé pour assurer le service d'ordre. Eux, on ne peut pas les soudoyer, ils se payent en partie sur leurs prises de guerre, ce qui garantit une certaine efficacité. Bien sûr, des pirates réussiront à passer entre les mailles, ce qui est de bonne guerre et souhaitable pour la crédibilité de l'entreprise. Ils prendront quelques photos pourries, des bribes de vidéo avec leurs téléphones portables, juste de quoi alimenter la légende et continuer à faire vivre le mythe du groupe. Ce sera un concert à l'image de ce que j'ai toujours défendu, la contre-culture, la vraie, celle qui ne rentrera jamais dans le moule et dont le carburant reste le plaisir et la défonce. Le prix des places sera abordable, de quoi équilibrer les comptes et me faire une petite pelote pour voir venir.

Le manager laissa passer un silence avant de reprendre.

— Cette histoire n'appartient qu'à moi Candie. Je ne laisserai personne me déposséder.

La photographe alluma un stick d'herbe pour calmer ses nerfs. Son portable vibra. Elle ne prit aucune précaution pour répondre, elle venait de comprendre que les jeux étaient faits depuis longtemps.

— Allô ! J'en sais rien, il ne m'a encore rien dit. Ce soir, il semblerait. Non, je ne déconne pas. Effectivement, cela me paraît peu réaliste. Du bluff, peut-être, mais va savoir, ce sont des pirates. Je n'en sais pas plus, le lieu sera divulgué au dernier moment. C'est comme ça, que veux-tu que je te dise Claire ? À part peut-être que, maintenant, j'en ai strictement plus rien à foutre. OK, bonne chance cocotte.

Abel fixait la route. Aucun signe n'aurait pu traduire à cet instant la nature de ses sentiments. Le corbillard roulait à travers champs. À la sortie d'un village, la photographe cria.

— Abel, arrête-toi !

L'*Oldsmobile* ralentit avant de stopper devant un lavoir à moitié en ruine.

— Tu te souviens ?

L'ancien chanteur des *Maîtres Nageurs* retrouva la parole et le sens des mots.

— Tu veux parler des générations de femmes qui se sont brisé les reins, penchées sur ces paillasses ?

— Non, ce que tu me faisais, toi, quand je me penchais pour compter les têtards au fond du bassin.

Abel s'en souvenait comme si c'était hier, sa madeleine au goût de beurre salé. Comment oublier les seuls moments heureux de son adolescence...

— Viens, je veux prendre quelques photos.

Le rocker la suivit sous la charpente écroulée du lavoir. Des tuiles brisées jonchaient le sol. Sur les murs en torchis, des graffitis et des tags représentaient des bites, des croix gammées et des noms de rappeurs. La photographe shootait avec frénésie les ravages du temps.

— Ça sert à quoi de photographier tout ça ? demanda-t-il.

— Autopsie d'une idée du bonheur.

Abel remua la tête. À cet instant, il lui aurait bien envoyé une giclée de têtards dans le ventre. Mais Candie, comme la plupart des filles qu'il avait aimées, avait plus la tête à faire des phrases qu'à se faire sauter.

39

Une moto de marque italienne, penchée sur sa béquille, stationnait sur le pont. Assis, les pieds dans le vide, Jess Tardy fixait l'eau. En entendant le V8, il se tourna vers le véhicule mortuaire.

— Je ne vous attendais plus.

La photographe, qui ressentait la pire des répulsions pour cet homme, songea que ce serait si simple de le pousser par-dessus le parapet. Et une joie tellement intense de découvrir le lendemain, à la une de son torchon *Bahia de cochinos*, la photo de son corps bouffé par les écrevisses. Mais tuer un homme n'était pas dans ses cordes et, dans ce répertoire, elle était mal accompagnée, Abel jouait de la guitare comme ses pieds. Le manager, qui n'avait pas revu le producteur depuis sa décision de faire cavalier seul dans l'organisation du concert *d'Exotic Lizard,* signifia son irritation de façon abrupte.

— Qu'est-ce que tu fous là Tardy ? Tu imagines que ta présence va embellir la photo ?

L'ancien gouverneur du Texas se contint.

— Il est temps d'atterrir partner. Les billets au marché noir atteignent les 1500 dollars. Un projet de cette envergure ne laisse aucune place à l'amateurisme, c'est pourquoi je suis là. Le concert et la photo sont indissociables. Avoir des idées OK, mais les concrétiser c'est mieux. Cette entreprise va rapporter une fortune, marquer pour toujours l'Histoire du Rock'n'roll. Si tu collabores, ton nom y sera définitivement associé. Sans moi, elle terminera en eau de boudin. Alors, fini l'improvisation et les décisions à l'emporte-pièce, il faut un capitaine, on a suffisamment perdu de temps.

L'inventeur d'*Exotic Lizard*, qui semblait être ailleurs, se redressa brusquement derrière le volant.

— Putain ! Je viens juste de piger. Tu veux que Candie refasse cette photo, parce que tu es persuadé que Patchwork va revenir dans son cercueil. C'est ça, hein ? Tu es assez cinglé pour croire que ce connard de punk va réapparaître vingt-cinq ans après sur le négatif.

Tardy regardait Abel avec un sourire inquiétant.

— Il t'aura fallu du temps, quand je dis que tu n'as pas l'envergure. Chacun a les moyens de ses rêves et les miens sont sans limites.

Candie sortit alors du corbillard comme une furie.

— T'es complètement givré Tardy ! Ce type est mort ! Je l'ai vu de mes yeux, je l'ai touché, c'était un macchabée ! Qu'est-ce que tu espères ? Pauvre malade !

Le producteur répondit à l'aventurière avec morgue.

— Toi aussi tu étais morte Candie Brown... Et pourtant, tu es là... Quand j'ai eu l'idée de te faire gagner le concours de photo d'*Ex-voto*, un magazine que je venais d'acquérir, ce fut pour toi une renaissance. Aujourd'hui, ce que je te demande en compensation, c'est juste de shooter la même scène, en ayant une petite pensée pour le shérif Andrew Maxel Broodecker... Allez, assez perdu de temps, maintenant au boulot !

Une haine sourde envahit la photographe. Tardy était l'ignominie personnifiée, il tenait sa vie au creux de sa main et menaçait à tout moment de la souffler comme une vulgaire bougie. Les nerfs à vif, elle descendit jusqu'à la rivière et arpenta la rive le nez sur une copie de la photo qui avait transformé sa vie et scellé son destin. De temps à autre, elle regardait le ciel pour surveiller la lumière, sans arriver à s'impliquer totalement dans ce qu'elle faisait. Tardy était retourné s'asseoir sur le parapet et jubilait en silence, dominant la situation comme il avait toujours dominé chaque étape de son existence, témoin privilégié d'un spectacle permanent qu'il commanditait et orchestrait avec le pire des cynismes. Il regrettait seulement de ne pas avoir pris une caméra, afin d'immortaliser et monnayer cet instant. Abel, solidaire, suivait les indications de Candie. Comme sur la photo originale, il plaça le corbillard à cul au bord de la rivière.

— Tu veux vraiment que je me déguise comme à l'époque ?

La photographe, qui fixait son *Leica* sur un trépied, se rembrunit. La question du manager venait de la ramener au cliché sur lequel elle était nue. Poser à poil devant Abel ne la dérangeait en rien, mais la simple idée de se retrouver sans culotte devant Tardy la rendait malade.

— Oui, je t'ai trouvé la même panoplie, ça n'a pas été sans mal. C'est dans la valise derrière. Il faudra aussi sortir le cercueil.

Abel se changea et leva la tête en direction du pont.

— Tardy ! J'ai besoin d'un coup de main pour décharger le cercueil. Ce sera ta petite contribution à la couv' de ton bouquin de merde !

Le producteur resta de marbre.

— Pourquoi donc ? Patchwork t'a aidé à l'époque ? La clause 7 du contrat stipule que les conditions de la séance photo doivent être identiques à celles de l'originale.

— Je te rappelle que je n'ai rien signé. Si je suis là, c'est uniquement pour Candie.

Tardy fit un geste évasif.

— Ça, c'est ton problème Abel. Il ne tient qu'à toi de signer pour toucher ta part du gâteau. Mais dans l'immédiat, je vous demanderai de faire abstraction de ma présence.

— Tu comprends vraiment rien Tardy. Les conditions d'aujourd'hui n'ont rien à voir avec celles de l'époque. J'avais 20 ans de moins et j'étais chargé comme une mule. Avec ce que je m'envoyais dans le cornet, j'aurais pu déplacer un mur de *Marshal* sans ciller.

Candie s'approcha de l'*Oldsmobile*.

— Ne discute pas avec cette ordure, je vais t'aider.

Et ils sortirent le cercueil avant de le placer debout contre la carrosserie du véhicule. Enfin, la photographe tendit son couteau suisse à Abel.

— Il ne reste plus qu'à retirer les scellés et l'ouvrir.

— Attendez ! J'arrive ! cria Tardy en dévalant le sentier.

Abel n'attendit pas et sectionna les fils de plomb. Les cachets de cire tombèrent sur le sable. Il glissa la lame du canif sous le couvercle, y passa ses doigts avant de soulever ce dernier d'un coup sec. Une clarté mauve pâle, nimbée de poussière, s'échappa du cercueil comme un feu follet. Candie poussa un cri, accompagné d'un jet d'urine chaud qui coula le long de ses cuisses. Puis, le ciel devint rouge et de grands oiseaux noirs se mirent à tourner au-dessus du corbillard. Tardy, qui venait d'arriver au pas de course, resta prostré les yeux exorbités. Il serrait son sphincter de toutes ses forces. Dans son ventre, il sentait comme de la lave qui ne demandait qu'à sortir. La photographe se précipita dans les bras du manager.

— Abel, c'est horrible.

Le chanteur des *Maîtres Nageurs* n'arrivait pas à détourner son regard de la boîte en sapin. Ce n'était pas tant le squelette, avec sa tête de mort grimaçante, ses dents pourries et ses plombages de mauvaise qualité qui le fascinait ; mais le fait que Patchwork réapparaisse vingt-cinq ans plus tard de façon si théâtrale, lui volant encore et toujours la vedette. Il sentit sa queue durcir contre le ventre de Candie qui se pressait contre lui. Elle murmura.

— On fait quoi ?

Abel resta muet. Il avait à l'esprit les deux ans de placard que la mauvaise farce du punk lui avait coûté. Remis de son premier choc, Tardy exigea de continuer le programme.

— C'est génial, inespéré, on va faire un buzz de tous les diables avec ce zombie.

Abel fixait les orbites vides de la tête de mort.

— J'ai pris deux ans de violon à cause de cet enfoiré et il n'a jamais eu autant de succès depuis qu'il a disparu. Il est hors de question que je relance sa carrière.

Le producteur regarda Abel de travers.

— Ça veut dire quoi ?

— Ça veut dire que cette photo se fera sans moi.

Devant la détermination du manager d'*Exotic Lizard*, Tardy, sous tension, explosa.

— Je crois que tu n'as pas pris la mesure de ce qu'encourait ta copine ! Si tu te défiles, elle est morte ! D'abord de honte, après que des milliers de branleurs se soient astiqué le manche en matant sur le net la rencontre de sa rustine avec le démonte-pneu d'Ours Vigilant ! Et pour finir, en barbecue sur la chaise !

Candie ne put en supporter davantage. Elle ramassa un galet et le lança rageusement au visage de l'homme d'affaires. L'une des arcades sourcilières de ce dernier éclata avec un bruit d'os. Le visage ensanglanté, il s'écroula. Puis, la photographe se rua sur l'ancien gouverneur du Texas et lui lança de furieux coups de pied dans le bas-ventre, ainsi que dans les dents.

— Fumier ! Crevure ! Prends ça ! Saloperie !

Tardy, en position fœtale, se protégeait comme il pouvait. Candie s'acharna jusqu'à ce que, dégoulinante de sueur, épuisée et haletante, elle s'adosse au corbillard.

— Oh putain ! Que ça fait du bien ! Je voudrais tellement le voir crever, ce salaud ! Abel, je veux qu'il crève !

Le manager avait regardé la scène sans moufter avec une certaine jubilation. Mais il ne pouvait pas faire ce que Candie attendait de lui, même par amour. Il n'était pas un tueur, son enfance n'était pas celle de Formica. Il se pencha et saisit le producteur par le col, l'aidant à se relever.

— Je crois qu'il est préférable que tu te barres Tardy. Ne la pousse pas dans ses derniers retranchements, elle est à bout là. Et moi, je ne bougerai pas le petit doigt.

Le producteur tira le carré en soie qui dépassait de la poche de poitrine de sa veste en piton bleu, la pressa sur son arcade abîmée et s'éloigna en titubant. Arrivé en haut du chemin qui menait au pont, il se tourna.

— Je veux le négatif demain à la première heure sur mon bureau. Sinon, ton cul grillera sur une chaise en fer alimentée par 2 000 volts, Candie Brown, je le jure devant Dieu.

Et alors que la moto du producteur s'éloignait, le visage de Candie se figea. Ce bruit de moteur... Il lui semblait que c'était le même que le jour où on lui avait tiré dessus dans la rivière. Elle partagea son impression avec Abel, qui tendit l'oreille. Le barouf du moulin de la *Laverda 750 SF*, une bécane que le manager avait eu le loisir de piloter par le passé, était très distinct. Candie avait raison, ce bruit était identique à celui qui avait succédé aux coups de feu, juste avant qu'on le frappe à la nuque et qu'il perde connaissance. Il y a des choses que l'on ne peut oublier. À présent, les soupçons quant à l'identité de l'assassin laissaient peu de place au doute. Pourquoi Tardy jouait-il ainsi avec le feu ? Par souci de véracité, se pliant lui-même à la clause 7 du contrat qui stipulait que les conditions de la séance photo devaient être identiques à celles de l'originale. Ce type était dingue. Abel songea à le poursuivre, mais devant le désarroi de Candie, il se reprit. Un quart de siècle après, la vengeance était un plat qui pouvait se manger plus froid encore.

— Écoute, on fait le job et on avise, dit-il sans conviction.

La photographe hocha lentement la tête, les traits de son visage étaient tirés. Elle enleva sans pudeur sa paire de jeans ainsi que sa culotte, comme si le départ précipité de Tardy l'avait totalement libérée. Abel la regardait. Son corps avait changé, les rondeurs de ses cinquante ans la rendaient plus appétissante encore. Il se pencha à l'intérieur de l'*Oldsmobile* et déplaça le curseur de l'autoradio jusqu'à ce qu'il capte une station country. *Absolutely Sweet Marie* de Jason and the Scorchers s'éleva dans la poussière du soleil descendant. Candie, son *Leica* à la main, lui demanda de se mettre en place. Abel se cala une cigarette au coin des lèvres et prit la pose. La photographe s'étonna.

— Qu'est-ce que tu fais ?

— Je cherche désespérément la magie d'antan.

— Tu n’avais pas de cigarette sur la photo. Approche-toi du cercueil.

Abel alluma son clope.

— Toi non plus, tu n’es pas raccord.

— ... ? Qu’est-ce que tu veux dire ?

— Ta chatte, ça va pas.

Candie rougit. Elle avait toujours eu du mal avec la crudité de langage d’Abel.

—... Je ne comprends pas.

— Regarde la photo. Avant tu avais un triangle pur laine.

Décontenancée, Candie répondit.

— Je ne fais que le maillot, tu sais. Je ne m’épile pas, ce sont les poils qui tombent avec l’âge. C’est pas vrai, qu’est-ce que tu me fais dire... Je te rappelle quand même que le but de cette séance est de me sortir d’une terrible issue. Et puis, ce n’est pas un copié-collé de ma photo originale mais une reconstitution dans laquelle on reprend les mêmes protagonistes 25 ans plus tard, avec les marques du temps. Maintenant, si tu veux bien, j’aimerais commencer avant que le soleil ne plonge.

Penaud, le manager du plus grand groupe inconnu du monde se plia aux exigences de la photographe, sans la ramener. Jusqu’à ce que, deux heures plus tard, elle décrète.

— C’est bon, c’est dans la boîte.

Abel alluma alors un stick de marijuana et tira une longue latte, soufflant la fumée en direction du crâne du guitariste des *Maîtres Nageurs*.

— Je me demande ce qu’on va faire de cette tronche de mort.

Candie, qui s’afférait à ranger son matériel à l’arrière du véhicule, exposant sans complexe ses fesses blanches, avait la réponse.

— Ce qu'on aurait dû faire il y a vingt-cinq ans, restituer le corps à sa famille. Sa place est dans un cimetière, pas dans un corbillard de location.

Le chanteur des *Maîtres Nageurs* tendit le stick à la femme de sa vie.

— Avant, je pensais présenter ce tas d'os aux flics, histoire d'être disculpé définitivement au sujet de sa disparition. Et qui sait ? Avec un bon avocat, obtenir des dommages et intérêts de la part du gouvernement du Texas pour mes deux années de zonzon.

Candie frémit, le mot flic la rendait nerveuse.

— Je ne crois pas que ce soit une bonne idée. C'est le meilleur moyen de relancer l'affaire. Tu imagines comment la presse à scandale se régalera ? Le résultat serait une formidable pub pour le bouquin de cette ordure.

Finalement, Abel abandonna cette fausse bonne idée, mais pas pour la même raison qu'elle. Il songeait surtout à la publicité que cela apporterait à l'autre empaffé de Patchwork, relançant ainsi sa légende.

— Tu as peut-être raison. Par contre, je garderais bien son crâne, il aurait de la gueule en bougeoir. Il me doit bien ça cet empafé.

Candie s'approcha de son rocker et l'enlaça.

— Pour le coup, tu serais vraiment condamné pour violation de sépulture. Et puis, tu pourrais avoir un peu plus de compassion pour ton copain, il doit être épuisé. Imagine, ça fait plus de vingt ans qu'on le balade, alors si en plus tu lui prends la tête...

— Je me demande souvent si c'est pas lui qui me balade depuis toutes ces années...

— Mais... Abel qu'est-ce que tu fais ?

Le manager d'*Exotic Lizard* venait de cueillir Candie dans ses bras.

— La reconstitution n'est pas totalement terminée. La clause 7 du contrat stipule que les conditions de la séance photo doivent être identiques à celles de l'originale, rappelle-toi.

Et il la porta à l'intérieur du corbillard. Brusquement, Candie se mit à trembler et claquer des dents.

— Qu'est-ce qui va pas ?

— C'est nerveux. Tu ne peux pas avoir oublié ce qui s'est passé après que nous ayons fait l'amour, il y a vingt-cinq ans... Et si Tardy était planqué, là avec sa moto.

Abel serra le poing. Ne pas céder à la psychose, ne pas s'engouffrer là où les fantômes du passé voulaient les entraîner. L'amour, unique remède pour s'accrocher au présent. Seule règle à suivre, après, ne pas se laver le cul dans l'eau de la rivière. Et il prit Candie avec fougue. Les joues roses et les yeux brillants, elle avait cessé de trembler.

— Abel, j'ai l'impression qu'on nous regarde.

Le rocker se redressa.

— C'est rien, c'est l'autre enculé de punk qui se rince l'œil. Je vais fermer le cercueil.

40

Ils avaient passé la nuit dans le corbillard, mieux qu'un camping-car avait dit le marchand de souvenirs. Abel avait confié à Candie des millions de têtards, qui faisaient la course pour passer une ligne imaginaire. Candie s'était laissé faire candidement, remisant le plaisir à plus tard, quand les cicatrices du désert se seraient partiellement refermées. Le lendemain, après un thé citron accompagné d'une tarte à la rhubarbe, ils prirent la route en direction du bled de leur enfance. Le corbillard traversa les immenses étendues céréalières, mordant l'asphalte et chavirant les virages. Il stoppa sa course à la nuit tombée devant le pavillon en meulière. Le *Dodge* jaune était stationné dans l'allée. Abel poussa la grille, suivi de Candie. La porte moustiquaire de la maison s'ouvrit en grinçant. La silhouette massive de Formica se découpa dans la clarté pisseuse de l'entrée. Le visage du pirate ne traduisait rien de significatif. Il leva mollement la main pour saluer le couple.

— Tu t'es recyclé dans les pompes funèbres ? Qu'est-ce qui se passe mon pote ?

Abel se demanda pendant trois secondes s'il devait toujours considérer comme un ami, un type qui grimpait la mère de son fils derrière son dos. Dolorès ne lui apporta aucune réponse en apparaissant engoncée dans une robe de chambre matelassée en nylon jaune pâle, le regard fixé sur Candie.

— Qu'est-ce que cette salope fout là ?

Puis, elle toisa sans flancher le père de son fils, le grand-père de son petit-fils et, accessoirement, l'homme qui avait transformé sa vie en champ de ruines.

— Pourquoi tu es revenu ?

—… Pour deux choses.

— Commence par la première, ce sera un début, mais fait vite.

— Tout d'abord, pour constater que la morale et Formica ça fait deux.

— Je t'arrête tout de suite. Ton copain saute la mère de ton fils, que tu as abandonné il y a vingt-cinq ans sans jamais être venu le voir une seule fois ! Et je baise qui je veux. Tu es bien le dernier à qui je dois rendre des comptes.

Abel considéra les propos de Dolorès dégueulasses et totalement abjects. Elle savait mieux que personne qu'il était parti sans connaître la situation. Mais la mégère continua à postillonner ses griefs. Malgré le temps écoulé, elle en avait encore gros sur la patate.

— Et comment oses-tu parler de morale en te pointant sous mon toit avec cette pute ?! La seconde chose, c'est quoi ?

On y était, Abel appréhendait ce moment. Il avait longtemps caressé l'espoir que la sœur du punk, vingt-cinq piges plus tard, avait fait son deuil. Mais son attitude ne laissait rien présager de bon. Il hésitait à se lancer. Cette situation remuait tellement de mauvais souvenirs chez Dolorès, un remugle qui bouillonnait et balançait des effluves qui puaient l'aigreur, le ressenti et la mort.

— Je suis venu t'apporter…

— Des bonbons ? demanda Formica.

Abel n'en voulait pas à son copain. Ce dernier était un pirate, un type sans morale, ni principes. Pourquoi son comportement aurait-il changé face à une femme qui, en photo, le faisait déjà bander.

— S'il te plaît Formica, c'est assez compliqué comme ça.

Se tournant vers Dolorès, il reprit :

— Nous te ramenons... Comment dire...

— De quoi tu parles ? Accouche ! lâcha la mère de son fils.

— Je t'ai ramené ton chagrin... pardon, ton frangin.

Incrédule, Dolorès regarda à travers le cadre de la moustiquaire. Quand elle aperçut le corbillard garé devant la grille, une expression d'épouvante masqua son visage.

— Ça veut dire quoi ? Ne me dis pas que... Mais t'es complètement dingue Abel Roc ! Tu vas pas recommencer tout ce cirque ? Vingt-cinq ans après ! On n'a pas le droit de jouer comme ça avec les morts !

— Non ! Dolorès, ne va pas t'imaginer... Je te ramène juste ton frère. On a retrouvé son corps hier.

La sœur de Patchwork restait prostrée. Elle ne comprenait pas cette incursion brutale du père de son fils, après un quart de siècle de silence. Paumée, déstabilisée, elle était incapable de raisonner, oscillant entre le désir de frapper Abel et d'entendre enfin une explication à sa démission. Formica intervint.

— Abel, je comprends rien. Qu'est-ce que tu viens la faire chier avec cette histoire de macchabée ? On s'en fout, c'est du passé.

— Toi, tu restes en dehors de ça ! hurla Dolorès.

Abel fixait la mère de son gosse inconnu, cherchant les mots.

— Ce que je te dis est la stricte vérité. On a loué ce corbillard pour une séance photo. Dedans, il y avait un cercueil avec des scellés. Et à l'intérieur du cercueil, on a découvert les restes de Patchwork. Je sais, ça paraît complètement fou, mais c'est ainsi que ça s'est passé. Alors, Candie m'a persuadé que le mieux serait de le ramener à sa vraie place, au cimetière du village. C'est pour ça qu'on est là, l'esprit apaisé, pas pour remuer le passé, juste pour que Patchwork ait une sépulture décente.

La voix acide de Dolorès zébra la nuit.

— L'esprit apaisé, une sépulture décente ?! Mais tu es complètement taré Abel Roc ! Il faut t'interner, tu es le plus grand malade que j'ai jamais croisé dans ma vie de merde ! Tu voles le cadavre de mon frère le jour de son enterrement et, vingt-cinq ans plus tard, tu te pointes comme une fleur pour soi-disant le ramener au cimetière. Et tu crois que ça va se passer comme ça ? Non, un jour ou l'autre on doit payer ! Notre mère est morte sans avoir fait le deuil de son fils ! Mon fils est mort sans jamais avoir connu son père ! Tu entends fumier ?! Et tu sais ce que je vais faire ? Je vais appeler les flics et tu leur expliqueras où tu avais planqué le cercueil pendant toutes ces années. Et j'espère que cette fois-ci, on te mettra au trou pour le compte ! Ça comblera celui de Patchwork, celui que tu lui as volé !

Abel ferma les yeux. Il aurait donné tout ce qu'il possédait au monde pour être ailleurs. Mais il ne possédait rien, sinon sa bonne foi.

— Putain ! Mais comment faut-il que je te le dise ? Je n'ai jamais caché le cadavre de Patchwork ! On vient de le retrouver et je suis ici pour éviter que la presse à scandale déterre à nouveau cette histoire de malheur. Et que ce soit encore et toujours cet enculé de punk qui s'en sorte avec les honneurs ! Je te ramène ton connard de frère, parce que pour moi c'est un devoir de conscience !

Un rictus déforma un peu plus le visage de la sœur du squelette. Un imperceptible tremblement oscillait à la commissure de ses lèvres sèches.

— Un devoir de conscience ou un règlement de comptes ?! Tu as planqué le corps de Patchwork uniquement par vengeance. Parce que tu n'as pas accepté qu'il t'abandonne à ton destin de loser ! Je vais appeler les flics avec l'ultime espoir que tu te prennes encore des années de placard. Tu as flingué ma jeunesse, Abel Roc. Je vais flinguer tes vieux jours.

Mais la voix grave de Formica balaya toutes initiatives, qu'elles soient motivées par le pardon ou la haine.

— T'appelleras pas les flics Dolorès.

— Toi, je t'ai dit de t'occuper de tes fesses ! Cette histoire te regarde pas !

Le pirate prit ombrage, ce qui était toujours mauvais signe quand on connaissait l'animal. Heureusement, il savait parler aux femmes.

— En ce moment, je m'occupe plutôt de ton cul. Mes fesses, j'y touche pas, j'suis pas pédé. Par contre, ce qui me regarde, c'est que ma tête est mise à prix et que t'appelleras pas les flics.

Dolorès se prit la tête entre les mains. Elle avait l'impression de devenir folle.

— C'est pas possible. Bande de dégénérés ! Abel, tire-toi maintenant. Tire-toi avec ta pute et ton corbillard. Dégage de chez moi ! Formica, tu peux te casser aussi.

Abel détestait ce qu'était devenu Dolorès, un concentré d'aigreur. Avant de partir, il confia cependant ce qu'il avait sur le cœur.

— Ok, on y va. Mais je veux que tu saches que c'est grâce à la gentillesse et la clairvoyance de Candie, que je suis venu jusqu'ici. C'est elle qui m'a fait changer d'avis, en m'incitant à ramener ton frère au cimetière. Alors que je voulais justement me pointer chez les poulets pour demander réparation.

Un long silence ponctua cette affirmation.

—... Et comment tu peux affirmer que c'est Patchwork ? Ça fait vingt-cinq ans ! fit la mégère, déboussolée.

Cela répugnait à Abel de devoir faire l'inventaire. Mais maintenant, il voulait en finir, enterrer l'emmerdeur et quitter cette baraque qui puait la camarde, fuir définitivement ce bled pourri et refaire sa vie avec Candie en dépensant tout le fric qu'allait lui rapporter le concert d'*Exotic Lizard*.

— Tout est dans la boîte, sa tronche de mort, ses fringues de punk, ses épingles à nourrice, son cuir rouge trop petit, ses badges rouillés, sa ceinture cloutée, son calebar en peau de zèbre, ses bagouzes de tarlouze, même sa crête oxygénée. Y a que ses tiagues qui ont disparu. Aucun doute possible, c'est Patchwork. À l'époque, je l'admets, j'ai déconné, son corps n'aurait sans doute jamais pris la tangente si je n'avais pas piqué la bagnole des croque-morts. Mais je lui en voulais tellement de m'avoir planté, j'étais défoncé, j'étais malheureux. Mais je l'ai payée au prix fort ma connerie, je l'ai payée au centuple et je la paye encore aujourd'hui pour un acte que je n'ai jamais commis. Je t'ai ramené le cercueil à la case départ, pour en finir une bonne fois pour toutes. Je sais que cela ne va rien réparer. Mais de toute façon, c'était foutu entre nous. Ça a toujours été foutu, avant même d'avoir commencé. Est-ce que ça a vraiment commencé un jour d'ailleurs ? Et pour le gamin, je n'étais pas au courant. Tu le sais. Alors arrête ! Et puis, quand bien même... je ne serais pas resté. Non, je ne serais pas resté. Ton frangin est dans le corbillard, c'est tout ce que je sais.

Abel estimait qu'il avait été au bout de sa mission, il ne pouvait pas plus. Dolorès lui répondit avec un fiel aussi poisseux que le sirop d'érable.

— Si ta pute était tombée en cloque, tu ne serais pas resté non plus. Parce que t'es qu'un salaud Abel Roc !

Abel avait atteint ses limites.

— Allez, maintenant c'est bon. Tu jettes un coup d'œil dans le cercueil ou je balance ce qui reste de l'autre enculé de punk à la décharge.

— Ça coûte rien de vérifier, proposa Formica.

41

Attablés dans la salle à manger devant un pack de *8.6*. Dolorès, Abel, Candie et Formica fixaient la boîte en sapin posée debout contre le mur. Sur le buffet, le poste diffusait en sourdine les programmes de *Radio Surf*, la station musicale incontournable d'Austin. Après un six feuilles made in Formica et quatre canettes, soit deux litres de bière de punk à chien dans le coffre, Dolorès estima qu'elle était prête. L'horloge centenaire marquait vingt-trois heures cinquante. Le manager d'*Exotic Lizard* se leva, saisit un couteau à huîtres dans le tiroir du buffet, glissa la lame de l'outil de fortune dans l'interstice du couvercle et ouvrit la boîte. Une odeur de moisi et de naphtaline se répandit dans la pièce, suivie d'un long silence chargé d'incompréhension et d'une colère blanche étroitement mêlée émise par Dolorès. Le cercueil était vide... Abel, prostré, remuait imperceptiblement la tête de droite à gauche et de gauche à droite, marmonnant les pires insultes à l'égard de Patchwork tout en évitant le regard de la mère de son fils. À cet instant, il aurait trouvé totalement légitime qu'elle le descende sans sommation. Et alors que la situation s'annonçait inextricable, le Rock'n'roll reprit le pouvoir sur les ondes de *Radio Surf*. Comme tous les soirs de la semaine à la même heure, avec sa faconde légendaire, Leblack, animateur charismatique de la station texane, lança le générique de son émission culte *Surf Pirate*.

— Salut, c'est Leblack ! Dernier vendredi du mois, bienvenue pour une black cession exceptionnelle. Et quand je dis exceptionnelle, le mot est faible. La formation qui va jouer pour nous ce soir vient tout droit de la planète Mars et se produit pour la première fois aux States. Ce groupe, qui existe pourtant depuis une bonne vingtaine d'années, entretient le goût du secret et reste très obscur concernant ses origines. L'une de ses particularités, et non la moindre, est de ne jamais avoir enregistré un disque en studio. Leurs seuls enregistrements connus seraient des albums pirates live introuvables, qui se monnaieraient à prix d'or entre collectionneurs et fans avertis. Si je m'exprime au conditionnel, c'est que personnellement je n'ai encore jamais réussi à me procurer l'une de ces galettes magiques. Si nous sommes nombreux à avoir entendu parler de cette formation, en revanche, rares sont ceux qui l'ont vue jouer et les rumeurs les plus folles courent à son sujet. La plus délirante affirme que ce groupe n'existerait que dans l'imagination d'une poignée d'aficionados. Mais que les sceptiques se rassurent, votre serviteur a assisté cet après-midi à la balance de ce mystérieux combo. Et je peux affirmer que pour une formation fantôme, elles tiennent toutes de jolies formes et qu'elles déménagent. Avec ces quelques indices, certains d'entre-vous auront peut-être déjà deviné le nom de ce gang de légende composé uniquement de musiciennes, qui n'est autre que... *Exotic Lizard* ! Eh oui, rien n'est trop beau pour les auditeurs de *Surf Pirate*. Et comme une surprise peut en cacher une autre, petits veinards adeptes du son garage primitif, c'est avec une certaine émotion que je vous présente l'invité qui passera en guest star lors de ce concert unique. Musicien qui a marqué toute une génération, artiste inégalé, héros authentique de l'épopée punk made in USA, il offrira ce soir pour *Surf Pirate*, l'émission qui surfe sans vergogne sur toutes les modes musicales, la primeur de son comeback. J'ai l'immense joie et l'indicible honneur de vous annoncer en vedette américaine, pour cette black session qui s'annonce unique et terriblement excitante, le grand retour d'un virtuose du manche, qui, par choix personnel, a fait le mort pendant vingt ans ! Le guitariste mythique du groupe... *Les Maîtres Nageurs* ! À ne pas confondre avec les *Beach Boys*, obscur groupe de surf. Je plaisante, pardonnez-moi, c'est l'excitation du moment. J'ai donc nommé l'irremplaçable et irremplacé... Patchwork ! Dernière précision, ce concert sera enregistré en direct de l'ancienne halle à grains de Reno, reconvertie pour l'occasion en salle de spectacle à l'acoustique irréprochable. Ceci, en partenariat avec les Productions Tardy et donnera lieu à l'enregistrement du premier disque live officiel du groupe *Exotic Lizard* ! Et maintenant, place aux décibels !

Dans la salle à manger, l'onde de choc fut à la mesure de l'événement. Abel essayait de digérer l'indicible, pas au sujet d'*Exotic Lizard*, il n'avait que faire d'un groupe d'amazones de plus dans un paysage musical déjà fort saturé par ce genre de registre. Dolorès, les yeux hagards, avala gloutonnement d'un trait une autre *8.6*. Candie était abasourdie. Seul Formica, qui tirait sur son pétard, semblait faire peu cas de ce nouveau rebondissement. Dolorès se leva et sortit de la pièce. Elle revint avec l'étui de la *Fender Mustang* qu'elle posa sur la table devant Abel.

— Tiens. C'est le dernier cadeau empoisonné que tu m'aies légué. Je l'avais offerte à notre fils, mais elle n'a servi qu'à creuser un peu plus vite sa tombe. Je ne veux pas que la même chose arrive à mon petit-fils. Enterre-la et ne reviens jamais.

Puis, elle saisit la dernière *8.6* et monta à l'étage.

42

Abel ouvrit le hayon du corbillard, coucha l'étui de la *Mustang* à la place du cercueil et rejoignit Candie et Formica avant de démarrer la longue voiture noire en maugréant.

— J'ai toujours su que cet enfoiré de Patchwork était vivant. Je me demande comment cette enclume a réussi tous ces tours de passe-passe ? Ce type n'avait pourtant rien d'un magicien, juste un autiste qui tricotait un peu mieux que les autres.

Formica éclaira les lanternes de son ami.

— Il n'y a aucune magie dans cette histoire. Tout vient d'un mauvais calcul d'Ours Vigilant.

À l'évocation du nom de l'Indien, Candie se crispa.

— C'était un bon guérisseur, un honnête chamane, mais parfois ses dons le dépassaient. C'est Tardy qui lui a demandé de sauver Patchwork.

Abel n'avait jamais rencontré l'Apache, il en avait seulement entendu parler. Ce dernier faisait partie du passé trouble de Formica, de sa double vie.

— Comment ça sauvé ?

— Tardy est un visionnaire. Il a toujours eu un coup d'avance sur la concurrence, ce qui explique sa fortune. Jeune, c'était un vrai fan de rock, il n'aspirait qu'à devenir une rock star. À l'époque, la fin brutale de votre groupe *Les Maîtres Nageurs* lui a donné l'idée d'une saga.

— Comment ça une saga ? demanda nerveusement Abel.

— Pour alimenter les scénarios de ses séries, Tardy s'est souvent inspiré du quotidien des gens, quitte à orienter et transformer certaines situations. Ce mec était un précurseur en la matière. L'overdose de Patchwork et le scandale qui a suivi le vol du corbillard lui ont donné une idée de départ pour une série qui se passerait dans le milieu du Rock'n'roll. Mais après l'audience minable de l'épisode pilote, il a abandonné le projet. Les ménagères s'en branlent des gominés et des décibels. Par contre, il avait noté l'engouement du public pour ce fait-divers. Les journaux qui avaient traité l'affaire s'étaient vendus comme des pintes de bière à un concert. Alors, il a décidé de faire évoluer le scénario différemment, en faisant intervenir la sorcellerie et la magie noire. C'est là qu'intervient Ours Vigilant, à qui il a demandé de faire revenir Patchwork.

— Comment ça revenir ? fit Abel, incrédule.

— Revenir du monde des esprits. Mais Ours Vigilant s'est emmêlé les plumes et Patchwork s'est retrouvé coincé entre deux dimensions, deux mondes, celui des esprits et celui des vampires reclus. Du coup, Tardy a mis son scénario en stand-by. Mais ton délire de donner chair à un groupe fantôme l'a excité et relancé son projet en gestation. C'est ainsi que l'idée du concert d'*Exotic Lizard* et le remake de la photo de Candie se sont mis en place. Tardy n'avait plus qu'à titiller les susceptibilités de quelques vieux vampires en transit sur le territoire chiricahua, pour qu'ils se débarrassent d'Ours Vigilant et fassent revenir Patchwork.

Abel connaissait les goûts de Formica pour le gore, le fantastique et les contes de Grimm. À la longue, il pensait pouvoir faire la différence entre les fantasmes de son pote et les faits avérés. Mais à cet instant, il n'était plus très sûr. Déstabilisé, il se permit la question qui lui brûlait les lèvres depuis plus de vingt-cinq ans, sans faire cas de la présence de la principale intéressée.

— Et tu sais qui a tiré sur Candie ?

La photographe fixait les faisceaux des phares qui balayaient la route. Depuis le drame, elle avait occulté cet événement, tel un déni de grossesse. Elle ne voulait pas savoir pourquoi elle avait servi de cible, se tenant à la version officielle. Victime innocente de trafiquants d'organes qui travaillaient avec le Mexique. Le réseau avait été démantelé juste avant son opération, qui devait lui être fatale. Dans les faits, une balle avait frôlé son *corazon* et sa survie tenait du miracle. Cette tentative d'assassinat, greffée à la disparition du cadavre de Patchwork, avait débouché sur la publication de sa fameuse photo primée dans le magazine *Ex-voto*, participant ainsi à son succès international. Ensuite, elle avait enfoui ce terrible souvenir sous 25 ans de sable du désert. Aujourd'hui, elle n'était pas certaine de vouloir entendre la vérité. Mais Formica n'était pas homme à épargner les sensibilités.

— Ours Vigilant m'avait confié quelques éléments du scénario d'origine de la série rock de Tardy. Le premier épisode commençait par le meurtre de la fiancée du héros, juste après qu'il ait volé le cadavre de son pote punk. Ours Vigilant avait été révulsé par cette idée. Faut dire que l'Apache avait flashé sur ta mousmée. C'est comme ça qu'il a fait revenir Candie, grâce à ses dons de sorcier. Ce qui a brouillé un peu plus les cartes. Après le cas de Patchwork, déjà largué dans les limbes, Tardy était furieux. Mais il s'est pas acharné sur Candie, quand il a vu le paquet de pognon que générait sa photo qu'il avait choisi de primer dans son canard.

La photographe trembla un peu plus. Ainsi, Ours Vigilant lui avait sauvé deux fois la vie ; alors que cette ordure de Tardy, après l'avoir tirée comme un lapin, s'apprêtait à la livrer à l'État du Texas pour la voir griller sur la chaise électrique.

— C'était donc Tardy, qui a tiré sur Candie, lâcha Abel, amer.

— Ouais. Il lui arrive parfois de se salir les mains, si ça peut donner un peu de peps à ses histoires.

L'ancien chanteur des *Maîtres Nageurs* était plus chamboulé qu'il n'y paraissait par tout ce qu'il venait d'entendre. Il osa une autre question, au point où ils en étaient...

— Formica... Depuis quand tu bosses pour Tardy ?

—... Une éternité. Aussi loin que je me souvienne, j'ai toujours bossé pour lui.

— Et tu n'as aucun moyen de sortir de son emprise ?

— Pourquoi diable ? Je ne trouverai jamais meilleure place. Et toi, maintenant tu vas faire quoi, après avoir laissé passer ta chance de te refaire avec *Exotic Lizard* ?

— Vivre d'amour et de bourbon. Peut-être écrire cette histoire, qui est un peu la mienne, et que Tardy est incapable de conclure. Mais avant, j'aimerais foutre mon poing dans la gueule à Patchwork. Même s'il n'est pas totalement responsable, j'estime qu'il le mérite, juste pour me libérer d'un poids. Et puis aussi buter Tardy, vengeance primaire mais ô combien salutaire, mais je n'aurai jamais les couilles de le faire. Ça ne te brancherait pas ce contrat ? Par amitié.

Formica alluma un stick d'herbe.

— À part l'idée saugrenue de butter mon employeur, c'est un bon programme. Pour Patchwork, méfie-toi quand même, il ne t'a jamais pardonné de lui avoir piqué ses tiagues. Été comme Hiver, Tardy lui impose de marcher pieds nus.

— Pourquoi ? Tardy et Patchwork entretiennent des liens ?

Le pirate soupira.

— Abel, je t'ai toujours trouvé un peu naïf, mais là on touche le pompon.

— Le fond. Ce sont les filles qui touchent les pompons des marins avant qu'ils ne prennent leurs mères.

— Je m'en tape. T'as pas encore compris que Patchwork était un vampire ? Comment tu crois qu'il se balade depuis un quart de siècle de cercueil en cercueil ?

—... ? À t'écouter, tous les habitants du comté de Justiceburg seraient des vampires.

— Pas tous, mais un grand nombre. Et ça, depuis la malédiction. Tout comme les plus grands chasseurs de vampire sont natifs de Polar. Bien qu'éparpillés de par le vaste monde, ils sont tous issus de la même famille originaire de ce bled perdu. Leur consanguinité leur confère, avec des styles différents, une capacité et une propension à briser les cœurs avec un enthousiasme jamais pris en défaut. Pour cela, ils utilisent les armes les plus sophistiquées comme les plus primaires.

Abel digéra ces nouvelles révélations en silence, jusqu'à ce que le corbillard s'immobilise devant le cimetière. Enfin, il sortit du véhicule et saisit le fly de la *Fender Mustang*.

— Où tu vas comme ça avec ta rappe ? lui demanda Formica.

— Enterrer ma jeunesse.

— Tu fais une erreur, le rock n'est pas mort et la jeunesse est éternelle. Je viens avec toi, tu pourrais faire de mauvaises rencontres.

Candie, transparente, regarda s'éloigner dans la brume son amour, accompagné du tueur à gages.

Épilogue tiré par le scalp

Abel marchait devant Formica. Les tombes s'alignaient sur des dizaines d'hectares.

– C'est immense.

– C'est le plus grand cimetière confédéré du Texas. La tombe de la fille du général Joseph Orville Shelby se trouve allée 666. Tiens, avale ça et pose pas de questions.

Formica présentait à l'ancien chanteur des *Maîtres nageurs* une gélule rouge sang au creux de sa main calleuse. Abel prit le remède et remonta le boulevard des allongés. Soudain, *la Sonate pour un massacre* s'invita. Abel se tourna vers le pirate, mais son pote avait disparu. Il serra un peu plus fort la poignée de l'étui de la *Mustang* et continua d'avancer. Il crut apercevoir des ombres se faufiler derrière des ormes centenaires, avant de s'immobiliser devant le caveau familial de Dolorès. Là, son cœur se mit à frapper le tocsin. Son portrait se balançait à un clou rouillé au-dessus d'autres photos effacées par le vent du désert. Il réalisa qu'il se trouvait devant la dernière demeure de son fils, son portrait craché... Imperceptiblement, il ressentit l'émotion d'être père, mais cela ne dura pas. Dolorès avait pris les devants pour lui couper les pattes. Le nom et la date de naissance de la mégère étaient gravés dans le roc. Le tailleur de pierre n'aurait plus qu'à apposer la date de péremption. Dolorès n'avait jamais été douée pour la vie, elle soignait sa sortie...

Le manager posa le fly de sa guitare sur le sol, quand son regard croisa une épitaphe gravée en lettres gothiques sur la tombe voisine. Il la lut deux fois pour s'assurer qu'il n'avait pas la berlue : « Ci gît un fémur du nazi Schumacher, membre du gang des casques à pointe, héros germain qui, à lui seul, vola à la Gaule la finale du Mondial 1982. La nation KKK reconnaissante. » Abel, supporter inconditionnel de Platoche et sa bande de poètes, sortit instinctivement son chibre et pissa avec emphase sa *8.6* sur la tombe du goal. Le jet d'or éclaboussait abondamment la dalle, quand il sentit une présence dans son dos. Il se tourna vivement. Trois silhouettes, enrobées et cagoulées, paradaient. Il rangea son matériel en fulminant.

— Putain de vérole ! On peut même plus honorer les morts sans être dérangé ? Qu'est-ce que vous foutez là, déguisés en burqa dans un cimetière chrétien ? C'est pourtant pas halloween.

Les trois zouaves portaient des robes satinées, une blanche, une noire et une verte, ainsi que des cagoules pointues ridicules. Abel n'était nullement impressionné, il savait parfaitement à qui il avait à faire. La tarlouze en blanc était un Klansman, simple membre du Ku Klux Klan. Celui en noir était un Nighthawk, spécialisé dans la sécurité et les assassinats. Et le vert portait le grade à la noix de Grand Dragon, l'équivalent du titre de sénateur dans l'organisation, sans doute le responsable du Klan pour l'État du Texas, une grosse légume, une sorte de courgette en plus con.

— Tu viens de commettre un acte inqualifiable, un blasphème sans nom, lâcha d'une voix chevrotante la toge blanche.

— Une hérésie, considéra la toge noire.

— Le pire des sacrilèges, murmura dans un souffle la toge verte.

Abel, qui était nihiliste sans le savoir, ignora les trois clowns. Il s'accroupit, ouvrit l'étui de la guitare et saisit la *Fender* par son manche. Une onde de chaleur suivie d'un fourmillement lui monta agréablement le long du bras. Il n'avait pas touché la *Mustang* depuis plus de deux décennies. Il se releva en tenant l'instrument comme un fusil. Une image fugace représentant Woody Guthrie lui vint à l'esprit. Ce dernier affichait sans vergogne sur sa guitare en bois le slogan : « Cette machine tue les fascistes. » Mais Abel n'était pas un chanteur de *protest song*, juste un musicien raté et, accessoirement, l'inventeur du plus grand groupe fantôme du monde. Pour donner le change aux trois Drag Queens, il ricana.

— Et heureusement qu'il n'y a que son fémur au schleu. Le squelette entier, je chiais sur sa tombe.

Le type à la robe blanche était livide comme un linceul. La robe la plus sombre affichait une colère noire, tandis que le Grand Dragon était vert de rage. Mais sous leur capuche de pénitent cela ne se voyait pas. Le Nighthawk plongea alors sa main dans une ouverture pratiquée dans sa robe et en sortit un *Magnum Force* qu'il pointa sur Abel. D'une voix en acier trempé, il demanda.

— Et maintenant, quels sont tes projets le guitariste ? Tu connais la fin de Victor Jara ?

Abel, se trouva brusquement très démuni avec sa *Fender Mustang* face au calibre de l'inspecteur Harry. Il murmura pour lui-même.

— Woody, dans ce cas de figure comment tu faisais ?

Mais le trimardeur avait emporté son secret dans la tombe et c'est la cavalerie qui sauva la peau du manager d'*Exotic Lizard*. Au moment où le garde du corps du Grand Dragon s'apprêtait à envoyer Abel bouffer son soja en boîte par la racine, les soldats bleus investirent le cimetière au son du clairon, éclipsant momentanément *la Sonate pour un massacre*, qui commençait à être redondante et sérieusement chiante.

— Les confédérés ? s'interrogea la cagoule noire en relevant son flingue.

— Non ! Les Nordistes ! hurla, paniquée, la cagoule blanche.

— On se casse, conclut la cagoule verte.

Et tandis que les trois membres du Ku Klux Klan se débinaient en se prenant les pieds dans leurs robes de chambre, les tuniques bleues chargeaient. C'est alors que les ombres, qu'Abel avait pris pour des feux follets, surgirent de derrière les sépultures. Une centaine de zombis, composée principalement de Sioux lakotas et de Cheyennes descendants directs des tribus de *Deux lunes* et de *Cheval fou*, se mirent à tirer à feu nourri sur les soldats. Dans le fracas des armes et l'odeur de la poudre, Abel rampa en direction de l'entrée du cimetière, afin de se soustraire à cette guerre d'un autre âge qui n'était pas la sienne. En longeant le vieux mur d'enceinte, il surprit une curieuse scène qui se déroulait à l'écart des combats. Des Indiens, les mains et les pieds peints en rouge dansaient nus autour d'un mât planté dans la terre. Ce dernier avait été taillé dans un cottonwood, une variété de peuplier utilisé lors d'une cérémonie initiatique appelée *La danse qui regarde le soleil*. La tradition voulait que l'arbre soit abattu par de jeunes vierges et les branches coupées pour en faire un poteau droit et lisse. Ensuite, des braves soulevaient le mât à l'aide de bâtons fourchus, personne ne devait toucher le tronc. Puis, ils le dressaient dans un trou creusé à cet effet, un endroit choisi par le shaman. Assis en tailleur, les femmes et les anciens encourageaient les danseurs. Abel, fasciné, ne perdait pas une miette de la cérémonie. Soudain, deux guerriers le saisirent et l'entraînèrent à l'intérieur du cercle. Il essaya de lutter mais ses gestes n'écoutaient pas sa volonté. Il hurla à pleins poumons pour alerter Formica, mais aucun son ne sortait de sa bouche. On le déshabilla et l'on peint son corps. Une jeune squaw lui traça sur le front des traits bleus et posa sur sa tête une couronne de sauge, l'herbe des mystères qui empêche les rêves de vieillir. Puis, sans qu'il n'arrive à dominer son corps, il fut pris de transe, esquissant les premiers pas de la danse sacrée du peuple Lakota.

Pendant trois jours, du petit matin au crépuscule, Abel dansa en soufflant dans un sifflet en os d'aigle, l'oiseau totem qui amène le tonnerre et la pluie. Épuisé, il tenta plusieurs fois de s'écrouler, mais ses jambes refusaient de se dérober. À l'aube du quatrième jour, il fixait le Soleil-Bison qui se levait au son des tambours des sorciers. Aveuglé et anéanti, il pensa mourir. Mais le shaman s'approcha et lui tailla deux fois le sein gauche afin d'y glisser un bâtonnet en bois, faisant de même au sein droit. Abel crut défaillir et ne jamais se relever, mais il avait dépassé le stade de la douleur. La jeune squaw qui lui avait posé la couronne de sauge sur le front le dévisageait. Il reconnut Kacy. Il ne put réfréner une formidable érection sous les applaudissements et les rires des autres squaws, qui exprimaient ainsi leur admiration face à son exceptionnelle vitalité. Enfin, le shaman attacha aux bâtonnets deux lanières en cuir reliées au mât sacré. D'autres braves avaient choisi de harponner des cordes à la peau de leurs flancs au bout desquelles étaient fixés des crânes de bisons.

Le but était de danser en regardant le soleil tout en tirant sur les liens jusqu'à faire éclater les chairs pour se libérer. Sous la tension, les bouts de bois labouraient les tissus et les muscles. Chacun des mouvements était comme une décharge, un couteau qui s'enfonçait. Abel dominait la douleur, il lui semblait que cela faisait des siècles qu'il dansait. Sa gorge était comme la vallée de la mort et sa langue un morceau de buvard. La tête bourdonnante, il endurait et dansait, encore et encore, pour que les troupeaux de bisons reviennent. L'extermination des Buffalos avait été les prémices du génocide indien... Enfin, il s'effondra, libéré.

Il ouvrit les yeux, secoué comme un prunier. Un zombi venait de bondir sur lui, brandissant un tomahawk. Abel se dégagea, projetant son assaillant dans la poussière. Le cercle des anciens et des squaws avait disparu, laissant la place au champ de bataille. Les coups de feu claquaient, les flèches sifflaient, des corps disloqués tombaient. Le palpitant battant à tout rompre, Abel se redressa. L'Indien au tomahawk revenait vers lui. Il était grand et osseux, il lui manquait une oreille. Abel grimaça, il ne souhaitait qu'une chose, que ce mauvais trip cesse.

— Laisse-moi passer, je n'ai pas le cœur à me battre, je suis trop faible. Je viens de survivre à *La danse qui regarde le soleil*.

L'Indien tout en os lui cracha au visage.

— Tu mens. Tu as la langue fourchue comme tous les hommes blancs. Ton gouvernement nous empêche de célébrer *La danse qui regarde le soleil*. Il dit que c'est un rite sauvage et cruel qui n'est pas digne d'un être humain. Les blancs ne veulent pas que nous dansions en regardant le soleil, parce qu'ils savent qu'il apporte la puissance aux hommes rouges.

En dansant, nos ancêtres communiaient avec le ciel, la terre et le vent. Cette prière sacrée nous donnait le courage et la force. C'est parce que nous ne la pratiquons plus que le Grand Esprit s'est éloigné de nous et que nos braves sont devenus des squaws apeurées, des sacs à bière et des fumeurs de crack.

Abel ne quittait pas des yeux l'Indien à l'oreille cassée, qui continuait de s'approcher dangereusement.

— N'essaie pas de m'amadouer avec tes histoires à dormir debout. Qu'est-ce que tu veux l'Indien ? Tu vois bien que je ne suis pas un soldat. Je suis le manager d'*Exotic Lizard*.

— Je veux juste ton scalp manager d'*Exotic Lizard*, répondit le zombi en découvrant ses horribles chicots et levant sa hache de guerre.

À cet instant, un cavalier surgit des ténèbres sur un cheval blanc, sabre au clair. Sa longue crinière brillait comme les blés sous la lune rousse. Le général Custer ne fit pas dans la dentelle et décapita l'Indien avant de repartir au combat. La tête à l'oreille cassée roula dans la poussière, mais son corps continuait d'avancer en brandissant son tomahawk. Abel s'élança dans l'allée 666, avant de se réfugier dans un caveau sur lequel était gravé : Gloria Orville Shelby, fille illégitime du général Joseph Orville Shelby, grande prêtresse de la cause perdue. Après avoir bloqué la porte, il dévala les escaliers qui menaient au sous-sol. La flamme d'une torche, fixée à la paroi humide, éclairait partiellement une vaste pièce qui renfermait plusieurs sépultures. Formica était allongé sur une tombe, les mains croisées sous sa tête. Abel s'immobilisa.

— Qu'est-ce que tu fais là ? J'ai failli mourir dix fois. C'est pire que Fort-Alamo là-haut.

Le pirate tira sur son stick de Marie-Jeanne.

— Pourquoi crois-tu que j'ai choisi de vivre en bas ?

— Tu ne devais pas me protéger des mauvaises rencontres ?

— Lorsqu'on décide d'affronter ses propres démons, on est seul Abel. Mais c'est fini, tu peux aller sans crainte maintenant, les Yankees ont gagné.

— On est où là ?

— La piaule de Gloria. J'y viens quand j'ai besoin de me ressourcer.

— Tu ne m'accompagnes pas ?

— Tu n'as plus besoin de moi. Je vais dormir un peu, je suis crevé.

Abel comprit que c'était la dernière fois qu'il voyait Formica. Dehors, la *Sonate pour un massacre* s'était tue, la lune était bleue et la paix régnait. Il refermait la grille du cimetière quand un coup de feu claqua. Il sursauta. Un groupe d'Indiens en armes se trouvait à l'endroit même où il avait dansé pendant trois jours en regardant le soleil. Ce n'étaient pas des zombis, juste des Indiens de la réserve voisine, qui refusaient de crever comme des animaux sans se battre. Ils tenaient en respect trois membres du Ku Klux Klan. Les cagoules de ces derniers avaient été arrachées. Abel n'eut aucun mal à reconnaître dans sa robe verte, le Grand Dragon Jess Tardy, ainsi que dans sa robe noire, le shérif Booble. Que ce dernier soit en vie le laissa perplexe, Formica lui avait pourtant juré qu'il avait flingué le marshal. Sans doute Tardy en avait-il décidé autrement. Mais l'apparition qui lui remua le plus les tripes fut celle de Patchwork dans sa robe blanche immaculée.

Sans plus attendre, il se précipita vers le corbillard, démarra le puissant V8 et lança l'*Oldsmobile* sur la route de Reno. À la radio, la retransmission du concert d'*Exotic Lizard* venait de terminer battant tous les records d'audience de l'histoire de la station. Leblack était dans tous ses états.

— Chers auditeurs de *Radio Surf*, ici c'est le chaos ! Alors que le groupe *Exotic Lizard* vient de nous gratifier d'une black session d'anthologie, nous apprenons en direct que Jess Tardy, patron des Productions Tardy, partenaire officiel de ce concert unique, vient d'être pris en otage ! Oui, vous avez bien entendu, en otage ! Je m'empresse de préciser, que je ne suis pas sous l'emprise d'un quelconque psychotrope qu'un collègue facétieux aurait mis dans mon verre de Champagne. Je répète, pour ceux et celles qui viendraient de prendre l'antenne, l'ancien gouverneur du Texas, Jess Tardy, vient d'être pris en otage ! Et... Et comme si cette nouvelle ne suffisait pas, on m'apprend à l'instant que la guest star de la soirée, l'homme qui s'était fait passer pour mort pendant vingt-cinq ans, Patchwork, le guitariste mythique du groupe *Les Maîtres Nageurs,* fait partie lui aussi de la prise d'otages ! Nous ne connaissons pas encore les motivations, ni les exigences des ravisseurs, mais l'on me glisse dans le casque que ce seraient des Indiens, membres des *Native Americans,* descendants des Sioux massacrés à *Wounded Knee* le 29 décembre 1890 par le 7ème régiment de Cavalerie du colonel James Forsyth ! Cela ne nous rajeunit pas, mais le sujet reste terriblement brûlant ici au Texas. Les détails de ce drame, qui se joue en direct et en exclusivité sur l'antenne de *Radio Surf,* seront bien sûr développés dans notre prochain flash d'infos. Après la publicité.

Abel éteignit le poste et murmura.

— Cette idée de prise d'otages pour la promo du disque *d'Exotic Lizard* est d'enfer. Ça fait mal au cul de le dire, mais ce fumier de Tardy est définitivement le plus fort.

Candie, qui était beaucoup moins transparente, posa sa tête sur l'épaule du manager au chômage.

— C'est difficile de rivaliser avec le diable, hein ?

Abel opina en regardant machinalement dans le rétro intérieur. Il sursauta. Le cercueil était revenu à sa place dans le corbillard. Fébrile, il s'arrêta sur son propre reflet que lui renvoyait le miroir du rétroviseur. C'était le visage de son fils... Sa respiration se fit plus saccadée, avant qu'il ne réalise que ce n'était pas son fils, mais lui, plus jeune. Pris de panique, il se tourna vers Candie. Vêtue de son seul gilet de costar en alpaga, déboutonné jusqu'au nombril avec les pointes dures de ses seins qui sortaient et ses cheveux mouillés en pétard, la jeune femme tirait sur un stick. Juvénile, les traits reposés, elle avait retrouvé le visage de ses vingt ans. Abel songea que la gélule rouge de Formica avait de sérieux effets retard. Sceptique, il regarda ses pieds chaussés d'une paire de tiags blanches détrempées... C'est alors qu'il comprit que le film de leur vie venait de reprendre là où il avait cassé un quart de siècle plus tôt. Tardy, en manque de scénario, leur offrait une seconde chance. Cette séquence venait se substituer à celle de la mort de Candie. Et comme pour ponctuer cet état de fait, *la Sonate pour un massacre* envahit brusquement l'habitacle. La photographe en herbe sursauta.

— Qu'est-ce que c'est que ce truc ?!

Abel lui faucha le stick et tira la dernière latte.

— Un message du diable. Je te propose un deal, on ramène l'autre enculé de punk chez lui et on se casse se marier à Vegas.

Candie, incrédule, haussa les épaules.

— Pourquoi ? On a tout à vivre. Imagine que ma photo gagne le concours d'*Ex-voto*. Et que toi, tu rebondisses, je ne sais pas, que tu deviennes le chanteur d'un groupe énorme. Que veux-tu qu'on fasse à Vegas ?

— Se marier.

Candie regarda bizarrement son amour de jeunesse. Il lui semblait qu'il avait mûri depuis leurs retrouvailles quelques heures auparavant.

— Tu es sérieux ?

Abel écrasa avec sa tiag mouillée la pédale d'accélérateur du corbillard.

— Les gens sérieux ne se marient pas à Vegas.

A PARAÎTRE
DANS LA MÊME COLLECTION

POLAR

Tous les crimes que vous
n'oserez jamais commettre.

Les Nouvelles Enquêtes de Nestor Burma, Paris Xème,
Jérôme Leroy, French Pulp éditions, 2018

Les Enquêtes de Jean de La Fontaine, Tome 2,
Philippe Collas, French Pulp éditions, 2018

FRENCH PULP ÉDITIONS
NOTRE IDENTITÉ

Qu'est-ce que French Pulp ?

Pulp, comme ces feuilletons d'autrefois, ces romans qui depuis des siècles remplissent notre imaginaire de détectives durs à cuire, de femmes fatales et d'espions nonchalants, de héros familiers. Du roman noir à la saga familiale en passant par le *space opera*, ils ont donné naissance à une littérature dynamique et généreuse, qui fait aujourd'hui le bonheur de tous grâce à des textes fluides et percutants.

French, car il existe une école française de cette littérature. Populaire, addictive, son patrimoine mérite d'être défendu et son avenir renouvelé. C'est la mission que se donne French Pulp, qui publie à la fois des œuvres cultes de la littérature française dite *de gare* (G.-J. Arnaud, André Lay, Francis Ryck...) mais aussi des nouveaux auteurs, uniquement francophones, amenés à renouveler un genre habitué aux succès.

Mais pourquoi un nom en anglais ?

Un nom anglais pour une maison qui défend la langue française, est-ce bien raisonnable ? La meilleure défense n'est-elle pas l'attaque ? Pour défendre notre langue et diffuser nos auteurs à l'étranger, ce nom en forme de clin d'œil annonce la couleur : tremblez, *thriller*, *best-seller* et autres *feel-good book* ! Chez French Pulp, tous nos auteurs ont vocation à être traduits et diffusés dans le monde entier afin de faire rayonner notre culture populaire.

Une maison d'édition engagée

Ces livres que vous lisez debout dans le métro, que vous ne pouvez pas lâcher le soir avant de vous endormir, qui résistent au soleil et à la plage, vous n'êtes pas les seuls à les dévorer : chaque mois, nos nouveautés seront parrainées, à travers un avant-propos, par des personnalités elles aussi subjuguées par le suspens, le merveilleux ou encore la modernité de ces histoires. Et comme chez French Pulp nous croyons dans l'engagement, à cette nouvelle société participative qui s'ouvre à nous, pour chacun des coups de cœur de nos personnalités, une partie des bénéfices tirés de l'ouvrage ira directement à l'association de leur choix.

Direction
Nathalie Carpentier

AUX ÉDITIONS FRENCH PULP

Collection Les Féroces

Joinovici, L'empire souterrain du chiffonnier milliardaire, Henry Sergg, French Pulp éditions, 2016
Weidmann, Le tueur aux yeux de velours, Philippe Randa, French Pulp éditions, 2017
L'Affaire Pauline Dubuisson, Serge Jacquemard, French Pulp éditions, 2017
Mata Hari, La dernière danse de l'espionne, Philippe Collas, French Pulp éditions, 2017

Collection Fiction

Les Conquérantes, Tome 1 : Les Chaînes (1890-1930), Alain Leblanc, French Pulp éditions, 2016
Les Conquérantes, Tome 2 : La Résistance (1930-1960), Alain Leblanc, French Pulp éditions, 2017
Nous étions une frontière, Patrick de Friberg, French Pulp éditions, 2017
Les Brumes de Grandville, Tome 1, Gwendoline Finaz de Villaine, French Pulp éditions, 2017
Les Brumes de Grandville, Tome 2, Gwendoline Finaz de Villaine, French Pulp éditions, 2017
Les Brumes de Grandville, Tome 3, Gwendoline Finaz de Villaine, French Pulp éditions, 2017
Tout le bonheur du monde (tient dans ta poche), Frédéric Mars, French Pulp éditions, 2018
Les Années Cristal, Tome 1, Stéphane Nolhart, French Pulp éditions, 2018

AUX ÉDITIONS FRENCH PULP

Collection Fiction

L'Île du Lundi, Philippe Collas & Éric Villedary, French Pulp éditions, 2018

Collection Anticipation

La Compagnie des glaces, Tomes 1-2, G.-J. Arnaud, French Pulp éditions, 2016
La Compagnie des glaces, Tomes 3-4, G.-J. Arnaud, French Pulp éditions, 2017
La Compagnie des glaces, Tomes 5-6, G.-J. Arnaud, French Pulp éditions, 2017
La Compagnie des glaces, Tomes 7-8, G.-J. Arnaud, French Pulp éditions, 2017
La Compagnie des glaces, Tomes 9-10, G.-J. Arnaud, French Pulp éditions, 2017
La Compagnie des glaces, Tomes 11-12, G.-J. Arnaud, French Pulp éditions, 2017
La Compagnie des glaces, Tomes 13-14, G.-J. Arnaud, French Pulp éditions, 2018
Qui suis-je ?, Peter Randa, French Pulp éditions, 2016
Génération Clash (Trilogie Chris-le-Prez Tome 1), G.-M. Dumoulin, French Pulp éditions, 2017
Intervention Flash (Trilogie Chris-le-Prez Tome 2), G.-M. Dumoulin, French Pulp éditions, 2017
Évolution Crash (Trilogie Chris-le-Prez Tome 3), G.-M. Dumoulin, French Pulp éditions, 2017

AUX ÉDITIONS FRENCH PULP

Collection Polar

Le Géant, Michel Lebrun, French Pulp éditions, 2016
Paris va mourir, Francis Ryck,
French Pulp éditions, 2016
Colère Noire, Jacques Saussey,
French Pulp éditions, 2017
De Sinistre mémoire, Jacques Saussey,
French Pulp éditions, 2017
Bronx, La petite morgue, Laurent Guillaume,
French Pulp éditions, 2017
Le Gang des honnêtes gens, Pierre Nemours,
French Pulp éditions, 2017
Une femme de ménage, Jérémy Bouquin,
French Pulp éditions, 2017
Le Doulos, Pierre Lesou, French Pulp éditions, 2017
La Seine est pleine de révolvers, Jean-Pierre Ferrière,
French Pulp éditions, 2017
Les Enlisés, André Lay, French Pulp éditions, 2017
Privé d'origine, Jérémy Bouquin,
French Pulp éditions, 2017
*Les Nouvelles Enquêtes de Nestor Burma, Paris XX*ème ,
Serguei Dounovetz, French Pulp éditions, 2018
Le Maître des émotions, Christian Cornu,
French Pulp éditions, 2018
Les Enquêtes de Jean de la Fontaine, Tome 1,
Philippe Collas, French Pulp éditions, 2018

AUX ÉDITIONS FRENCH PULP

Collection Angoisse

Frankenstein, Tomes 1-2, Benoit Becker
(alias Jean-Claude Carrière), French Pulp éditions, 2017
Frankenstein, Tomes 3-4, Benoit Becker
(alias Jean-Claude Carrière), French Pulp éditions, 2017
Frankenstein, Tomes 5-6, Benoit Becker
(alias Jean-Claude Carrière), French Pulp éditions, 2017
Parodie à la mort, Peter Randa,
French Pulp éditions, 2017

Collection Espionnage

Drôle de pistolet, Francis Ryck,
French Pulp éditions, 2017
Ashram Drame, Francis Ryck,
French Pulp éditions, 2017
Derniers jours à Alep, Guillaume Ramezi
French Pulp éditions, 2018

DU MÊME AUTEUR

ÉDITIONS LE DILETTANTE

Moviola, Le Dilettante, 1994

Odyssée Odessa, réédition, 2012

Signés Chefdeville

L'atelier d'écriture, 2009

Je me voyais déjà... , 2012

L'amour en Super 8, 2016

ÉDITIONS FLEUVE NOIR

La vie est une Marie-salope, série Niki Java, 1998

Odyssée Odessa, 1999

Fleur de bagne, 2000

ÉDITIONS BALZAC

Mata gossos, 2003

LA VIE DU RAIL

Vipères au train, 2004

ÉDITIONS DU ROCHER

Spirit 59, 2006

ÉDITIONS MARE NOSTRUM

Fleur de bagne, réédition, 2007

Born Toulouse forever, série Niki Java, 2008

ÉDITIONS MOISSON ROUGE

Un ange sans elle, 2008

ÉDITIONS BALEINE

Sarko et Vanzetti, Le Poulpe, 2010

ÉDITIONS ALTER BOOKS

Tue chien, 2013

ÉDITIONS SYROS (collection Souris noire)

Plongée en eau trouble, 2003

Série Niki Java

Le Marabout de Barbès, 2005

Les Gothiques du Père-Lachaise, 2008

Le rap de la Butte-aux-Cailles, 2011

Niki Java traque la banque, 2014

RECUEILS DE NOUVELLES

Douze et amères, Fleuve Noir, 1997

Soleil de nuit, Éditions Le ventre et l'œil, 2000

Le doigt sur la détente, Éditions Aumage, 2003, réédition alter books, 2011

La vie est une immense cafétéria, Éditions AAARG !, 2015

ALBUMS

Gino le rhino, Romain Pages Éditions, 2004

L'ange de la retirada, avec Paco Roca, Six pieds sous terre, 2010

Retrouvez French Pulp éditions en ligne :

www.frenchpulpeditions.fr

Et sur les réseaux sociaux :

www.facebook.com/frenchpulpeditions
www.twitter.com/frenchpulp
www.instagram.com/frenchpulpeditions

Cet ouvrage
a été achevé d'imprimer
sur Roto-Page
par l'Imprimerie Floch
à Mayenne en février 2018

N° d'impression : 92364
Dépôt légal : février 2018

Imprimé en France